Os FILHOS da LIBERDADE

MARC LEVY

Os FILHOS da LIBERDADE

Tradução de
André Telles

EDITORA RECORD
RIO DE JANEIRO • SÃO PAULO
2010

CIP-Brasil. Catalogação-na-fonte
Sindicato Nacional dos Editores de Livros, RJ.

L65f

Levy, Marc, 1961-
Os filhos da liberdade / Marc Levy; tradução de André Telles. – Rio de Janeiro: Record, 2010.

Tradução de: Les enfants de la liberté
ISBN 978-85-01-08544-3

1. Segunda Guerra Mundial, 1939-1945 – Ficção. 2. Romance francês. I. Telles, André. II. Título.

10-0767.

CDD: 843
CDU: 821.133.1-3

TÍTULO ORIGINAL EM FRANCÊS:
Les enfants de la liberté

Editoração eletrônica: Abreu's System

Texto revisado segundo o novo Acordo Ortográfico da Língua Portuguesa

Impresso no Brasil

ISBN 978-85-01-08544-3

Gosto muito do verbo "resistir". Resistir àqueles que nos aprisionam, aos preconceitos, aos julgamentos sumários, à vontade de julgar, a tudo que é ruim dentro de nós e que está sempre prestes a se manifestar, à vontade de abandonar, à necessidade de se lamentar, à necessidade de falar de si em detrimento do outro, às modas, às ambições doentias, ao mal-estar reinante.

Resistir... e sorrir.

Emma Dancourt

Ao meu pai,
ao seu irmão Claude,
a todos os filhos da liberdade.

Ao meu filho
e a você, meu amor.

Vou amá-la amanhã, hoje ainda não a conheço. Comecei por descer a escada do velho prédio onde eu morava num passo um pouco apressado, confesso. No rés do chão, minha mão, que apertara o balaústre, cheirava à cera de abelha que a zeladora passava metodicamente até o cotovelo do segundo andar às segundas-feiras e depois nos outros andares às quintas. Apesar da luz que dourava as fachadas, a calçada ainda tremeluzia da chuva da madrugada. E dizer que durante esses passos ligeiros eu ainda não sabia de nada, ignorando tudo acerca de você, você que um dia me daria seguramente o mais belo presente que a vida ofereceu aos homens.

Entrei no barzinho da rua Saint-Paul, tinha tempo de sobra. Três no balcão, éramos poucos a usufruir disso naquela manhã de primavera. E então, com as mãos atrás da capa de chuva, meu pai entrou e acotovelou-se no balcão como se não tivesse me visto, um estilo de elegância bem dele. Pediu um café espresso e pude ver o sorriso que bem ou mal ele me escondia, na verdade mal. Com um tapinha no balcão, deu a entender que a sala estava "tranquila", que eu podia finalmente me aproximar. Senti, roçando sua capa, sua força, o peso da tristeza que esmagava seus ombros. Perguntou-me se eu "continuava determinado". Eu não estava determinado a nada, mas balancei a cabeça. Então ele empurrou sua xícara bem discretamente. Embaixo do pires havia uma cédula de 50 francos. Recusei, mas ele cerrou com força os maxilares e resmungou que, para lutar na guerra, eu tinha que estar com a barriga cheia. Peguei a cédula e, pelo seu olhar, compreendi que era hora de ir embora. Ajeitei meu quepe, abri a porta do bar e subi a rua.

Ao passar pela vitrine, observei meu pai dentro do bar, uma olhadinha roubada, à toa; ele me ofereceu seu último sorriso, para dizer que meu colarinho estava fora do lugar.

Havia em seus olhos uma urgência que eu levaria anos para compreender; mas, ainda hoje, basta concentrar meus pensamentos nele para fazer seu último semblante ressurgir, intacto. Sei que o meu pai estava triste com a minha partida, suponho também que pressentia que não nos veríamos mais. Não era sua morte que ele imaginara, mas a minha.

Volto a pensar agora no bar dos Tourneurs. Um homem precisa de muita coragem para enterrar seu filho enquanto toma um café de chicória bem ao lado dele, para ficar em silêncio e não lhe dizer: "Volte imediatamente para casa e vá fazer seu dever."

Um ano antes, minha mãe tinha ido pegar nossas estrelas amarelas no comissariado. Era o sinal do êxodo para nós, estávamos de partida para Toulouse. Meu pai era alfaiate e jamais costuraria aquela sacanagem num pedaço de pano.

* * *

Neste 21 de março de 1943, tenho 18 anos, pego o bonde e dirijo-me a uma estação que não consta de nenhum mapa: vou procurar o maqui.*

Há dez minutos ainda me chamava Raymond, depois que saí no terminal da linha 12, meu nome é Jeannot. Jeannot, sem sobrenome. Neste momento ainda ameno do dia, um monte de gente no meu mundo ainda não sabe o que vai lhe acontecer. Papai e mamãe ignoram que daqui a pouco terão um número tatuado no braço, mamãe não sabe que, numa plataforma de estação ferroviária, irão separá-la daquele homem a quem ela ama quase mais do que a nós.

Eu, por minha vez, tampouco sei que daqui a dez anos reconhecerei, numa montanha de pares de óculos de quase 5 metros de altura, no Memorial de Auschwitz, a armação que meu pai guardara no bolso superior de sua capa, na última vez que o vi no bar dos Tourneurs. Meu irmãozinho Claude não sabe que daqui a pouco passarei para pegá-lo e que, se ele não tivesse dito sim, se não tivéssemos sido dois a atravessar esses anos, nenhum de nós teria sobrevivido. Meus sete companheiros, Jacques, Boris, Rosine, Ernest, François, Marius e Enzo, não sabem que vão morrer gritando "Vive la France", e quase todos com um sotaque estrangeiro.

Desconfio efetivamente que o meu pensamento está confuso, que as palavras se atropelam na minha cabeça, mas a partir dessa metade de segunda-feira e durante dois anos meu coração baterá incessantemente no peito no ritmo que meu medo lhe impuser; tive medo durante dois anos, às vezes ainda acordo à noite com essa maldita sensação.

---

* Maquis: grupos de luta armada que resistiram aos nazistas durante a Ocupação da França. (*N. do T.*)

Mas dormes ao meu lado, meu amor, mesmo que eu ainda não o saiba. Eis então um pedacinho da história de Charles, Claude, Alonso, Catherine, Sophie, Rosine, Marc, Émile e Robert, meus colegas espanhóis, italianos, poloneses, húngaros, romenos, os filhos da liberdade.

Primeira Parte

1

Precisas compreender o contexto em que vivíamos, é importante um contexto, para uma frase por exemplo. Tirada do contexto ela quase sempre muda de sentido, e, durante os anos vindouros, inúmeras frases serão tiradas de seu contexto para julgar de forma parcial e melhor condenar. Um hábito que não vai se perder.

Nos primeiros dias de setembro, os exércitos de Hitler tinham invadido a Polônia, a França tinha declarado guerra e ninguém aqui ou lá duvidava que nossas tropas rechaçariam o inimigo nas fronteiras. A Bélgica fora varrida pela onda de divisões de blindados alemães e dentro de poucas semanas 100 mil soldados nossos morreriam nos campos de batalha do Norte e do Somme.

O marechal Pétain fora nomeado líder do governo; dois dias depois, um general que não aceitava a derrota lançava um apelo à resistência a partir de Londres. Pétain preferiu assinar a rendição de todas as nossas esperanças. Tínhamos perdido a guerra muito rápido.

Ao passar a mão na cabeça da Alemanha nazista, o marechal Pétain arrastaria a França para um dos períodos mais sombrios de sua história. A república foi abolida em prol do que iria chamar-se doravante o Estado francês. O mapa foi riscado com uma linha horizontal e a nação separada em duas zonas, uma no norte, ocupada, outra no sul, dita livre. Mas essa liberdade era muito relativa. Todos os dias assistiam à chegada de seu lote de decretos, acuando na precariedade dois milhões de homens, mulheres e crianças estrangeiros que viviam na França, agora confiscados de seus direitos: o de exercer sua profissão, o de ir à escola, o de circular livremente e em breve, muito breve, simplesmente o de existir.

Não obstante, a nação agora amnésica precisara desesperadamente desses estrangeiros que vinham da Polônia, da Romênia, da Hungria, desses refugiados espanhóis ou italianos. Fora de fato necessário repovoar uma França privada, 25 anos antes, de um milhão e meio de homens, mortos nas trincheiras da Grande Guerra. Estrangeiros, era o caso de quase todos meus companheiros, que já haviam sofrido todas as repressões e as vexações perpetradas em seus países nos últimos anos. Os democratas alemães sabiam quem era Hitler; os combatentes da guerra da Espanha conheciam a ditadura de Franco; os da Itália, o fascismo de Mussolini. Haviam sido as primeiras testemunhas de todos os ódios, de todas as intolerâncias, daquela pandemia que infestava a Europa com seu terrível cortejo de mortos e miséria. Todos já sabiam que a derrota não passava de um aperitivo, o pior ainda estava por vir. Mas quem queria escutar os arautos dos maus augúrios? A França hoje não precisava mais deles. Então esses exilados, vindos do Leste ou do Sul, eram presos e internados em campos de concentração.

O marechal Pétain não tinha apenas desistido, ele iria pactuar com os ditadores da Europa, e em nosso país entorpecido em torno desse ancião já se azafamavam chefe de governo, ministros, delegados, juízes, policiais, espiões, milicianos, uns mais zelosos que os outros em suas terríveis tarefas.

2

Tudo começou como uma brincadeira de criança, há três anos, em 10 de novembro de 1940. O triste marechal da França, cercado por alguns delegados com insígnias de prata, começava por Toulouse a vistoria da *zona livre* de um país não obstante prisioneiro de sua derrota.

Estranho paradoxo aquelas multidões desamparadas, maravilhadas, observando o bastão do marechal erguer-se, cetro de um ex-chefe de volta ao poder e portador de uma nova ordem. Mas a nova ordem de Pétain seria uma ordem de miséria, de segregação, de denúncias, de exclusões, de assassinatos e de barbárie.

Entre aqueles que em breve formariam nossa brigada, alguns conheciam os campos de reclusão, onde o governo francês armazenara todos os que haviam cometido o deslize de ser estrangeiros, judeus ou comunistas. E nesses campos do Sudoeste, quer se tratasse de Gurs, de Argelès, de Noé ou de Rivesaltes, a vida era abominável. Ou seja, para quem neles tinha amigos ou membros de sua família prisioneiros, a chegada do marechal era vivida como um último atentado ao pouco de liberdade que nos restava.

E uma vez que a população preparava-se para aclamar esse marechal, tínhamos que fazer soar o nosso alarme, despertar as pessoas daquele medo tão perigoso, o que ganha as massas e as leva a arriar os braços, a aceitar qualquer coisa; a se calar tendo como única desculpa covarde que o vizinho faz igual e que, se o vizinho faz igual, logo é assim que convém fazer.

Para Caussat, um dos melhores amigos do meu irmão, assim como para Bertrand, Clouet ou Delacourt, está fora de questão arriar os braços, fora de questão calar-se, e a sinistra parada que irá desenrolar-se nas ruas de Toulouse será o palco de uma declaração magistral.

O importante no dia de hoje é que palavras de verdade, algumas palavras de coragem e de dignidade, chovem sobre o cortejo. Um texto canhestramente redigido, mas que de toda forma denuncia o que deve ser denunciado; e depois pouco importa o que diz ou não diz o texto. Falta providenciar para que os panfletos sejam mais amplamente distribuídos, sem se deixar prender sumariamente pelas forças da ordem.

Mas os companheiros planejaram bem o golpe. Algumas horas antes do desfile eles atravessam a praça Esquirol. Estão com os braços carregados de embrulhos. A polícia está espalhada, mas quem se preocupa com esses adolescentes de aspecto inocente? Ei-los no lugar certo, um prédio de esquina da rua de Metz. Então, todos os quatro enfiam-se no desvão da escada e trepam até o telhado, torcendo para não encontrar nenhum vigia por lá. O horizonte está livre e a cidade estende-se a seus pés.

Caussat monta o dispositivo que seus colegas e ele conceberam. Na beirada do telhado, uma tábua repousa sobre um pequeno tablado, ajustado para oscilar como uma balança. De um lado colocam a pilha de panfletos batidos à máquina, do outro um galão cheio d'água, água que corre pelas calhas enquanto eles já se precipitam na direção da rua.

O carro do marechal se aproxima, Caussat levanta a cabeça e sorri. A limusine conversível sobe lentamente a rua. Em cima do telhado, o galão está quase vazio, não pesa mais nada; então a tábua oscila e os panfletos voam. Esse 10 de novembro de 1940 será o primeiro outono do marechal traidor. Ele observa o céu, os papéis flutuam e, cúmulo da felicidade para esses pirralhos de coragem improvisada, alguns vêm pousar na viseira do marechal Pétain. A multidão se abaixa e recolhe os panfletos. A confusão é total, a polícia corre em todas as direções e os que julgam ver aqueles meninos aclamarem como os demais a parada militar ignoram que é sua primeira vitória que celebram.

Eles se dispersaram e agora todos se afastam. Ao voltar para casa essa noite, Caussat não pode imaginar que três dias depois, denunciado, será preso e passará dois anos no xadrez da central de Nîmes. Delacourt não sabe que dentro de alguns meses será abatido por policiais franceses numa igreja de Agen, onde, perseguido, se refugiará; Clouet ignora que, ano que vem, será fuzilado em Lyon; quanto a Bertrand, ninguém encontrará o canto de campo de concentração sob o qual ele repousa. Ao sair da prisão, Caussat, os pulmões recheados de tuberculose, vai juntar-se ao maqui. Preso novamente, dessa vez será deportado. Terá 22 anos ao morrer em Buchenwald.

Como eu disse, para os nossos companheiros tudo começou como uma brincadeira de crianças, crianças que jamais disporão de tempo para se tornarem adultos.

* * *

É deles que preciso lhe falar, Marcel Langer, Jan Gerhard, Jacques Insel, Charles Michalak, José Linarez Diaz, Stefan Barsony e de todos os que se juntarão a eles ao longo dos meses seguintes. São eles os primeiros filhos da liberdade, os que fundaram a 35ª Brigada. Para quê? Para resistir! É sua história que interessa, não a minha, e perdoe-me se às vezes minha memória se perde, se fico confuso ou troco nomes.

Qual a importância dos nomes, disse um dia meu colega Urman, quando então éramos pouco numerosos, mas, no fundo, formávamos uma unidade. Vivíamos no medo, na clandestinidade, não sabíamos do que cada amanhã seria feito, e é sempre penoso reabrir hoje a memória de um único desses dias.

3

Acredite na minha palavra, a guerra nunca se pareceu com um filme, nenhum de meus companheiros tinha a cara de Robert Mitchum, e se Odette tivera pelo menos pernas como as de Lauren Bacall, eu provavelmente teria tentado beijá-la em vez de hesitar como um babaca em frente ao cinema. Ainda mais que era a véspera da tarde em que dois nazistas a assassinaram na esquina da rua das Acácias. A partir desse dia, deixei de gostar de acácias.

O mais complicado, e sei que é difícil de acreditar, foi encontrar a Resistência.

Desde a morte de Caussat e de meus companheiros, meu irmãozinho e eu estávamos deprimidos. No liceu, entre as reflexões antissemitas do professor de história e geografia e as ironias dos colegas de filosofia com quem discutíamos, a vida não era muito divertida. Eu passava minhas noites em frente a um aparelho de rádio, a espreitar as notícias de Londres. Na volta às aulas tínhamos encontrado em nossas carteiras pequenos folhetos intitulados "Combate". Eu vira o menino saindo sorrateiramente da sala de aula;

era um refugiado alsaciano chamado Bergholtz. Corri na disparada para encontrá-lo no pátio, a fim de lhe dizer que queria fazer como ele, distribuir panfletos para a Resistência. Ele riu quando eu disse isso, mas de toda forma tornei-me seu auxiliar. E nos dias seguintes, na saída das aulas, eu esperava por ele na calçada. Assim que ele chegava na esquina, eu me punha a caminho e ele acelerava o passo para me encontrar. Juntos, enfiávamos jornais gaullistas nas caixas de correspondência, atirando-os por vezes dos estribos do bonde antes de saltar andando e pôr sebo nas canelas.

Uma noite, Bergholtz não apareceu na saída do liceu, e no dia seguinte também não...

Agora, no fim das aulas, meu irmãozinho Claude e eu tomávamos o pequeno trem que margeava a estrada de Moissac. Às escondidas, íamos ao "Solar". Era um casarão onde viviam escondidas cerca de trinta crianças cujos pais haviam sido deportados; algumas batedoras haviam-nas recolhido e cuidado delas. Claude e eu íamos lá filar a sopa e às vezes dávamos aulas de matemática e francês aos mais jovens. Eu aproveitava cada dia passado no Solar para suplicar a Josette, a diretora, que arranjasse um canal que permitisse que eu me aliasse à Resistência, e todas as vezes ela me encarava erguendo os olhos e fingindo não saber do que eu estava falando.

Mas um dia Josette me chamou à parte em seu escritório.

— Acho que tenho alguma coisa para você. Esteja em frente ao número 25 da rua Bayard às 2 da tarde. Um passante lhe perguntará a hora. Você responderá que seu relógio está parado. Se ele lhe disser "O senhor não seria Jeannot?", será esse o sujeito certo.

E foi assim que aconteceu...

Levei meu irmãozinho e encontramos Jacques em frente ao número 25 da rua Bayard, em Toulouse.

Ele apareceu na rua de casaco cinza e chapéu de feltro, um cachimbo no canto da boca. Atirou seu jornal na cesta presa no poste; não o peguei porque não era a instrução. A instrução era esperar que ele me perguntasse a hora. Ele parou perto de nós, avaliou-nos de alto a baixo e quando lhe respondi que meu relógio estava parado, ele disse chamar-se Jacques e perguntou qual de nós dois era Jeannot. Dei imediatamente um passo à frente, uma vez que Jeannot era eu.

Jacques recrutava pessoalmente os militantes. Não confiava em ninguém e tinha razão. Sei que não é muito generoso dizer isso, mas é necessário colocar-se no contexto.

Nesse momento, eu não sabia que dentro de poucos dias um resistente chamado Marcel Langer seria condenado à morte por causa de um promotor francês que pedira sua cabeça e a obtivera. E ninguém na França, zona livre ou não, ignorava que, depois que um dos nossos tivesse matado esse promotor no porão da casa dele, num domingo, quando ele se preparava para ir à missa, mais nenhum tribunal de justiça ousaria pedir a cabeça de um partidário preso.

Tampouco eu sabia que iria eliminar um patife, alto funcionário da Milícia, delator e assassino de tantos jovens resistentes. O miliciano em questão nunca soube que sua morte esteve por um fio. Que eu tive tanto medo de atirar que podia ter mijado nas calças, que quase larguei minha arma, que se aquele porco não tivesse dito "Piedade", ele que não a sentia por ninguém, meu ódio não seria suficiente para matá-lo com cinco balas na barriga.

Matamos. Levei anos para dizer isso, nunca esquecemos o rosto de alguém em quem vamos atirar. Mas nunca eliminamos um inocente, nem mesmo um imbecil. Eu sei disso, meus filhos saberão também, é o que conta.

Por enquanto Jacques me observa, me avalia, me fareja quase como que um animal, confia em seu instinto e depois planta-se à minha frente; o que ele vai dizer dentro de dois minutos vai transformar minha vida:

— O que você quer exatamente?

— Ir para Londres.

— Então não posso fazer nada por você — disse Jacques. — Londres é longe, e não tenho nenhum contato lá.

Eu esperava que ele me desse as costas e fosse embora, mas Jacques não arreda pé. Seu olhar não desgruda de mim, faço uma segunda tentativa:

— Consegue me pôr em contato com os maquisards? Eu gostaria de lutar ao lado deles.

— Isso também é impossível — replica Jacques, acendendo novamente o cachimbo.

— Por quê?

— Porque você diz que quer lutar. Ninguém luta no maqui; na melhor das hipóteses, recolhemos pacotes, passamos mensagens, mas a resistência lá ainda é passiva. Se quer lutar, é com a gente.

— A gente?

— Está disposto a combater na rua?

— O que eu quero é matar um nazista antes de morrer. Quero um revólver.

Eu disse isso com uma expressão de orgulho. Jacques caiu na risada. De minha parte, não compreendia o que havia de engraçado naquilo, na verdade achava inclusive dramático! Foi justamente o que fez Jacques troçar.

— Você leu livros demais, vai precisar aprender a usar a cabeça.

Sua observação paternalista me deixou um pouco vexado, mas eu não podia permitir que ele percebesse isso. Fazia meses que eu tentava estabelecer um contato com a Resistência e estava estragando tudo.

Procuro palavras certas que não me ocorrem, uma frase que comprove que sou alguém com quem os insurgentes poderão contar. Jacques me adivinha, sorri, e, em seus olhos, vejo subitamente uma centelha de ternura.

— Não lutamos para morrer, mas pela vida, compreende?

Não parece nada, mas recebi a frase como um soco. Ali estavam as primeiras palavras de esperança que eu ouvia desde o início da guerra, desde que eu vivia sem direitos, sem status, desprovido de qualquer identidade nesse país que ainda ontem era o meu. Sinto saudades do meu pai, da minha família também. O que aconteceu? À minha volta tudo se evaporou, roubaram minha vida, simplesmente porque sou judeu e porque isso basta para um monte de gente querer me ver morto.

Atrás de mim, meu irmãozinho espera. Desconfia que alguma coisa importante está em curso, então pigarreia para lembrar que ele também está ali. Jacques põe a mão no meu ombro.

— Venha, vamos sair daqui. Uma das primeiras coisas que você tem que aprender é nunca ficar imóvel, é assim que somos detectados. Um cara que espera na rua, nos tempos atuais, é sempre suspeito.

Começamos então a caminhar ao longo de uma calçada por uma ruazinha escura, com Claude em nossos calcanhares.

— Talvez eu tenha um trabalho para vocês. Esta noite vocês irão dormir no número 15 da rua Ruisseau, na casa da velha Dublanc, ela será sua senhoria. Vocês lhe dirão que são ambos estudantes. Ela com certeza lhes perguntará o que aconteceu com Jérôme. Respondam que estão no lugar dele, que ele viajou para encontrar sua família no Norte.

Eu vislumbrava nisso um sésamo que nos daria acesso a um teto e, quem sabe, talvez até mesmo a um quarto aquecido. Então, assumindo meu papel bem a sério, perguntei quem era Jérôme, a fim de estar preparado se a velha Dublanc procurasse saber mais sobre seus novos locatários. Jacques logo me trouxe de volta a uma realidade mais crua.

— Ele morreu anteontem, a duas ruas daqui. E se a sua resposta à minha pergunta: "Quer entrar em contato direto com a guerra?" continua a ser sim, então digamos que é aquele que você substitui. Esta noite, alguém baterá à sua porta e lhe dirá que vem da parte de Jacques.

Com aquela ênfase, eu sabia muito bem que esse não era seu verdadeiro nome, mas também sabia que, quando se entrava na Resistência, sua vida pregressa não existia mais e seu nome desaparecia junto com ela. Jacques me enfiou um envelope na mão.

— Enquanto você pagar o aluguel, a Dublanc não fará perguntas. Vá tirar um retrato, há uma cabine na estação. Sumam, agora. Teremos oportunidade de nos encontrar.

Jacques continuou seu caminho. Na esquina da ruazinha, sua esguia silhueta desfez-se na garoa.

— Vamos lá? — disse Claude.

Levei meu irmão até um bar e comemos uma coisinha só para nos aquecer. Sentado diante da vidraça, eu observava o bonde percorrer a avenida.

— Tem certeza? — perguntou Claude, aproximando-se da xícara fumegante.

— E você?

— A única certeza que tenho é que vou morrer, afora isso, não sei.

— Se entrarmos na Resistência, será para viver, não para morrer. Compreende?

— De onde tirou isso?

— Foi Jacques quem me disse não faz muito tempo.

— Então, se foi Jacques quem disse...

Em seguida instaurou-se um longo silêncio. Dois milicianos entraram no recinto e sentaram-se sem dar a mínima para a gente. Eu temia que Claude fizesse uma tolice, mas ele contentou-se em dar de ombros. Seu estômago roncava.

— Estou com fome. Não aguento mais ter fome.

Envergonhava-me estar diante de um garoto de 17 anos que não comia de acordo com sua fome, envergonhava-me minha impotência; mas essa noite talvez entrássemos finalmente na Resistência, e então, eu tinha certeza, as coisas iam mudar. A primavera voltará, diria um dia Jacques, então, um dia, levarei meu irmão a uma padaria, darei a ele todos os doces do mundo, que ele irá devorar até não poder mais, e essa primavera será a mais bela da minha vida.

Saímos da espelunca e, após uma breve parada no saguão da estação, fomos ao endereço que Jacques nos indicara.

A velha Dublanc não fez perguntas. Disse apenas que Jérôme não devia ligar muito para os seus negócios para sumir daquela maneira. Entreguei-lhe o dinheiro e ela me entregou a chave de um quarto no térreo, com saída para a rua.

— É para uma pessoa só! — acrescentou.

Expliquei que Claude era meu irmão caçula, que estava me visitando por alguns dias. Acho que a velha Dublanc desconfiava um pouco que não éramos estudantes, mas, contanto que lhe pagassem o aluguel, a vida de seus locatários não lhe dizia respeito. O quarto era um descalabro, uma velha cama, uma jarra de água e uma bacia. As necessidades eram feitas numa casinhola no fundo do jardim.

Esperamos o resto da tarde. No fim do dia, bateram à porta. Não da maneira que faz sobressaltar, não aquela batida firme da Milícia quando vem prender, apenas duas batidinhas na moldura da porta. Claude abriu. Émile entrou e imediatamente percebi que íamos ser amigos.

Émile não é muito alto e detesta que digam que é baixo. Faz um ano que entrou na clandestinidade e tudo em sua atitude demonstra adaptação à coisa. Émile é calmo, tem um sorriso gozado, como se nada mais tivesse importância.

Aos 10 anos fugiu da Polônia, porque lá seus familiares eram perseguidos. Mal completou 15, vendo os exércitos de Hitler desfilar em Paris, Émile compreendeu que aqueles que já haviam pretendido confiscar sua vida em seu país tinham vindo até aqui terminar seu negócio sujo. Seus olhos de adolescente arregalaram-se sem que ele nunca mais conseguisse fechá-los completamente. Talvez seja o que lhe dá esse sorriso gozado; não, Émile não é baixinho, é forte.

Foi sua zeladora que o salvou. Convém dizer que, nesta França triste, havia senhorias graciosas, daquelas que nos olhavam diferente, que não aceitavam que matassem pessoas honradas só porque tinham outra religião. Mulheres que não haviam esquecido que, estrangeira ou não, uma criança é sagrada.

O pai de Émile recebera a carta da chefatura de polícia que o obrigava a ir comprar as estrelas amarelas a serem costuradas nos casacos, na altura do peito, de maneira bem visível, dizia o aviso. Na época, Émile e sua família moravam em Paris, na rua Sainte-Marthe, no 10º *arrondissement*. O pai de Émile dirigira-se ao comissariado da avenida Vellefaux; tinha quatro filhos, haviam então lhe dado quatro estrelas, mais uma para ele e outra para sua mulher. O pai de Émile pagara as estrelas e voltara para casa de cabeça baixa, como um animal que tivesse sido marcado com ferro em brasa. Émile usou sua estrela, e depois as detenções em massa começaram. Não adiantou ele insurgir-se, dizer a seu pai para arrancar aquela porcaria, tudo em vão. O pai de Émile era um homem que vivia na legalidade, além do mais tinha confiança naquele país que o acolhera; aqui, ninguém podia fazer nada de mal às pessoas honestas.

Émile acabou indo morar num quartinho de empregada no alto de um prédio. Um dia, quando descia, sua zeladora precipitou-se atrás dele.

— Suba de novo imediatamente, estão prendendo todos os judeus nas ruas, a polícia está em toda parte. Enlouqueceram. Suba rápido e se esconda, Émile.

Disse-lhe para trancar a porta e não atender a ninguém, levaria comida para ele. Alguns dias depois, Émile saiu sem estrela. Voltou à rua Sainte-Marthe, mas no apartamento de seus pais não havia mais ninguém; nem seu pai, nem sua mãe, nem suas duas irmãzinhas, uma de 6 anos, a outra de 15, nem sequer seu irmão, a quem, no entanto, suplicara que fosse com ele, que não voltasse ao apartamento da rua Sainte-Marthe.

Émile não tinha mais ninguém; todos os seus amigos estavam presos; dois deles, que haviam participado de uma manifestação na porta Saint-Martin, tinham conseguido correr pela rua de Lancry quando soldados alemães de motocicleta metralharam a passeata; mas foram alcançados. Terminaram fuzilados contra um muro. Como represália, um resistente de codinome Fabien liquidou no dia seguinte um oficial inimigo numa plataforma de metrô da estação Barbès, mas nem por isso os dois companheiros de Émile ressuscitaram.

Não, Émile não tinha mais ninguém, exceto André, um último camarada, que lhe dera algumas aulas de contabilidade. Foi então visitá-lo, para obter um pouco de ajuda. Foi a mãe de André quem abriu a porta. E quando Émile lhe deu a notícia de que sua família fora dizimada, que ele estava sozinho, ela pegou a certidão de nascimento de seu filho e a entregou a Émile, aconselhando-o a sair o mais rápido possível de Paris. "Use isso como puder, talvez até consiga uma carteira de identidade." O sobrenome de André era Berté, ele não era judeu, a certidão era um salvo-conduto de ouro.

Na estação de Austerlitz, Émile esperou na plataforma o trem que partia para Toulouse. Tinha um tio lá. Entrou em seguida num vagão e se escondeu sob um assento, sem se mexer. No compartimento, os passageiros ignoravam que atrás de seus pés enroscava-se um guri que temia pela sua vida.

O comboio estremeceu, Émile permaneceu plantado, imóvel, durante horas. Quando o trem entrou na zona livre, Émile deixou seu esconderijo. Os passageiros fizeram uma cara curiosa vendo aquele menino saindo de lugar nenhum; confessou que não tinha documentos; um homem disse-lhe para voltar imediatamente para sua toca, costumava fazer aquele trajeto e os policiais não demorariam a dar outra batida. Ele o avisaria quando pudesse sair.

Você vê, nesta França triste havia não apenas zeladoras e senhorias formidáveis, como também mães generosas, passageiros extraordinários, pessoas anônimas que resistiam à sua maneira, pessoas anônimas que se recusavam a fazer como o vizinho, pessoas anônimas que infringiam as regras, uma vez que estas eram ignóbeis.

* * *

É neste quarto que a Dublanc me aluga há algumas horas que Émile acaba de entrar, com toda a sua história, com todo o seu passado. E embora eu ainda não conheça a história de Émile, sei pelo seu olhar que vamos nos entender.

— Então é você o novato? — ele pergunta.

— Somos nós — replica meu irmãozinho, que fica injuriado quando alguém se comporta como se ele não estivesse presente.

— Está com os retratos? — indaga Émile.

E tira do bolso duas carteiras de identidade, tíquetes de racionamento e um carimbo. Forjados os documentos, ele se levanta, vira a cadeira e se acavala nela.

— Falemos de sua primeira missão. Enfim, já que vocês são dois, da missão de ambos.

Os olhos do meu irmão crepitam, não sei se é a fome que atormenta sem trégua seu estômago ou o apetite novo de uma promessa de ação, mas vejo claramente, seus olhos crepitam.

— Vai precisar roubar umas bicicletas — diz Émile.

Claude volta até a cama, desiludido.

— É isso fazer resistência? Surrupiar bicicletas? Fiz todo esse percurso para me pedirem para ser um ladrão?

— Por acaso achava que ia fazer atentados de automóvel? A bicicleta é o melhor amigo do resistente. Reflita dois segundos, se não é pedir muito. Ninguém presta atenção num homem de bicicleta; você é apenas um sujeito voltando da fábrica ou saindo para o trabalho, dependendo da hora. Um ciclista some na multidão, é móvel, esgueira-se por toda parte. Você empreende o seu golpe, chispa de bicicleta e, quando as pessoas ainda estão tentando compreender o que aconteceu, você já está na outra ponta da cidade. Portanto, se quiser que lhe confiemos missões importantes, comece roubando sua bicicleta!

Pronto, a lição acabava de ser proferida. Restava saber aonde iríamos roubar as bicicletas. Émile deve ter antecipado minha pergunta. Já tinha feito um levantamento e nos indicou a galeria de um prédio onde dormiam três bicicletas, sempre desacorrentadas. Precisávamos agir imediatamente; se tudo corresse bem, devíamos encontrá-lo no início da noite na casa de um companheiro cujo endereço ele pediu que eu decorasse. Era a poucos quilômetros, na periferia de Toulouse, uma estaçãozinha ferroviária desativada do bairro de Loubers.

— Andem — insistira Émile —, vocês precisam chegar lá antes do toque de recolher.

Era primavera, a noite não cairia antes de várias horas e o prédio das bicicletas não era longe daqui. Émile partiu e meu irmão continuava mal-humorado.

Consegui convencer Claude de que Émile não estava errado e, depois, de que aquilo era provavelmente um teste. Meu irmão resmungou, mas aceitou acompanhar-me.

Cumprimos admiravelmente bem essa primeira missão. Claude estava de tocaia na rua, de toda forma podíamos pegar dois anos de prisão por furto de bicicleta. O corredor estava deserto e, como Émile garantira, havia três bicicletas, encostadas uma na outra, sem qualquer corrente.

Émile me dissera para pegar as duas primeiras, mas a terceira, a encostada na parede, era um modelo esporte com um quadro vermelho reluzente e um guidom equipado com manetes de couro. Desloquei a da frente, que desabou num estardalhaço terrível. Eu já me via obrigado a amordaçar a zeladora, por sorte a guarita estava vazia e ninguém veio perturbar o meu trabalho. A bicicleta que me agradava não estava fácil de agarrar. Quando sentimos medo, as mãos perdem a desenvoltura. Os pedais estavam enganchados um no outro e nada adiantava, eu não conseguia separar as duas bicicletas. A muito custo, acalmando como podia as batidas do meu coração, alcancei meu objetivo. Meu irmão dera o ar de sua graça, já não aguentava mais mofar sozinho na calçada.

— O que está tramando, meu velho?

— Pronto, pegue sua bicicleta em vez de resmungar.

— E por que eu não ficaria com a vermelha?

— Por que ela é grande demais para você!

Claude resmungou novamente, lembrei que estávamos em missão e que não era hora de brigar. Ele deu de ombros e montou em sua bicicleta. Quinze minutos depois, pedalando a toda velocidade, margeávamos a linha férrea desativada em direção à antiga estaçãozinha de Loubers.

Émile abriu a porta para nós.

— Veja que bicicletas, Émile!

Émile fez uma cara estranha, como se não parecesse contente em nos ver, depois autorizou-nos a entrar. Jan, um sujeito alto e magro, observava-nos sorrindo. Jacques também estava presente; parabenizou a nós dois e, vendo a bicicleta vermelha que eu escolhera, caiu novamente na risada.

— Charles vai disfarçá-las para que fiquem irreconhecíveis — acrescentou, rindo gostosamente.

Eu não conseguia entender o que havia de engraçado. E aparentemente, pela cara que fez, nem Émile.

Um homem de camiseta descia a escada, era ele que morava ali naquela estaçãozinha desativada e eu encontrava pela primeira vez o faz-tudo da brigada. Aquele que desmontava e montava as bicicletas, que fabricava as bombas para fazer explodir as locomotivas, que explicava como sabotar, nas plataformas dos trens, os cockpits montados nas fábricas da região, ou como cortar os cabos das asas dos bombardeiros para que, uma vez montados na Alemanha, os aviões de Hitler não decolassem tão cedo. Não posso deixar de falar de Charles, esse companheiro que perdera todos os dentes da frente durante a guerra da Espanha, que atravessara tantos países que misturara suas línguas para inventar seu próprio dialeto, a ponto de ninguém compreendê-lo de fato. Não posso esquecer Charles porque, sem ele, nunca teríamos conseguido realizar tudo que íamos fazer nos meses seguintes.

Esta noite, nesta sala no andar térreo de uma velha estação desativada, temos todos entre 17 e 20 anos, daqui a pouco vamos lutar na guerra, e, apesar de sua gargalhada de ainda há pouco, quando viu minha bicicleta vermelha, Jacques tem a expressão preocupada. Logo compreenderei por quê.

Batem à porta e, dessa vez, entra Catherine. É bonita essa Catherine, aliás pelo olhar que troca com Jan eu juraria que estão juntos, mas isso é impossível. Regra número um, nada de paixonite quando se é clandestino na Resistência, explicará Jan na mesa, instruindo-nos sobre a conduta a adotar. É perigoso demais, se formos presos corremos o risco de falar para salvar aquele ou aquela que amamos. "A condição do resistente é não afeiçoar-se", disse Jan. Entretanto, ele se afeiçoa a cada um de nós, e isso eu já percebo. Meu irmão não escuta nada, devora a omelete de Charles; por um instante penso que, se não o deter, ele terminará devorando o garfo. Vejo-o namorar a frigideira. Charles o vê também, sorri, levanta-se e vai lhe servir outra porção. É verdade que está deliciosa a omelete de Charles, mais ainda para nossas barrigas há tanto tempo vazias. Atrás da estação, Charles cultiva uma horta, tem três galinhas e até mesmo coelhos. É hortelão. Enfim, é o disfarce de Charles, e as pessoas da região gostam muito dele, a despeito de seu terrível sotaque estrangeiro. Ele lhes dá alface. E depois sua horta é uma gleba colorida no bairro triste, por isso as pessoas dos arredores gostam muito dele, aquele colorista improvisado, a despeito de seu terrível sotaque estrangeiro.

Jan fala com uma voz pausada. É um pouquinho mais velho que eu, mas já parece um homem maduro, sua calma impõe respeito. O que ele nos diz nos apaixona, há como uma aura em torno dele. As palavras de Jan são terríveis quando nos conta as missões realizadas por Marcel Langer e os primeiros membros da brigada. Já faz um ano que lançaram granadas durante um banquete de oficiais nazistas, atearam fogo numa balsa abarrotada de gasolina, incendiaram uma oficina de caminhões alemães. São tantos atentados que uma noite não bastaria para enumerá-los; são terríveis as palavras de Jan, não obstante, emana dele uma espécie de ternura que nos falta a todos aqui, a nós, as crianças abandonadas.

Jan calou-se. Catherine está de volta da cidade com notícias de Marcel, o chefe da brigada. Está encarcerado na prisão Saint-Michel.

A maneira como ele caiu foi muito estúpida. Tinha ido à estação de Saint-Agne para pegar uma mala comboiada por uma garota da brigada. A mala continha explosivos, bastões de dinamite, ablonita EG antigel de 24 milímetros de diâmetro. Esses bastões de 60 gramas eram desviados por alguns mineiros espanhóis simpatizantes da pedreira de Paulilles.

Tinha sido José Linarez que organizara a missão de coleta. Ele não permitira que Marcel subisse a bordo do pequeno trem que fazia o trajeto entre as cidades dos Pireneus; a garota e um companheiro espanhol haviam feito sozinhos a ida e volta até Luchon e recolhido a remessa; a entrega devia acontecer em Saint-Agne. A parada de Saint-Agne era mais uma passagem de nível que uma estação propriamente dita. Não havia muita gente nesse recanto rural ainda por urbanizar. Dois policiais faziam sua ronda, de olho em eventuais passageiros transportando víveres destinados ao mercado negro da região. Quando a garota desembarcou, seu olhar cruzou com o do policial. Sentindo-se observada, recuou um passo, logo despertando o interesse do homem. Marcel compreendeu imediatamente que ela seria revistada, então foi para diante dela. Fez-lhe sinal para aproximar-se da cancela que separava a plataforma do saguão, tirou-lhe a mala das mãos e intimou-a a sumir do mapa. O policial, que nada perdera da cena, investiu para cima de Marcel. Quando lhe perguntou o que continha a mala, Marcel respondeu-lhe que a chave não estava com ele. O policial queria que ele o seguisse, então Marcel disse que era uma remessa para a Resistência e que ele precisava deixá-lo passar.

O policial não acreditou nele, Marcel foi levado ao comissariado central. O relatório datilografado estipulava que um terrorista de posse de sessenta bastões de dinamite fora preso na estação de Saint-Agne.

A circunstância era especial. Um comissário, respondendo pelo nome de Caussié, assumiu o plantão e durante dias Marcel foi espancado. Não entregou um nome, um endereço. Consciencioso, o comissário Caussié foi até Lyon a fim de consultar seus superiores. A polícia francesa e a Gestapo finalmente tinham nas mãos um caso exemplar: um estrangeiro de posse de explosivos, judeu e comunista ainda por cima; o mesmo que dizer um consumado terrorista e um exemplo eloquente de que iam se servir para arrefecer toda vontade de resistência na população.

Incriminado, Marcel fora denunciado perante a seção especial do tribunal de Toulouse. O procurador Lespinasse, homem de extrema direita, ferozmente anticomunista, devotado ao regime de Vichy, seria o promotor ideal, o governo do marechal poderia contar com sua fidelidade. Com ele, a lei seria aplicada sem nenhuma contenção, sem nenhuma atenuante, sem preocupação com o contexto. Assim que foi confirmado em sua missão, Lespinasse, inchado de orgulho, jurou obter a cabeça de Marcel perante o tribunal.

Nesse ínterim, a garota que escapara à detenção tinha ido avisar à brigada. Os companheiros logo fizeram contato com o jurisconsulto Arnal, um dos melhores advogados do fórum. Para ele, o inimigo era alemão e já era hora de tomar posição a favor das pessoas perseguidas sem motivos. A brigada perdera Marcel, mas acabava de ganhar para sua causa um homem de influência, respeitado na cidade. Quando Catherine lhe falara de honorários, Arnal recusara-se a ouvir.

Será terrível a manhã de 11 de junho de 1943, terrível na memória dos insurgentes. Cada um leva sua vida, e logo os destinos irão se cruzar. Marcel está em sua cela, olha pela claraboia o dia nascendo, é hoje seu julgamento. Sabe que irão condená-lo, não alimenta esperanças. Num apartamento não longe dali, o velho advogado responsável por sua defesa reúne suas anotações. Sua faxineira entra em seu gabinete e lhe pergunta se quer que ela prepare um café da manhã. Mas mestre Arnal não tem fome nesta manhã de 11 de junho de 1943. Durante a noite inteira ouviu a voz do procurador pedindo a cabeça de seu cliente; a noite inteira revirou-se na cama procurando palavras fortes, palavras precisas, para contra-atacar a acusação de seu adversário, o advogado-geral Lespinasse.

E enquanto mestre Arnal revisa sem parar, o temível Lespinasse adentra a sala de jantar de sua casa nababesca. Senta-se à mesa, abre seu jornal e toma seu café da manhã, servido por sua mulher, na sala de jantar de sua casa nababesca.

Em sua cela, Marcel também toma a beberagem quente que o carcereiro lhe traz. Um oficial de justiça vem entregar-lhe a citação em que é intimado a comparecer perante o júri especial do tribunal de Toulouse. Marcel olha pela claraboia, o céu está um pouco mais aberto. Pensa em sua filhinha, em sua mulher, em algum lugar na Espanha, do outro lado das montanhas.

A mulher de Lespinasse levanta-se e beija o marido na face, está de saída para uma reunião de caridade. O procurador veste seu sobretudo, mira-se no espelho, orgulhoso de sua bela aparência, persuadido da vitória. Sabe de cor o seu texto, estranho paradoxo para um homem que não tem coração. Um Citroën preto aguarda-o em frente à sua casa e já o leva para o palácio.

Na outra ponta da cidade, um policial escolhe sua mais bela camisa no cabide, branca, o colarinho engomado. Foi ele que prendeu o réu e hoje é convocado a comparecer. Ao dar o nó na gravata, o jovem policial Cabannac tem as mãos úmidas. Há alguma coisa claudicante no que está por se desenrolar, algo de feio, Cabannac sabe disso; a propósito, se pudesse voltar no tempo, deixaria o sujeito da mala preta fugir. Os inimigos são os boches, não caras como ele. Mas ele pensa no Estado francês e em sua mecânica administrativa. Ele, por sua vez, não passa de uma simples engrenagem e não pode falhar. Conhece bem a mecânica, o policial Cabannac, seu pai ensinou-lhe tudo, além da moral que vem sempre junto. Nos fins de semana, gosta muito de consertar sua motocicleta na oficina de seu pai. Sabe muito bem que se uma peça vier a falhar é toda a mecânica que destrambelha. Então, com as mãos úmidas, Cabannac aperta o nó de sua gravata no colarinho engomado de sua bela camisa branca e dirige-se para o ponto do bonde.

Um Citroën preto passa ao longe e atravessa a linha do bonde. Na traseira do vagão, sentado no banquinho de madeira, um velho relê suas anotações. O doutor Arnal levanta a cabeça e volta a mergulhar em sua leitura. O embate anuncia-se encarniçado, mas nada está perdido. Impensável a corte francesa condenar um patriota. Langer é um homem corajoso, um desses que agem porque são valorosos. Soube disso assim que o encontrou em sua cela. Tinha o rosto bastante deformado; sob suas maçãs do rosto, percebiam-se os socos que ali se abateram, os lábios lacerados estavam azuis, intumescidos. O doutor Arnal se pergunta com que se parecia Marcel antes que o moessem de pancada daquela forma, antes que seu rosto se deformasse, incorporando a marca das violências sofridas. Porra, eles se batem pela nossa liberdade, rumina Arnal, em todo caso não é complicado constatar isso. Se a corte ainda não enxerga, ele tomará a iniciativa de lhe abrir os olhos. Que lhe inflijam uma pena de prisão, tudo bem, é para salvar as aparências, mas a morte, não. Seria um julgamento indigno de um magistrado francês. No momento em que o bonde imobiliza-se com um rangido metálico na estação Palais de Justice, Arnal recuperou a confiança necessária ao bom desenrolar de sua defesa. Ganhará esse processo, cruzará ferros com seu adversário, o promotor Lespinasse, e salvará a cabeça desse rapaz. Marcel Langer, repete baixinho, subindo os degraus.

Enquanto mestre Arnal avança ao longo do corredor do Tribunal, Marcel, algemado a um policial, espera num pequeno gabinete.

* * *

O julgamento é realizado a portas fechadas. Marcel está na cabine dos réus, Lespinasse levanta-se e não lhe dirige sequer um olhar; desdenha do homem que quer condenar, faz absoluta questão de não conhecê-lo. Diante dele, apenas algumas anotações. Em primeiro lugar, presta homenagem à perspicácia da polícia, que soube tirar de circulação um perigoso terrorista, e depois lembra ao júri seu dever, o de observar a lei, fazê-la ser respeitada. Apontando com o dedo o réu sem jamais fitá-lo, o promotor Lespinasse acusa. Enumera a longa lista de atentados de que os alemães foram vítimas, lembra também que a França assinou o armistício de maneira honrosa e que o réu, que sequer é francês, não tem direito algum de questionar a autoridade do Estado. Conceder-lhe circunstâncias atenuantes significaria fazer pouco caso da palavra do marechal.

— Se o marechal assinou o armistício, foi pelo bem da Nação — emenda Lespinasse com veemência. — E não é um terrorista estrangeiro que pode achar o contrário.

Para acrescentar uma pitada de humor, lembra finalmente que Marcel Langer não transportava rojões de 14 de Julho, mas explosivos destinados a destruir instalações alemãs, e portanto a perturbar a tranquilidade dos cidadãos. Marcel sorri. Como estão longe os fogos de artifício do 14 de Julho.

Para a eventualidade de a defesa expor argumentos de ordem patriótica com a finalidade de conceder a Langer circunstâncias atenuantes, Lespinasse lembra igualmente ao júri que o réu é apátrida, que preferiu abandonar a esposa e a filhinha na Espanha, para onde, embora polonês e alheio ao conflito, já viajara para praticar atentados. Que a França, em sua mansuetude, o acolhera, mas não para vir aqui, na nossa casa, trazer desordem e caos.

— Como um homem sem pátria pode dizer que agiu por um ideal patriótico?

E Lespinasse ri de sua tirada, do torneio de sua frase. Com medo de que o júri seja acometido de amnésia, ei-lo repetindo o libelo de acusação, enumerando as leis que condenam aqueles atos à pena capital, regozijando-se com a severidade dos textos em vigor. Marca uma pausa, volta-se para aquele a quem acusa, e finalmente aceita encará-lo.

— O senhor é estrangeiro, comunista e membro da Resistência, três razões, quando uma única bastaria, para eu pedir sua cabeça ao júri.

Dessa vez, desvia-se para os magistrados e exige com uma voz calma a condenação à morte de Marcel Langer.

Mestre Arnal está lívido, levanta-se no exato momento em que Lespinasse, satisfeito, ocupa novamente seu assento. O velho advogado tem os olhos semicerrados, o queixo projetado, mãos crispadas diante da boca. O júri está imóvel, silencioso; o escrivão mal ousa descansar a pena. Até os policiais prendem a respiração, esperando sua fala. Mas, por enquanto, Arnal não pode dizer nada, sente-se nauseado.

É portanto o último aqui a compreender que as regras foram fraudadas, que a decisão já está tomada. Por outro lado, já sabia disso, Langer dissera-lhe em sua cela, sabia-se antecipadamente condenado. Mas o velho advogado ainda acreditava na justiça e não cessara de lhe garantir que ele estava enganado, que o defenderia como convinha e que teria ganho de causa. Às suas costas, mestre Arnal sente a presença de Marcel, julga ouvir o murmúrio de sua voz: "Veja, eu tinha razão, mas não lhe quero mal por isso, de toda forma o senhor não podia fazer nada..."

Então levanta os braços, suas mangas parecem flutuar no ar, inspira e se lança num último libelo. Como elogiar o trabalho da polícia, quando vemos no rosto do réu as marcas das violências que sofreu? Como ousar brincar com o 14 de Julho nesta França que não tem mais o direito de celebrá-lo? E o que realmente sabe o procurador desses estrangeiros a quem acusa?

Aprendendo a conhecer Langer no parlatório, pôde descobrir o quanto esses apátridas, como diz Lespinasse, amam esse país que os acolheu; a ponto, como Marcel Langer, de sacrificar a própria vida para defendê-lo. O acusado não é aquele que o promotor descreve. É um homem sincero e honesto, um pai que ama sua mulher e sua filha. Não foi à Espanha para praticar atentados, mas porque, mais que tudo, ama a humanidade e a liberdade dos homens. Ainda ontem a França não era o país dos direitos humanos? Condenar Marcel Langer à morte é condenar a esperança num mundo melhor.

Arnal falou durante mais de uma hora, esgotando até suas últimas forças; mas sua voz ressoa sem eco nesse tribunal que já estatuiu. Triste dia este 11 de junho de 1943. A sentença é decretada. Marcel será guilhotinado. Quando Catherine sabe da notícia no gabinete de Arnal, seus lábios se apertam, ela sente o golpe. O advogado jura que o caso não terminou, que irá a Vichy entrar com um recurso pelo indulto.

* * *

Esta noite, na estação desativada que serve de moradia e oficina para Charles, a mesa cresceu. Com a prisão de Marcel, Jan assumiu o comando da brigada. Catherine sentou-se ao lado dele. Pelo olhar que trocam, dessa vez tenho certeza que se amam. Apesar disso, Catherine tem o olhar triste, seus lábios mal ousam articular as palavras que ela deve nos dizer. É ela que nos anuncia que Marcel foi condenado à morte por um promotor francês. Não conheço Marcel, mas, como todos os companheiros ao redor da mesa, sinto o coração opresso e meu irmão, por sua vez, perdeu todo o apetite.

Jan anda de um lado para o outro. Todos se calam, esperando ele falar.

— Se eles forem até o fim, teremos que matar Lespinasse, para eles ficarem com cagaço; caso contrário, esses animais enviarão para a morte todos os insurgentes que caírem em suas mãos.

— Enquanto Arnal entra com seu recurso de indulto, poderemos preparar a ação — emenda Jacques.

— Isso exirriria mucho mais tempo — murmura Charles em sua língua estranha.

— Mas enquanto isso não fazemos nada? — intervém Catherine, a única a ter compreendido o que ele dizia.

Jan reflete e continua a perambular pelo recinto.

— Precisamos agir agora. Já que eles condenaram Marcel, condenaremos um deles também. Amanhã liquidaremos um oficial alemão no meio da rua e distribuiremos um panfleto para explicar nossa ação.

Decerto não tenho muita experiência em ações políticas, mas uma ideia galopa na minha cabeça e arrisco-me a falar.

— Se quisermos realmente que eles fiquem com cagaço, melhor ainda seria espalhar os panfletos primeiro e eliminar o oficial alemão depois.

— Assim eles ficarão todos de sobreaviso. Você tem outras ideias desse tipo? — zombou Émile, que parece decididamente às turras comigo.

— Não é má a minha ideia, não se as ações forem separadas por alguns minutos e executadas organizadamente. Explico-me. Apagando o boche primeiro e espalhando o panfleto depois, passaremos por covardes. Aos olhos da população, Marcel foi primeiro julgado e, somente em seguida, condenado.

Duvido que *La Dépêche* noticie a condenação arbitrária de um insurgente heroico. Vão dizer que um terrorista foi condenado por um tribunal. Então joguemos com as regras deles, a cidade deve estar ao nosso lado, não contra nós.

Émile quis me interromper, mas Jan fez-lhe sinal para me deixar falar. Meu raciocínio era lógico, só faltava encontrar as palavras certas para explicar aos companheiros o que me passava pela cabeça.

— Amanhã de manhã imprimimos um comunicado anunciando que, como represália à condenação de Marcel Langer, a Resistência condenou à morte um oficial alemão. Proclamamos também que a sentença será aplicada no período da tarde. Quanto a mim, cuido do oficial, enquanto vocês, simultaneamente, espalham o panfleto por toda parte. As pessoas ficarão sabendo imediatamente, ao passo que a notícia da ação levará muito mais tempo para correr a cidade. Os jornais só falarão disso na edição de amanhã, a cronologia correta dos fatos será respeitada, aparentemente.

Jan consulta sucessivamente os membros da mesa, seu olhar termina por cruzar com o meu. Sei que adere ao meu raciocínio, exceto por um detalhe, talvez; um tique nervoso o traiu no momento em que lancei atropeladamente que eu mesmo abateria o alemão.

Em todo caso, se ele hesitar muito, tenho um argumento irrefutável; afinal de contas, a ideia é minha, e depois roubei minha bicicleta, estou quite com a brigada.

Jan olha para Émile, Alonso, Robert, depois para Catherine, que concorda com a cabeça. Charles não perdeu nada da cena. Levanta-se, vai até o vão da escada e volta com uma caixa de sapatos. Estende-me um revólver com tambor.

— Esta noite é melhor seu mano e você dormirem aqui.

Jan aproxima-se de mim.

— Você será o atirador, você, o espanhol — disse, apontando para Alonso —, será o olheiro, e você, o mais jovem, ficará com a bicicleta na direção da fuga.

Pronto. Naturalmente, dito desse jeito, é banal, exceto que Jan e Catherine foram embora e agora eu tinha uma pistola na mão com seis balas e meu tolo irmãozinho queria ver como aquilo funcionava. Alonso debruçou-se para mim e me perguntou como Jan sabia que ele era espanhol, quando não dissera uma palavra durante a noite.

— E como sabia que o atirador seria eu? — Eu disse, dando de ombros. Eu não tinha respondido à sua pergunta, mas o silêncio do meu companheiro atestava que minha pergunta deveria prevalecer sobre a dele.

Esta noite, dormimos pela primeira vez na sala de jantar de Charles. Caí na cama esgotado, mas ainda assim com um tremendo peso no peito; em primeiro lugar, a cabeça do meu irmão, que adquirira o nojento hábito de dormir colado em mim depois que nos separamos de nossos pais, e, pior do que isso, a pistola com tambor no bolso esquerdo do meu blazer. Ainda que as balas não estivessem no carregador, eu tinha medo que no meu sono ela esburacasse a cabeça do meu irmão.

Assim que todo mundo caiu no sono, levantei-me na ponta dos pés e saí na horta atrás da casa. Charles tinha um cachorro tão gentil quanto idiota.

Penso nele por que nessa noite eu precisava rudemente de seu focinho de cocker. Sentei-me na cadeira sob o varal de roupas, olhei para o céu e tirei o trabuco do bolso. O cão veio farejar o cano, então acariciei sua cabeça dizendo-lhe que ele seria o único a farejar o cano da minha arma enquanto eu estivesse vivo. Disse isso porque naquele momento precisava realmente ganhar um pouco de coragem.

Ao roubar duas bicicletas num fim de tarde eu tinha entrado na Resistência, e foi apenas ouvindo o ronco de criança de nariz entupido do meu irmão que me dei conta disso. Jeannot, brigada Marcel Langer; durante os meses seguintes eu ia explodir trens, torres de transmissão, sabotar motores e asas de avião.

Fiz parte de um bando de companheiros que foi o único a conseguir derrubar bombardeiros alemães... de bicicleta.

4

Foi Boris quem nos acordou. Começa a amanhecer, sinto fisgadas no estômago, mas não convém escutar sua queixa, não teremos café da manhã. E depois tenho uma missão a cumprir. Talvez seja o medo, mais que a fome, que embrulha minha barriga. Boris toma lugar à mesa, Charles já pôs mãos à obra; a bicicleta vermelha transforma-se diante de meus olhos, perdeu seus manetes de couro, agora estão desacoplados, um é vermelho, o outro, azul. Dane-se a elegância da minha bicicleta, rendo-me à razão, o importante é que as bicicletas roubadas não sejam reconhecidas. Enquanto Charles verifica o mecanismo das marchas, Boris me faz sinal para que me junte a ele.

— Os planos mudaram — disse —, Jan não quer que saiam todos os três. Vocês são novatos, e, em caso de reação violenta, ele quer um veterano lá como reforço.

Não sei se isso significa que a brigada ainda não deposita confiança em mim. Então não digo nada e deixo Boris falar.

— Seu irmão ficará aqui. Irei com você, darei cobertura para sua fuga. Agora, ouça bem, eis como as coisas devem se desenrolar. Para eliminar um inimigo, há um método, e é indispensável segui-lo ao pé da letra. Está me ouvindo?

Fiz sim com a cabeça, Boris deve ter percebido que por um instante minha cabeça está longe. Penso no meu irmão: vai fazer uma cara daquelas quando souber que foi alijado da ação. E não poderei sequer confessar-lhe que me tranquiliza saber que, esta manhã, sua vida não estará em perigo.

O que me tranquiliza duplamente é que Boris é terceiranista de medicina, então se eu for ferido na ação ele poderá me salvar, ainda que isso seja completamente idiota, porque durante a ação o maior risco não é ser ferido, mas ser preso ou simplesmente morto, o que acaba dando no mesmo na maioria dos casos.

Dito isto, admito que Boris não estava errado, talvez eu estivesse com a cabeça um pouco longe enquanto ele falava; mas, como desculpa, sempre tive uma maldita tendência ao devaneio, meus professores já diziam que eu tinha uma natureza distraída. Isso foi antes de o diretor do liceu me mandar para casa no dia em que me apresentei para fazer o exame para a faculdade. Porque, com meu nome, a faculdade realmente não era possível.

Bom, volto à ação a ser executada, caso contrário, no melhor dos casos serei repreendido pelo camarada Boris, que se dá ao trabalho de me explicar como as coisas irão desenrolar-se, e no pior serei banido da ação por falta de atenção.

— Está me ouvindo?

— Sim, sim, claro!

— Assim que tivermos localizado nosso alvo, você irá checar se a trava de segurança do revólver está bem levantada. Já vimos companheiros terem graves insucessos pensando que sua arma estava enguiçada, quando haviam tolamente esquecido de puxar a trava.

Achei aquilo efetivamente idiota, mas quando temos medo, medo de verdade, somos muito menos lúcidos, acredite no que digo. O importante era não interromper Boris e concentrar-se no que ele falava.

— Tem que ser um oficial, não matamos simples soldados. Compreendeu bem? Vamos segui-lo a distância, nem de perto, nem de longe. Eu me ocupo do perímetro circundante. Você se aproxima do sujeito, esvazia seu carregador, e conte bem os tiros para guardar uma bala. Isso é muito importante para a fuga, você pode precisar dela, nunca se sabe. A fuga, sou eu que faço a cobertura. Você, por sua vez, preocupe-se apenas em pedalar. Se alguém fizer menção de pará-lo, eu interfiro para garantir sua proteção. Aconteça o que acontecer, não vire o rosto! Pedale e voe, está me ouvindo bem?

Tentei dizer sim, mas minha boca estava tão seca que minha língua grudara. Boris concluiu disso que eu estava de acordo e prosseguiu.

— Quando estiver suficientemente distante, reduza a velocidade e circule como qualquer indivíduo de bicicleta. Com a ressalva de que irá circular durante um longo tempo. Se alguém o tiver seguido, você deve constatar o fato e jamais correr o risco de conduzi-lo ao seu destino. Passeie pelos cais, pare com frequência para verificar se não reconhece um rosto com o qual você tivesse cruzado mais de uma vez. Não confie nas coincidências, em nossas vidas isso não existe. Quando tiver certeza de que está seguro, então e somente então pode fazer o caminho de volta.

Eu perdera toda vontade de me distrair e sabia minha lição na ponta da língua, exceto por uma coisa: o que eu ignorava completamente era como fazer para atirar num homem.

Charles voltou da oficina com a minha bicicleta, que sofrera grandes transformações. O importante, ele disse, é que ela está com a pedaleira e a corrente bem firmes. Boris fez um sinal para mim, era hora de partir. Claude ainda dormia, perguntei-me se devia acordá-lo. Se me acontecesse alguma coisa, ele também poderia ficar embirrado porque eu sequer lhe dissera até logo antes de morrer. Mas preferi deixá-lo dormindo; ao acordar, estaria com um apetite de lobo e não teria nada para mastigar. Cada hora de sono era uma hora conquistada sobre as tenazes da fome. Perguntei por que Émile não vinha conosco.

— Esqueça! — Boris murmurou para mim.

Ontem, Émile permitira que sua bicicleta fosse roubada. Aquele idiota a largara na galeria do seu prédio sem passar a corrente. Isso era ainda mais lamentável na medida em que se tratava de um belíssimo modelo com manetes de couro, exatamente como aquela que eu arranjara! Enquanto estivéssemos na ação, ele teria que subtrair outra. A propósito, Boris acrescentou que Émile estava irritadíssimo com esse assunto!

* * *

A missão desenrolou-se como Boris a descrevera. Enfim, quase. O oficial alemão que escolhemos descia os dez degraus de uma escada de rua, que conduzia a uma pracinha onde reinava uma "vespasiana". Era este o nome que tinham os mictórios verdes que encontrávamos pela cidade. Mas nós chamávamos aquilo de xícaras, em virtude de sua forma. Porém, como tinham sido inventadas por um imperador romano que respondia pelo nome de Vespasiano, viram-se assim batizadas. Quer dizer, quem sabe eu não teria entrado para a faculdade se não tivesse cometido o erro de ser judeu depois dos exames de junho de 1941.

Boris me fez um sinal, o lugar era ideal. A pracinha ficava num plano inferior à rua e não havia ninguém nas imediações; segui o alemão, que não desconfiou de nada. Para ele, eu era um ciclista com quem, embora não partilhasse o mesmo aspecto, ele em seu uniforme verde impecável, eu na verdade malvestido, partilhava uma mesma vontade. Como a vespasiana era equipada com duas cabines, não devia ver problema algum no fato de eu descer a mesma escada que ele.

Achei-me então num mictório, na companhia de um oficial alemão sobre o qual eu ia esvaziar o tambor do meu revólver (menos uma bala, como determinara Boris). Eu tivera o cuidado de destravar a segurança, quando me vi às voltas com um verdadeiro problema de consciência. Podia-se decentemente pertencer à Resistência, com toda a nobreza que isso representava, e liquidar um sujeito com a braguilha aberta e em posição tão pouco gloriosa?

Impossível pedir a opinião do camarada Boris, que me esperava com as duas bicicletas no topo dos degraus, para cobrir minha fuga. Eu estava sozinho e precisava me decidir.

Não atirei, era inconcebível. Não conseguia aceitar a ideia de que o primeiro inimigo que eu ia abater estivesse mijando no momento de minha ação heroica. Se eu pudesse falar com Boris, ele provavelmente me lembraria que o inimigo em questão pertencia a um exército que não fazia nenhuma pergunta quando atirava na nuca das crianças, quando metralhava adolescentes nas esquinas de nossas ruas e, menos ainda, quando exterminava sem conta nos campos da morte. Boris não estaria errado, mas, pronto, eu sonhava ser piloto de uma esquadrilha da Royal Air Force, então, na falta de um avião, minha honra seria salva apesar de tudo. Esperei que meu oficial se pusesse em condições de ser abatido. Não me deixei distrair pelo seu sorrisinho oblíquo quando deixou o sanitário e ele tampouco me deu atenção quando o segui novamente em direção à escada. O mictório ficava no fim de um beco, ele só tinha um caminho para sair dali.

Na ausência de disparo, Boris devia estar se perguntando o que eu fazia aquele tempo todo. Mas meu oficial subia os degraus à minha frente e de toda forma eu não ia atirar nele pelas costas. O único meio para que ele se voltasse era chamá-lo, o que não era fácil se considerarmos que o meu alemão trivial limitava-se a duas palavras: *ja* e *nein*. Azar, dentro de poucos segundos ele estaria de volta à rua e tudo iria para o brejo. Correr todos esses riscos para falhar no último instante teria sido muito idiota. Enchi o peito e gritei *ja* com todas as minhas forças. O oficial deve ter percebido que eu me dirigia a ele, porque voltou-se imediatamente e me aproveitei disso para disparar cinco balas no seu peito, isto é, de frente. A sequência foi mais ou menos fiel às instruções dadas por Boris. Guardei o revólver na minha calça, me queimando levemente no cano por onde acabavam de passar cinco balas a uma velocidade que meu nível em matemática não me permitia calcular.

Ao chegar ao topo da escada, montei na minha bicicleta e perdi minha pistola, que escorregou do meu bolso. Apeei para recolher a arma, mas a voz de Boris gritando para mim "Sebo nas canelas, meu velho" me trouxe de volta a realidade do instante presente. Pedalei até perder o fôlego, esgueirando-me por entre os curiosos que já corriam para o lugar de onde os tiros haviam partido.

No caminho, pensei sem parar na pistola perdida. As armas eram raras na brigada. Ao contrário dos maquis, não nos beneficiávamos das remessas por paraquedas de Londres; o que era realmente injusto, pois os maquisards não faziam muita coisa com as caixas que lhes expediam, a não ser estocá-las em esconderijos com vistas a um futuro desembarque aliado, que aparentemente não aconteceria amanhã. Para nós, o único meio de arranjar armas era confiscá-las do inimigo; raras vezes, empreendendo missões extremamente perigosas. Não apenas eu não tivera presença de espírito para pegar a Mauser que o oficial carregava no cinto, como, além disso, perdera meu revólver. Acho que me concentrava nesse pensamento para tentar esquecer que, embora no final tudo houvesse se passado como dissera Boris, de toda forma eu acabava de matar um homem.

* * *

Bateram à porta. Com os olhos pregados no teto, Claude, deitado em seu colchão, fez como se não tivesse escutado, parecia estar ouvindo música; como o quarto estava silencioso, deduzi que estava de mau humor.

Por segurança, Boris foi até a janela e levantou ligeiramente a cortina para dar uma olhada do lado de fora. A rua estava tranquila. Abri e deixei Robert entrar. Seu nome real era Lorenzi, mas em nossa casa contentávamo-nos em chamá-lo de Robert; às vezes também o chamávamos de "Engana-a-Morte" e esse apelido não tinha nada de pejorativo. É que simplesmente Lorenzi acumulava um certo número de qualidades. Em primeiro lugar, sua precisão no tiro; era inigualável. Não me agradaria estar no campo de mira de Robert, o índice de erros avizinhando-se do zero em nosso camarada. Ele obtivera autorização de Jan para manter permanentemente seu revólver consigo, ao passo que nós, em razão da escassez de armas que afetava a brigada, tínhamos que restituir o material quando a ação se encerrava, a fim de que outro pudesse usá-lo. Por mais estranho que pareça, cada um tinha sua agenda da semana, da qual constavam, dependendo, um guindaste a ser explodido no canal, um caminhão militar a ser incendiado em algum lugar, um trem a ser descarrilado, um posto de guarnição a ser atacado, a lista era longa. Aproveito para acrescentar que, com o passar dos meses, o ritmo a nós imposto por Jan pararia de se intensificar. Os dias de folga tornavam-se raros, a ponto de estarmos esgotados.

Muitos dizem que os gatilhos infalíveis têm um temperamento excitado, quando não intempestivo; Robert era justamente o contrário, era calmo e ponderado. Muito admirado pelos outros, de uma espontaneidade calorosa, tinha sempre uma palavra amável e reconfortante, o que era raro nos tempos que corriam. E depois Robert era alguém que sempre trazia de volta seus homens em missão, logo, tê-lo como cobertura era realmente tranquilizador.

Um dia, eu o encontraria numa birosca na praça Jeanne-d'Arc, onde íamos muitas vezes comer favas, uma leguminosa semelhante à lentilha e que dão ao gado; contentávamo-nos com a semelhança. É impressionante o que somos capazes de imaginar quando estamos com fome.

Robert jantava defronte de Sophie e, pela maneira como se olhavam, eu teria jurado que se amavam também. Mas eu devia estar enganado, uma vez que Jan dissera ser proibido o amor entre resistentes, por ser muito perigoso para a segurança. Quando volto a pensar no número de companheiros que na véspera de sua execução devem ter-se odiado por haverem respeitado o regulamento, sinto uma pontada na barriga.

Essa noite, Robert sentou-se na beirada da cama e Claude não se mexeu. Um dia preciso conversar com ele sobre seu caráter, com meu irmão caçula. Robert não fez caso disso e me estendeu na mão, ao mesmo tempo que me parabenizava pela ação realizada. Eu não disse nada, dividido por sentimentos contraditórios, o que, em razão de minha distração natural, como diziam meus professores, logo me fazia mergulhar num mutismo total em virtude de reflexão profunda.

E enquanto Robert ficava ali, plantado à minha frente, eu pensava que entrara na Resistência com três sonhos na cabeça: encontrar o general De Gaulle em Londres, alistar-me na Royal Air Force e matar um inimigo antes de morrer.

Tendo compreendido claramente que os dois primeiros sonhos seriam inatingíveis, ter podido realizar pelo menos o terceiro deveria ter me enchido de alegria, ainda mais que eu continuava vivo, ao passo que a ação já remontava a algumas horas. Na verdade, era justamente o contrário. Imaginar meu oficial alemão, que no presente momento ainda permanecia, pelas exigências do inquérito, na posição em que eu o deixara, estirado no chão, braços abertos nos degraus de uma escada tendo ao fundo um mictório, não me proporcionava nenhuma satisfação.

Boris pigarreou, Robert não me estendia a mão para que eu a apertasse — embora eu tivesse certeza de que ele não teria nada contra, sendo espontaneamente caloroso —, mas, tudo indicava, para pegar de volta sua arma. Porque a pistola de tambor que eu perdera era a dele!

Eu não sabia que Jan enviara-o como segunda cobertura, prevendo os riscos ligados à minha inexperiência no momento do disparo e da fuga que devia se seguir. Como já disse, Robert sempre trazia seus homens de volta. O que me tocava era que Robert tivesse deixado sua arma com Charles ontem à noite para que ele a entregasse para mim, ao passo que eu mal lhe dera atenção durante o jantar, por demais absorto na minha fatia de omelete. E se Robert, responsável pela minha retaguarda e a de Boris, tivera um gesto generoso, era porque quisera que eu dispusesse de um revólver que nunca enguiçasse, ao contrário das armas automáticas.

Mas Robert não deve ter visto o fim da ação e provavelmente tampouco que sua pistola ainda quente escorregara do meu cinto para aterrissar no asfalto, logo antes de Boris me ordenar que pusesse sebo nas canelas.

Enquanto o olhar de Robert fazia-se insistente, Boris levantou-se e abriu a gaveta do único móvel do recinto. Tirou de uma caixa grosseira a pistola tão esperada e devolveu-a imediatamente ao seu proprietário, sem o menor comentário.

Robert guardou-a no lugar apropriado e eu aproveitei para me instruir sobre a maneira como devíamos passar o cano sob a fivela do cinto, para evitar queimaduras na virilha e as consequências resultantes disso.

* * *

Jan estava satisfeito com o nosso desempenho na ação, agora éramos aceitos na brigada. Uma nova missão nos esperava.

Um membro do maqui tomara um trago com Jan. Durante a conversa, cometera uma indiscrição voluntária, revelando, entre outros detalhes, a existência de uma fazenda onde estavam estocadas algumas armas jogadas de paraquedas pelos ingleses. Aquilo nos deixava enlouquecidos, que estocassem, com vistas ao desembarque aliado, armas que nos faziam falta diariamente. Portanto, sinto muito, colegas do maqui, mas Jan tomara a decisão de se abastecer no seu reduto. Para evitar criar brigas inúteis, e prevenir alguma imprudência, iríamos desarmados. Não digo que não houvesse algumas rivalidades entre os movimentos gaullistas e nossa brigada, mas estava fora de questão correr o risco de ferir um "primo" resistente, ainda que as relações familiares continuassem instáveis. Logo, a instrução era não recorrer à força. Se a coisa desandasse, dávamos no pé, ponto final.

A missão devia ser cumprida com arte e estilo. Aliás, se o plano que Jan concebera fosse executado sem percalços, eu duvidava que os gaullistas de Londres relatassem o ocorrido, sob o risco de passarem realmente por otários e de a fonte de abastecimento secar.

Enquanto Robert explicava como proceder, meu irmão mostrava uma indiferença completa, mas eu, do meu canto, percebia que ele não perdia uma migalha da conversa. Devíamos nos apresentar nessa fazenda a alguns quilômetros a oeste da cidade, explicar às pessoas do lugar que vínhamos da parte de um certo Louis, que os alemães desconfiavam do esconderijo e demorariam a aparecer, que estávamos ali para ajudá-los a transferir a mercadoria e supostamente os fazendeiros deviam nos entregar as poucas caixas de granadas e metralhadoras que haviam estocado. Uma vez carregadas nos pequenos reboques presos em nossas bicicletas, desabalávamos, e negócio resolvido.

— São necessárias seis pessoas na operação — disse Robert.

Eu sabia muito bem que não me enganara a respeito de Claude, porque ele se reerguera em sua cama, como se a sua sesta chegasse subitamente ao fim, aqui e agora, apenas por acaso.

— Quer participar? — perguntou Robert ao meu irmão.

— Com a experiência que agora tenho na subtração de bicicletas, suponho que também seja qualificado para saquear armas. Devo ter cara de ladrão para que pensem sistematicamente em mim para esse tipo de missão.

— É justamente o contrário, você tem cara de um rapaz honesto e é por isso que é particularmente qualificado, você não desperta suspeitas.

Não sei se Claude tomou isso como um elogio ou se estava simplesmente contente pelo fato de Robert dirigir-se a ele diretamente, com a consideração de que ele parecia sentir falta, mas seus traços logo relaxaram. Creio inclusive tê-lo visto sorrir. É impressionante como o fato de se beneficiar de um reconhecimento, por mais ínfimo que seja, pode ser um bálsamo para a alma. Afinal, sentir-se anônimo junto a pessoas com quem você convive é um sofrimento muito maior do que supomos, é como se fôssemos invisíveis.

Era provavelmente por isso também que sofríamos tanto com a clandestinidade, e também por isso que na brigada encontrávamos uma espécie de família, uma sociedade onde todos nós tínhamos uma existência. E isso contava muito para cada um de nós.

Claude disse:

— Estou nessa.

Com Roberto, Boris e eu, faltavam dois. Alonso e Émile iriam juntar-se a nós.

Os seis participantes da missão deviam primeiro dirigir-se o mais cedo possível a Loubers, onde um pequeno reboque seria atrelado à sua bicicleta. Charles havia pedido para passarmos um depois do outro; não em razão do modesto tamanho de sua oficina, mas para evitar que um comboio atraísse a atenção da vizinhança. Foi marcado um encontro por volta das 6 horas na saída da aldeia, na direção do campo, no lugar conhecido como "Côte Pavée".

5

Foi Claude quem se apresentou primeiro ao fazendeiro. Seguiu ao pé da letra as instruções que Jan obtivera de seu contato entre os maquisards.

— Viemos da parte de Louis. Ele pediu para lhe dizer que esta noite *a maré estará baixa.*

— Pior para a pesca — respondeu o homem.

Claude não o contrariou e formulou prontamente o resto de sua mensagem.

— A Gestapo está a caminho, precisamos transferir as armas!

— Diacho, isso é terrível! — exclamou o fazendeiro.

Observou nossas bicicletas e acrescentou:

— Onde está o caminhão de vocês?

Claude não entendeu a pergunta, para ser honesto eu também não e acho que, com os companheiros atrás, davase o mesmo. Mas ele não perdeu a presença de espírito e respondeu sem pestanejar:

— Está vindo atrás de nós, estamos aqui para organizar a transferência.

O fazendeiro conduziu-nos até o celeiro. Ali, atrás dos fardos de feno amontoados até vários metros de altura, descobrimos o que mais tarde daria seu nome àquela missão, a "Caverna de Ali-Babá". Alinhadas no chão, empilhavam-se caixas recheadas de granadas, morteiros, metralhadoras Sten, sacos inteiros de balas, barbante, dinamite, submetralhadoras e outras coisas que decerto esqueço.

Nesse momento preciso eu tomava consciência de duas coisas de igual importância. Em primeiro lugar, minha avaliação política quanto ao interesse de nos prepararmos para o desembarque aliado devia ser revista. Meu ponto de vista acabava de mudar, sobretudo depois que compreendi que aquele esconderijo provavelmente não passava de um depósito entre outros em vias de formação no território. A segunda é que estávamos saqueando armas que provavelmente mais dia menos dia fariam falta ao maqui.

Evitei comunicar essas considerações ao camarada Robert, chefe de nossa missão; não com medo de ser menosprezado pelo meu superior, mas sim porque, depois de ampla reflexão, eu me reconciliava com a minha consciência: com nossos singelos seis reboques de bicicleta, não privaríamos o maqui de grande coisa.

Para compreender o que eu sentia diante dessas armas, conhecendo melhor agora o valor da menor pistola no seio de nossa brigada e percebendo na mesma oportunidade o sentido da pergunta benevolente do fazendeiro — "mas onde está o caminhão de vocês?" —, basta imaginar meu irmão vendo-se, como que por mágica, diante de uma mesa cheia de batatas fritas crocantes e douradas, mas num dia de náusea.

Robert pôs fim à perturbação geral e ordenou que, enquanto esperávamos o lendário caminhão, começássemos a carregar o que podíamos nos reboques. Foi nesse momento que o fazendeiro fez uma segunda pergunta que ia deixar-nos a todos pasmos.

— O que fazemos com os russos?

— Que russos? — indagou Robert.

— Louis não lhe disse nada?

— Depende sobre o quê — interveio Claude, que visivelmente ganhava segurança.

— Estamos escondendo dois prisioneiros russos, evadidos de uma prisão na Muralha do Atlântico. Precisamos fazer alguma coisa. Não podemos correr o risco de a Gestapo encontrá-los, seriam sumariamente fuzilados.

Havia duas coisas perturbadoras no que o fazendeiro acabava de anunciar. A primeira era que, sem querer, íamos fazer aqueles dois coitados, que já deviam ter sofrido o diabo, viverem um pesadelo; mas, mais do que isso, o fazendeiro não pensara em sua própria vida um instante sequer. Tenho que pensar em acrescentar os fazendeiros na lista de pessoas formidáveis que conheci durante esse período pouco glorioso.

Robert sugeriu que os russos fossem se esconder nos bosques para passar a noite. O camponês perguntou se um de nós era capaz de lhes explicar aquilo, seu traquejo com a língua russa não se havendo revelado muito notável desde que recolhera os dois pobres-diabos. Após nos fitar, concluiu que preferia se encarregar daquilo.

— É mais seguro — acrescentou.

E, enquanto ele ia encontrá-los, carregamos os reboques até em cima, Émile pegou inclusive duas sacolas com munições que não serviriam de nada, uma vez que não tínhamos revólver de calibre correspondente, mas isso foi Charles que nos contou na nossa volta.

Havíamos deixado nosso fazendeiro em companhia de seus dois refugiados russos, não sem um certo sentimento de culpa, e pedalávamos até perder o fôlego, puxando nossos pequenos reboques a caminho da oficina.

Ao entrarmos nos subúrbios da cidade, Alonso não conseguiu evitar um buraco, e um dos sacos de balas que ele transportava ficou pelo caminho. Os transeuntes pararam, surpresos com a natureza da carga que acabava de se espalhar pelo asfalto. Dois operários vieram ao encontro de Alonso e o ajudaram a recolher as balas, recolocando-as no carrinho sem fazer perguntas.

Charles fez o inventário de nossas aquisições e guardou-as num lugar apropriado. Veio nos encontrar no refeitório, oferecendo-nos um de seus magníficos sorrisos desdentados, e anunciou em seu linguajar tão peculiar:

— Mucho bon trabá. Temo com que fazer pelu meno cim aciones.

O que traduzimos imediatamente por:

— Excelente trabalho. Temos com que fazer pelo menos cem atentados.

6

Junho extinguia-se ao ritmo de nossas ações, o mês estava quase no fim. Guindastes desenraizados por nossas cargas explosivas haviam se inclinado nos canais sem jamais poderem ser reerguidos, trens haviam descarrilado deslizando sobre trilhos que havíamos deslocado, as estradas percorridas pelos comboios alemães eram obstruídas com torres de transmissão derrubadas. Em meados do mês, Jacques e Robert conseguiram plantar três bombas na Feldgendarmerie, causando estragos consideráveis. O chefe de polícia da região lançara novamente um apelo à população; mensagem ridícula, conclamando todos a denunciar qualquer pessoa suscetível de pertencer a uma organização terrorista. Em seu comunicado, o chefe da polícia francesa da região de Toulouse fustigava aqueles que reivindicavam uma suposta Resistência, esses arruaceiros que prejudicavam a ordem pública e a vida tranquila dos franceses. Os arruaceiros em questão éramos nós, que estávamos nos lixando para o que pensava o chefe de polícia.

Hoje, junto com Émile, nos abastecemos de granadas com Charles tendo como missão ir lançá-las no coração de uma central telefônica da Wehrmacht.

Caminhávamos pela rua, Émile me mostrou as vidraças que tínhamos que visar e, a seu sinal, catapultamos nossos projéteis. Vi-os subir, formando uma curva quase perfeita. O tempo parecia congelado. Em seguida veio o barulho de vidro estilhaçado e julguei mesmo ouvir as granadas rolarem sobre o piso e os passos dos alemães correndo provavelmente para a primeira porta à vista. É melhor serem dois a fazer esse tipo de coisa; sozinho, o êxito parece improvável.

A essa altura, duvido muito que as comunicações alemãs sejam restabelecidas antes de um bom tempo. Mas nada disso me alegra, meu irmão terá que se mudar.

Claude agora está integrado à equipe. Jan decidiu que nossa coabitação era muito perigosa, contrária às regras de segurança. Cada companheiro deve morar sozinho, para evitar comprometer um colega que more com ele caso venha a ser preso. Sinto muito a falta da presença do meu irmão, sendo agora impossível para mim à noite ir dormir sem pensar nele. Se está em alguma ação, não sou mais informado disso. Então, deitado na cama, as mãos atrás da cabeça, procuro o sono sem jamais encontrá-lo completamente. A solidão e a fome são péssima companhia. O ronco do meu estômago vem às vezes perturbar o silêncio que me cerca. Para pensar em outra coisa, olho com insistência para a lâmpada no teto do meu quarto e logo ela se torna um reflexo luminoso no vidro do meu caça inglês. Piloto um Spitfire da Royal Air Force. Sobrevoo o canal da Mancha, basta-me inclinar o aparelho para ver na ponta das asas as cristas das ondas que correm para a Inglaterra como eu. A apenas poucos metros, o avião do meu irmão ronrona, dou uma olhada na direção de seu motor para me certificar de que nenhuma fumaça irá comprometer seu retorno, mas já à nossa frente perfilam-se a costa e seus penhascos brancos. Sinto o vento entrando no habitáculo e assobiando entre minhas pernas. Depois que pousarmos, nos regalaremos em torno de uma mesa farta na cantina dos oficiais... Um comboio de caminhões alemães passa em frente às minhas janelas e os estalidos das embreagens me levam de volta ao meu quarto e à minha solidão.

Esperando o comboio de caminhões alemães apagar-se na noite, a despeito da satânica fome que me fustigava, consegui finalmente encontrar coragem para desligar a lâmpada do meu quarto. Na penumbra, digo com meus botões que não desisti. Provavelmente vou morrer, mas não terei desistido, de toda forma eu pensava morrer bem mais cedo que isso e ainda estou vivo, então quem sabe? Talvez, no fim das contas, Jacques tenha razão, a primavera voltará um dia.

* * *

De madrugada, recebo a visita de Boris, outra missão nos espera. E enquanto pedalamos em direção à velha estação de Loubers para irmos pegar nossas armas, o doutor Arnal chega a Vichy para defender a causa de Langer. É o diretor dos assuntos criminais e dos indultos que o recebe. Seu poder é imenso e ele sabe disso. Escuta o advogado com um ouvido distraído, tem a cabeça longe, o fim de semana se aproxima e ele só pensa no que fará, se sua amante o receberá na tepidez de suas coxas após a boa ceia que ele lhe reserva num restaurante da cidade. O diretor dos assuntos criminais percorre rapidamente o dossiê que Arnal suplica-lhe que considere. Os fatos estão ali, preto no branco, e são graves. A sentença não é severa, diz ele, é justa. Não há nada a censurar nos juízes, eles cumpriram seu dever aplicando a lei. Sua opinião está formada, mas Arnal insiste mais, então ele aceita, uma vez que o caso é delicado, reunir a Comissão dos Indultos.

Mais tarde, perante seus membros, pronunciará sempre o nome de Marcel de maneira a sugerir que se trata de um estrangeiro. E enquanto o velho advogado Arnal deixa Vichy, a comissão rejeita o indulto. E, enquanto o velho advogado Arnal embarca no trem que o leva de volta a Toulouse, um documento administrativo segue igualmente seu trenzinho; destina-se ao ministro da Justiça, que logo o encaminha ao gabinete do marechal Pétain. O marechal assina o processo, a sorte de Marcel agora está selada, será guilhotinado.

* * *

Hoje, 15 de julho de 1943, junto com meu companheiro Boris, na praça des Carmes, atacamos o escritório do dirigente do grupo "Collaboration". Depois de amanhã, Boris cuidará de um certo Rouget, colaboracionista zeloso e um dos melhores espias da Gestapo.

* * *

Ao deixar o Palácio de Justiça para ir almoçar, o promotor Lespinasse está de excelente humor. O trenzinho administrativo chegou esta manhã à sua destinação. A recusa ao indulto de Marcel está em sua mesa de trabalho, traz a assinatura do marechal. A ordem de execução a acompanha. Lespinasse passou a manhã contemplando aquele pedaço de papel de alguns centímetros quadrados. Aquela folha retangular é para ele como uma recompensa, um prêmio de excelência que lhe concedem as mais altas autoridades do

Estado. Não é o primeiro que Lespinasse fatura. Já na escola primária todo ano levava a seu pai um *satisfecit*, recebido graças a seu trabalho assíduo, graças à estima de seus professores... Privilégio negado a Marcel. Lespinasse suspira, ergue o pequeno bibelô de porcelana que reina em sua escrivaninha, diante do suporte de papéis de couro. Empurra a folha e ajeita o bibelô em cima. Não pode distrair-se com aquilo, tem que terminar o discurso de sua próxima conferência, mas sua mente navega para sua agenda. Abre-a, vira as páginas, um dia, dois, três, quatro, pronto, é aqui. Hesita em anotar as palavras "execução Langer" acima de "almoço com Armande", a folha já está coberta com compromissos. Então contenta-se em desenhar uma cruz. Fecha a agenda e volta à redação de seu texto. Algumas linhas e ei-lo espichando-se para o documento que ultrapassa a base do bibelô. Reabre a agenda e, defronte da cruz, escreve o número 5. É a hora em que ele deverá se apresentar às portas da prisão Saint-Michel. Lespinasse guarda enfim a agenda no bolso, empurra o cortador de papel de ouro sobre a escrivaninha, alinha-o, paralelamente a sua caneta. É meio-dia e o apetite do procurador agora se faz sentir. Lespinasse levanta-se, conserta o vinco de sua calça e sai no corredor do Palácio.

Do outro lado da cidade, o doutor Arnal coloca sobre sua escrivaninha a mesma folha de papel, que recebeu esta manhã. Sua faxineira entra no aposento. Arnal fita-a detidamente, nenhum som consegue sair de sua garganta.

— Está chorando, patrão? — murmura a faxineira.

Arnal curva-se sobre a cesta de papel para vomitar sua bile. Os espasmos o sacodem. A velha Marthe hesita, não sabe o que fazer. E então seu bom senso prevalece, tem três filhos e dois netos a velha Marthe, isto é, vômitos já viu muitos. Aproxima-se e põe a mão na testa do velho advogado. E cada vez que ele se debruça sobre a cesta, ela acompanha seu movimento. Estende-lhe um lenço de algodão branco e, enquanto seu patrão limpa a boca, seu olhar pousa na folha de papel, e dessa vez são os olhos da velha Marthe que se enchem de lágrimas.

* * *

Esta noite, nos encontraremos na casa de Charles. Sentados diretamente no chão, Jan, Catherine, Boris, Émile, Claude, Alonso, Stefan, Jacques e Robert, formamos um círculo. Um papel de carta passa de mão em mão, todos procuram palavras e não encontram. O que escrever a um amigo que vai morrer?

— Nunca o esqueceremos — murmura Catherine.

É o que todos pensam aqui. Se nossa luta nos levar a recuperar a liberdade, se um único de nós sobreviver, ele não o esquecerá, Marcel, e um dia dirá o seu nome. Jan nos escuta, pega a pena e rabisca em iídiche as poucas frases que acabamos de dizer. Dessa forma, os guardas que irão conduzi-lo ao cadafalso não poderão compreender. Jan dobra a missiva. Catherine a pega e enfia em seu decote. Amanhã, irá entregá-la ao rabino.

Não é certo que nossa carta chegue até o condenado. Marcel não acredita em Deus, provavelmente recusará a presença do capelão, bem como a do rabino. Mas, afinal, quem sabe? Um pouquinho de sorte em toda essa miséria não seria nada mal. Que ela faça com que você leia essas poucas palavras escritas para lhe dizer que, se um dia formos novamente livres, sua vida estará conosco para sempre.

7

São 5 horas nesta triste manhã de 23 de julho de 1943. Num gabinete da prisão Saint-Michel, Lespinasse brinda na companhia dos juízes, do diretor e dos dois carrascos. Um café para os homens de preto, uma taça de vinho branco seco para matar a sede dos que transpiraram ao montarem a guilhotina. Lespinasse consulta incessantemente seu relógio. Espera o ponteiro terminar sua volta no quadrante.

— Está na hora — diz ele —, vão avisar Arnal.

O velho advogado não quis misturar-se a eles, mofa sozinho no pátio. Vão procurá-lo, ele se junta ao cortejo, faz um sinal para o guarda e caminha separado na frente.

O toque da alvorada ainda não soou, mas todos os prisioneiros já estão de pé. Sabem quando um dos seus vai ser executado. Um murmúrio se faz ouvir; as vozes dos espanhóis fundem-se às dos franceses a que logo se juntam às dos italianos, e depois é a vez dos húngaros, poloneses, tchecos e romenos. O murmúrio virou um canto que se ergue alto e forte. Todos os sotaques se misturam e clamam as mesmas palavras. É a "Marselhesa" que ressoa nos muros das masmorras da prisão Saint-Michel.

Arnal entra na cela; Marcel acorda, olha o céu cor-de-rosa pela claraboia e compreende imediatamente. Arnal abraça-o. Por cima de seu ombro, Marcel olha novamente para o céu e sorri. No ouvido do velho advogado, murmura:

— Eu gostava muito da vida.

O barbeiro entra por sua vez, é preciso limpar a nuca do condenado. As tesouras retinem e as mechas caem no chão de terra batida. O cortejo avança, no corredor o "Chant des partisans" substituiu a "Marselhesa". Marcel para no alto dos degraus da escada, volta-se, ergue lentamente o punho e grita:

— Adeus, camaradas.

A prisão inteira cala-se por um curto instante.

— Adeus, camarada, e viva a França — respondem os prisioneiros em uníssono.

E a "Marselhesa" invade novamente o espaço, mas a silhueta de Marcel já desapareceu.

Ombro a ombro, Arnal, de capa, Marcel, de camisa branca, caminham para o inevitável. Olhando-os de costas, não sabemos muito bem quem ampara quem. O vigia-chefe tira um maço de Gauloises do bolso. Marcel pega o cigarro que ele lhe estende, um fósforo é riscado e a chama ilumina a parte de baixo de seu rosto. Algumas espirais de fumaça escapam de sua boca, a caminhada é retomada. Na soleira da porta que dá para o pátio, o diretor da prisão pergunta-lhe se quer um copo de rum. Marcel lança um olhar para Lespinasse e balança a cabeça.

— Dê-o a esse homem, em vez de a mim — disse ele —, ele precisa mais do que eu.

O cigarro rola no chão, Marcel faz sinal de que está pronto.

O rabino aproxima-se, mas, com um sorriso, Marcel sugere que não precisa dele.

— Obrigado, rabino, mas só acredito num mundo melhor para os homens aqui na terra, e apenas os homens podem decidir um dia inventar este mundo. Para eles e para seus filhos.

O rabino sabe muito bem que Marcel não quer sua ajuda, mas tem uma missão a cumprir e o tempo urge. Então, sem rodeios, o homem de Deus cutuca Lespinasse e estende a Marcel o livro que segura nas mãos. Murmura em iídiche:

— Há alguma coisa aí dentro para você.

Marcel hesita, tateia o livro e o folheia. Entre as páginas, encontra o bilhete rabiscado pela mão de Jan. Marcel aflora as linhas, da direita para a esquerda; fecha as pálpebras e o devolve ao rabino.

— Diga-lhes que agradeço e, principalmente, que confio na vitória deles.

São 5h15, a porta se abre para uma das escuras galerias da prisão Saint-Michel. A guilhotina está à direita. Por delicadeza, os carrascos montaram-na ali, para que o condenado não a descobrisse senão no momento derradeiro. Do alto dos mirantes, as sentinelas alemãs divertem-se com o espetáculo insólito que se desenrola diante de seus olhos.

— Esses franceses não deixam de ser esquisitos, a princípio o inimigo somos nós, não é mesmo? — ironiza um.

Seu compatriota contenta-se em dar de ombros e se debruça para ver melhor. Marcel sobe os degraus do cadafalso e volta-se uma última vez para Lespinasse:

— Meu sangue cairá sobre sua cabeça. — Ele sorri, e acrescenta:

— Morro pela França e por uma humanidade melhor.

Sem ajuda, Marcel deita-se na tábua e o cutelo desliza. Arnal prende a respiração, tem o olhar fixado no céu tecido por nuvens leves, dir-se-ia de seda. A seus pés, os paralelepípedos do pátio estão vermelhos de sangue. E enquanto depositam os despojos de Marcel num caixão, os carrascos já trabalham na limpeza de sua máquina. Jogam um pouco de serragem no chão.

Arnal acompanhará o amigo até sua última morada. Sobe à frente do coveiro, as portas da prisão se abrem e o cortejo põe-se a caminho. Na esquina da rua passa em frente à silhueta de Catherine sem sequer reconhecê-la.

Escondidas no arco de uma porta, Catherine e Marianne espreitam o cortejo. O eco dos cascos do cavalo perde-se ao longe. Na porta da casa de detenção, um guarda prende o aviso de execução. Não há mais nada a fazer ali. Lívidas, deixam seu abrigo e sobem a rua a pé. Marianne segura um lenço na frente da boca, remédio inútil contra a náusea, contra a dor. São apenas 7 horas quando se juntam a nós na casa de Charles. Jacques não diz nada, cerra os punhos. Com a ponta do dedo, Boris desenha um círculo na mesa, Claude está sentado recostado na parede, olha para mim.

— Precisamos liquidar um inimigo hoje — diz Jan.

— Sem nenhuma preparação? — pergunta Catherine.

— Eu concordo — diz Boris.

* * *

Às 20 horas, no verão, ainda é dia claro. As pessoas passeiam desfrutando do retorno do clima ameno. As varandas dos cafés regurgitam de gente, alguns namorados beijam-se nas esquinas. No meio dessa multidão, Boris parece ser um rapaz como os outros, inofensivo. Entretanto, aperta em seu bolso a coronha de uma pistola. Já faz uma hora que procura uma presa, qualquer uma, quer um oficial para vingar Marcel, insígnias douradas, dólmã estrelado. Mas por enquanto não cruzou senão com dois recrutas alemães de bem com a vida e esses rapazolas não são suficientemente cruéis para merecerem morrer. Boris atravessa a esplanada Lafayette, sobe a rua d'Alsace, perambula pelas calçadas da praça Esquirol. Ao longe, ouve os metais de uma orquestra. Boris então deixa-se guiar pela música.

Uma orquestra alemã toca num quiosque. Boris acha uma cadeira e senta-se. Fecha os olhos e procura acalmar as batidas do seu coração. Fora de questão voltar de mãos abanando, fora de questão decepcionar os companheiros. Claro, aquele não é o tipo de vingança que Marcel merece, mas a decisão está tomada. Reabre os olhos, a Providência lhe sorri, um belo oficial instalou-se na primeira fileira. Boris observa o quepe que o militar agita para se abanar. Na manga do casaco vê a fita vermelha da campanha da Rússia. Deve ter matado homens, aquele oficial, para ter o direito de repousar em Toulouse. Deve ter conduzido soldados à morte para gozar tão serenamente de uma agradável noite de verão no sudoeste da França.

O concerto termina, o oficial levanta-se, Boris o segue. A alguns passos dali, bem no meio da rua, dá cinco disparos, chamas projetam-se do cano da arma do nosso companheiro. A multidão se aproxima, Boris vai embora.

Numa rua de Toulouse, o sangue de um oficial alemão corre pela sarjeta. A alguns quilômetros dali, sob a terra de um cemitério de Toulouse, o sangue de Marcel já está seco.

* * *

La Dépêche noticia a ação de Boris; na mesma edição, comunica a execução de Marcel. As pessoas da cidade farão rapidamente o elo entre esses dois casos. Os que estão comprometidos ficarão sabendo que o sangue de um insurgente não corre impunemente, os demais saberão que bem perto deles há quem lute.

O chefe de polícia regional correu para publicar um comunicado a fim de tranquilizar o ocupante quanto à benevolência de suas equipes para com ele. "Assim que soube do atentado", escreve, "constituí-me em intérprete da indignação popular junto ao general-chefe do Estado-Maior e do chefe da Segurança alemã." O intendente da polícia regional acrescentara seu virtuosismo à prosa colaboracionista: "Um prêmio bastante significativo em dinheiro será entregue pelas autoridades a qualquer pessoa que permita identificar o autor ou os autores do odioso atentado cometido por arma de fogo na noite de 23 de julho contra um militar alemão na rua Bayard, em Toulouse." Fim da citação! Convém dizer que ele acabava de ser nomeado para seu posto, o intendente de polícia de Barthenet. Alguns anos zelosos junto aos serviços de Vichy haviam esculpido sua reputação de homem tão eficiente quanto temível e facilitado aquela promoção que ele tanto almejava. O cronista de *La Dépêche* acolhera sua nomeação desejando-lhe boas-vindas na primeira página do diário. Nós também, à nossa maneira, acabávamos de lhe desejar "nossas" boas-vindas. E para recebê-lo melhor ainda distribuímos um panfleto por toda a cidade. Em poucas linhas anunciávamos ter abatido um oficial alemão em represália à morte de Marcel.

Não vamos esperar ordem de ninguém. O rabino contara a Catherine o que Marcel dissera a Lespinasse antes de morrer no cadafalso. "Meu sangue cairá sobre sua cabeça." A mensagem batera fundo dentro de nós, como um testamento deixado por nosso camarada, e havíamos decodificado sua última vontade. Teríamos a pele do procurador. A iniciativa necessitaria de uma longa preparação. Não se liquidava um procurador como aquele em plena rua. O homem da lei certamente era protegido, não devia se deslocar senão capitaneado pelo seu motorista, nossa brigada não admitia que um atentado representasse riscos para a população. Ao contrário daqueles que colaboravam abertamente com os nazistas, dos que denunciavam, dos que prendiam, dos que torturavam, deportavam, dos que condenavam, fuzilavam, dos que, livres de qualquer entrave, a consciência paramentada na toga de um pretenso dever, saciavam seu ódio racista, ao contrário de todos estes, embora estivéssemos dispostos a sujar nossas mãos, elas permaneceriam limpas.

* * *

Nas últimas semanas, a pedido de Jan, Catherine vem instalando uma célula de informações. Entenda por isso que, com algumas de suas amigas, Damira, Marianne, Sophie, Rosine, Osna, todas aquelas que nos eram proibidas de amar mas que amávamos assim mesmo, ela reuniria as informações necessárias à preparação de nossas missões.

Ao longo dos meses seguintes, as moças da brigada especializaram-se nas varreduras, nas fotografias batidas às pressas, nos levantamentos de itinerários, nas observações de empregos de tempo, nas investigações na vizinhança. Graças a elas, saberíamos tudo ou quase tudo da rotina daqueles que visávamos. Não, não esperaríamos ordem de ninguém. Encabeçando a lista, figurava agora o promotor Lespinasse.

8

Jacques me pedira para fazer contato com Damira no centro da cidade a fim de lhe transmitir uma ordem de missão. O encontro fora marcado naquele bar onde os companheiros confraternizavam com exagerada frequência, até que Jan nos proibisse de botar os pés ali, por razões de segurança, como sempre.

Meu queixo caiu na primeira vez que a vi. Eu tinha os cabelos ruivos, a pele branca cheia de sardas, a ponto de me perguntarem se eu tinha olhado para o sol através de uma peneira; além disso, eu usava óculos. Damira era italiana e, mais importante que tudo aos meus olhos de míope, também era ruiva. Concluí que isso inevitavelmente criaria laços privilegiados entre nós. Por outro lado, já me enganara na avaliação do real interesse dos estoques de armas formados pelos maquis gaullistas, o que significa que, no que se referia a Damira, não tinha certeza de nada.

Aboletados diante de um prato de favas, devíamos parecer dois jovens namorados, a não ser pelo fato de Damira não estar apaixonada por mim, e eu, sem me importar com o fato, já um pouco enrabichado por ela. Eu a via como se, depois de 18 anos de vida passada na pele de um sujeito nascido com um monte de cenouras na cabeça, descobrisse uma criatura semelhante, e do sexo oposto; oposição que pelo menos por uma vez era uma tremenda boa notícia.

— Por que me olha assim? — perguntou Damira.

— Por nada!

— Estão nos espionando?

— Não, não, de jeito nenhum!

— Tem certeza? Porque da maneira como você me encara, achei que queria me alertar de algum perigo.

— Damira, juro que estamos em segurança!

— Então por que está suando na testa?

— Está fazendo um calor de morte nesta sala.

— Não acho.

— Você é italiana, eu sou de Paris, então deve estar mais acostumada do que eu.

— Quer dar uma volta?

Se Damira tivesse me convidado para tomar banho no canal, eu teria dito sim no ato. Ela não terminara sua frase e eu já estava de pé, puxando sua cadeira para ajudá-la a levantar-se.

— Ótimo, um homem galante — ela disse, sorrindo.

A temperatura no interior do meu corpo acabava de subir mais, e pela primeira vez desde o início da guerra, podia-se dizer que eu estava com a cara boa, de tal forma minhas faces deviam estar vermelhas.

Caminhávamos ambos na direção do canal onde eu imaginava me esbaldar com a minha esplêndida ruiva italiana nos jogos carinhosos da água amorosa. O que era totalmente ridículo, uma vez que banhar-se entre dois guindastes e três barcaças carregadas de hidrocarbonetos nunca teve nada de romântico. Dito isto, naquele momento nada no mundo teria sido capaz de me impedir de sonhar. Aliás, enquanto atravessávamos a praça Esquirol, eu pousava meu Spitfire (cujo motor me deixara na mão por ocasião de um looping) num campo que margeava o encantador chalé onde Damira e eu morávamos na Inglaterra depois que ela engravidara de nosso segundo filho (que provavelmente seria tão ruivo quanto nossa filha mais velha). E, cúmulo da felicidade, era precisamente hora do chá. Damira vinha ao meu encontro, escondendo nos bolsos de seu avental xadrez verde e vermelho bolinhos quentes saídos do forno. Paciência, eu trataria de consertar meu avião depois do lanche; os bolos de Damira eram sofisticados, ela devia ter tido um trabalho danado para prepará-los apenas para mim. Por uma vez, eu podia esquecer por um instante meu dever de oficial e lhe prestar homenagem. Sentada defronte de nossa casa, Damira colocara sua cabeça no meu ombro e suspirava, saciada por aquele momento de felicidade singela.

— Jeannot, acho que você dormiu.

— Como assim? — eu disse, sobressaltando-me.

— Sua cabeça está no meu ombro!

Vermelho como um pimentão, levantei-me. Spitfire, chalé, chá e bolos haviam evaporado, restando apenas os reflexos escuros do canal e o banco onde estávamos sentados.

Procurando desesperadamente um semblante ponderado, pigarreei e, sem ousar olhar para minha colega, tentei de toda forma conhecê-la melhor.

— Como entrou na brigada?

— Você não devia me entregar uma ordem de missão? — respondeu Damira, bem seca.

— Devia, mas temos tempo, não é mesmo?

— Você, pode ser, mas eu não.

— Responda-me e depois, prometo, falamos de trabalho.

Damira hesitou um instante, sorriu e aceitou me responder. Com certeza sabia que eu tinha uma certa queda por ela, as mulheres sempre sabem isso, frequentemente inclusive antes de nós mesmos sabermos. Não havia nada de indelicado em seu procedimento, ela sabia o quanto a solidão nos oprimia a todos, talvez a ela também, então aceitou apenas para me agradar e falar um pouco. O crepúsculo já se instalava, mas a noite ainda seria longa para nós, tínhamos algumas horas à nossa frente antes do toque de recolher. Dois adolescentes sentados num banco, ao longo de um canal, em plena Ocupação, não havia mal algum em desfrutar do tempo que corria. Quem poderia dizer quanto dele nos restava, para mim e para ela?

— Eu não achava que a guerra fosse chegar até nós — disse Damira. — Chegou uma noite pela aleia em frente à casa: um senhor caminhava, vestido como meu pai, como um operário. Papai foi ao encontro dele e conversaram durante um bom tempo. E depois o sujeito foi embora. Papai voltou para a cozinha, confabulou com a minha mãe. Eu, por minha vez, percebi que ela chorava, ela lhe disse "Já não sofremos bastante do jeito que está?". Disse isso porque seu irmão foi torturado na Itália pelos Camisas Negras. É o nome que damos em nosso país aos fascistas de Mussolini, como a Milícia por aqui.

Eu não pudera entrar na faculdade pelas razões já mencionadas, mas sabia muito bem quem eram os Camisas Negras. Preferi, contudo, não correr o risco de interromper Damira.

— Compreendi por que aquele sujeito falava com meu pai no jardim; e papai, com seu senso de honra, não esperava aquilo. Eu sabia que ele tinha dito sim, por ele e pelos meus irmãos também. Mamãe chorava porque íamos entrar na luta. Eu estava orgulhosa e feliz, mas me mandaram para o quarto. Na nossa casa, as meninas não têm os mesmos direitos que os meninos. Na nossa casa, vêm papai, os cretinos dos meus irmãos e depois, só depois, mamãe e eu. Isso para dizer que sei tudo sobre meninos, tenho quatro em casa.

Quando Damira disse isso, voltei a pensar no meu comportamento depois que nos havíamos aboletado no Assiette aux Vesces e ruminei que a probabilidade de que ela não tivesse detectado que eu tinha muito mais que uma tremenda queda por ela devia situar-se entre zero e nada. Não passou pela minha cabeça interrompê-la, eu teria sido incapaz de articular uma palavra que fosse. Damira então prosseguiu:

— Já eu, tenho o temperamento do meu pai, não o da minha mãe; além disso, sei muito bem que meu pai gosta disso, que eu pareça com ele. Sou como ele... uma revoltada. Não aceito a injustiça. Minha mãe sempre quis me ensinar a calar, papai é justamente o contrário, sempre me incentivou a responder, a não deixar barato, ainda que faça isso principalmente quando meus irmãos não estão lá, por causa da ordem estabelecida na família.

A poucos metros de nós, uma barcaça largava as amarras; Damira calou-se, como se os bateleiros pudessem nos ouvir. Era tolice, já que o vento que soprava nos guindastes o impediria, mas deixei-a recuperar o fôlego. Esperamos que a barcaça se afastasse rumo à eclusa, e Damira continuou.

— Conhece Rosine?

Rosine, italiana, leve sotaque cantante, voz que provocava arrepios incontroláveis, aproximadamente 1,70 m de altura, morena de olhos azuis, cabelos compridos, para além da fantasia.

Por prudência, respondi timidamente:

— Conheço, acho que nos esbarramos uma ou duas vezes.

— Ela nunca me falou de você.

Aquilo em nada me espantava, dei de ombros. É geralmente o que fazemos tolamente quando nos confrontamos com uma fatalidade.

— Por que está me falando de Rosine?

— Porque foi graças a ela que pude me juntar à brigada — continuou Damira. — Uma noite, havia uma reunião lá em casa, ela estava lá. Quando eu quis que fôssemos dormir, ela me respondeu que não estava lá para dormir, mas para assistir à reunião. Já falei para você que eu tinha horror à injustiça?

— Falou, falou, não faz cinco minutos e eu me lembro muito bem!

— Pois bem, aquilo era demais. Perguntei por que eu não podia participar da reunião, papai disse que eu era muito jovem. Ora, Rosine e eu temos a mesma idade. Então decidi tomar meu destino nas mãos e obedeci a meu pai pela última vez. Quando Rosine veio juntar-se a mim no meu quarto, eu estava acordada. À sua espera. Conversamos a noite inteira. Confessei-lhe que queria ser como ela, como meus irmãos, e supliquei que me apresentasse o comandante da brigada. Ela caiu na risada e me disse que o comandante estava sob o meu teto, dormindo na sala, inclusive. O comandante era o colega do meu pai que viera encontrá-lo um dia no jardim, no dia em que mamãe tinha chorado.

Damira fez uma pausa, como se quisesse se certificar de que eu seguia de fato seu relato, ora, isso era completamente inútil, uma vez que nesse momento eu a teria seguido aonde fosse se ela me houvesse pedido e provavelmente até mesmo se não me houvesse pedido.

— No dia seguinte, fui falar com o comandante enquanto meu pai e minha mãe estavam ocupados. Ele me escutou e disse que na brigada precisavam de todo mundo. Acrescentou que no início me dariam tarefas não muito difíceis e que depois veríamos. Pronto, já sabe tudo. Bom, vai me entregar a ordem de missão agora?

— E o seu pai, o que disse?

— Nos primeiros tempos não desconfiava de nada, depois acabou notando. Acho que foi falar com o comandante e os dois tiveram uma tremenda discussão. Meu pai fez isso apenas por uma questão de autoridade paterna, pois eu continuo na brigada. Desde então fazemos como se nada tivesse acontecido, mas, da minha parte, sinto que estamos ainda mais próximos, ele e eu. Bom, Jeannot, vai me passar essa ordem de missão? Preciso realmente voltar.

— Damira?

— O quê?

— Posso lhe contar um segredo?

— Eu trabalho na informação clandestina, Jeannot, então se existe alguém a quem você pode contar um segredo, esse alguém sou eu!

— Esqueci completamente qual era o teor da ordem de missão...

Damira olhou para mim fixamente e esboçou um sorriso estranho, como que num misto de divertimento e ódio mortal contra mim.

— Você é realmente muito tonto, Jeannot.

Afinal de contas, eu não tinha culpa de minhas mãos estarem úmidas há uma hora, de eu não ter mais nem uma gota de saliva na boca e de meus joelhos tremerem. Desculpei-me como pude.

— Tenho certeza de que é passageiro, mas me deu um branco terrível.

— Bom, vou embora. Passe a noite tentando recuperar a memória e amanhã de manhã, no mais tardar, quero saber do que se trata. Caramba, Jeannot, estamos em guerra, a coisa é séria!

Durante o mês anterior, eu tinha explodido um certo número de bombas, destruído guindastes, uma central telefônica alemã e alguns de seus ocupantes; minhas noites ainda eram assombradas pelo cadáver de um oficial inimigo que fitava um mictório às gargalhadas. Se havia alguém que de fato sabia que o que fazíamos era sério, esse alguém era eu; mas os distúrbios de memória, digamos simplesmente os distúrbios, ninguém controla isso com facilidade. Sugeri a Damira darmos outra volta, talvez caminhando eu me lembrasse.

Ao passar novamente pela praça Esquirol, era ali que nossos caminhos se separavam, Damira plantou-se à minha frente com um ar decidido.

— Escute, Jeannot, relações entre rapazes e moças são proibidas entre nós, lembra-se?

— Mas você disse que era rebelde!

— Não estou falando do meu pai, bobalhão, mas da brigada, é proibido e perigoso, então vamos nos ver no âmbito de nossas missões e esquecer o resto, OK?

E ainda por cima era franca? Balbuciei que compreendia muito bem e que, de toda forma, não via as coisas de outro jeito. Ela me disse que agora que estava tudo claro, talvez eu recuperasse a memória.

— Você precisa ir passear pelas imediações da rua Pharaon, estamos interessados num tal de Mas, chefe da Milícia — eu disse; e juro que me lembrei assim, de supetão!

— Quem participará da ação? — perguntou Damira.

— Como se trata de um miliciano, há grandes possibilidades de que seja Boris que cuide disso, mas nada de oficial por enquanto.

— Está planejado para quando?

— Para meados de agosto, acho.

— Isso me dá apenas alguns dias, é muito pouco, vou pedir a Rosine para me dar uma ajuda.

— Damira?

— Sim?

— Se não fôssemos... enfim... se não existissem as normas de segurança?

— Pare, Jeannot, com nossas cores de cabelo idênticas iríamos parecer irmão e irmã, e depois...

Damira não terminou a frase, balançou a cabeça e se afastou. Fiquei ali, com os braços arriados, quando ela se voltou e veio de novo até mim.

— Você tem olhos azuis muito bonitos, Jeannot, e seu olhar de míope atrás das lentes dos óculos é sedutor para uma mulher. Procure então salvá-los dessa guerra e não terei nenhuma dúvida de que será um homem feliz no amor. Boa noite, Jeannot.

— Boa noite, Damira.

Ao deixá-la essa noite, eu não sabia que Damira estava loucamente apaixonada por um companheiro chamado Marc. Viam-se às escondidas, parece inclusive que percorriam juntos os museus. Marc era culto, levava Damira para visitar igrejas e falava de pintura. Ao deixá-la essa noite, eu tampouco sabia que dentro de poucos meses Marc e Damira seriam presos e Damira deportada para o campo de concentração de Ravensbrück.

9

Damira ia colher informações sobre o miliciano Mas. Jan pedira simultaneamente a Catherine e a Marianne que seguissem Lespinasse. Por mais estranho que pudesse parecer, Jan descobrira o endereço no catálogo. O procurador morava numa casa burguesa do subúrbio mais próximo de Toulouse. Tinha até uma placa de cobre com seu nome, presa no portão do jardim. Nossas duas companheiras ficaram perplexas com isso, o homem não tomava nenhuma medida de segurança. Entrava e saía sem escolta, dirigia sozinho seu carro, como se não desconfiasse de nada. Entretanto, os jornais haviam relatado em diferentes matérias que tinha sido graças a ele que um odioso terrorista fora posto fora de combate. Até mesmo a Rádio Londres noticiara a responsabilidade de Lespinasse na execução de Marcel. Não havia cliente nos cafés ou operário nas fábricas que não conhecesse agora seu nome. Era preciso ser muito estúpido para não desconfiar que a Resistência tinha contas a ajustar com ele. Pelo menos, pensavam as duas garotas após alguns dias de atalaia, que sua vaidade e arrogância não o fizessem achar inconcebível alguém ousar atentar contra sua vida.

O trabalho de varredura não era coisa fácil para nossas duas camaradas. A rua estava geralmente deserta, o que seria uma vantagem indiscutível no momento de passar à ação, mas uma mulher sozinha ali era mais do que indiscreto. Às vezes escondidas atrás de uma árvore, passando a maior parte do dia, como todas as moças da informação, caminhando, Catherine e Marianne espionaram durante uma semana.

O caso se complicava na medida em que a presa parecia não ter nenhuma regularidade no uso de seu tempo. Só se deslocava a bordo de seu Peugeot 202 preto, o que não permitia segui-lo fora de sua rua. Sem rotinas, exceto uma, observada pelas duas moças: diariamente deixava seu domicílio por volta das três e meia da tarde. Era este então o momento do dia em que seria preciso agir, haviam concluído em seu relatório. Não era útil levar a investigação adiante. Impossível segui-lo por causa do carro; no Palácio, nunca deixava rastro e, além do mais, se insistissem muito, dariam na vista.

Depois que Marius viera uma manhã de sexta-feira fazer um último levantamento e determinar os itinerários de retirada, a ação foi programada para a segunda-feira seguinte. Tudo teria que ser rápido. Jan supunha que, se Lespinasse vivia tão tranquilamente, era porque provavelmente se beneficiava de uma discreta proteção policial. Catherine jurou que não assinalara nada. Marianne partilhava seu ponto de vista, mas Jan desconfiava de tudo, com toda a razão. Outro motivo para nos apressar era o risco de, naquele período de verão, nosso homem sair de férias a qualquer momento.

* * *

Cansado das missões realizadas durante a semana, a barriga mais vazia do que nunca, eu imaginava meu domingo deitado na cama, sonhando. Com um pouco de sorte, veria meu irmão. Iríamos ambos passear ao longo do canal; como duas crianças num programa de verão; como duas crianças sem fome nem medo, dois adolescentes folgazões farejando o perfume das garotas em meio aos do verão. E se o vento da noite fosse cúmplice, talvez nos fizesse o favor de levantar as saias vaporosas que as moças usavam, apenas para fornecer o vislumbre de um joelho, mas o suficiente para nos deixar abalados e fazer-nos sonhar um pouco mais ao reencontrarmos à noite a umidade de nossos sinistros quartos.

Tudo isso sem contar com o fervor de Jan. Jacques acabava de pôr fim às minhas esperanças ao bater à minha porta. Para mim, que jurara ficar cochilando na manhã seguinte, estava tudo perdido e por motivos óbvios... Jacques desdobrou um mapa da cidade e apontou com o dedo para um cruzamento. Às 17 horas em ponto, amanhã, eu devia fazer contato com Émile e lhe entregar um pacote que eu teria ido pegar antes na casa de Charles. Eu não precisava saber mais. Amanhã à noite eles partiriam em operação com um novo recruta que cobriria a retirada, um tal de Guy, 17 anos redondos, mas um ás na bicicleta. Amanhã à noite, nenhum de nós teria descanso enquanto os companheiros não estivessem de volta sãos e salvos.

* * *

Sábado de manhã o céu estava limpo, apenas umas poucas nuvens de algodão. Ora, se a vida fosse benfeita, eu sentiria o cheiro de um gramado inglês, verificaria a borracha dos pneus do meu avião, fecharia o vidro do cockpit, o mecânico me faria sinal garantindo estar tudo em ordem. Então eu subiria no meu habitáculo e faria um voo de patrulha. Mas ouço a velha Dublanc adentrando a cozinha e o barulho de seus passos me arranca do meu devaneio. Preciso ir até a casa de Charles e pegar o pacote que devo entregar a Émile. Rumo à periferia. Ao chegar a Saint-Jean, percorro a via férrea como de costume. Há muito tempo os trens não circulam mais nos velhos trilhos que levam ao bairro Loubers. Uma brisa fina sopra na minha nuca, levanto a gola e assobio a melodia da “Butte rouge”.* Ao longe, vejo a estaçãozinha desativada. Bato à sua porta e Charles me faz sinal para entrar.

— Tu quieres uno cafei? — ele me perguntou em sua mais bela algaravia.

Compreendo cada vez melhor o amigo Charles, basta misturar uma palavra de polonês, uma de iídiche, outra de espanhol, dar uma sonoridade de melodia francesa e está tudo resolvido. Charles aprendeu essa língua engraçada ao longo de seus caminhos de êxodo.

— Tu pacote é guardado sob a escabar, ningum jameis saber quem bater à puerta. Dirás a Jacques ver depois a pacote. Ningum ouvirá a accione a quilometras. Diz-lhe para dar no pé depois de la fagulha, ele tiene zwei minutes, só isso, talvez un pouco menas.

Uma vez realizada a tradução, impossível impedir minha cabeça de fazer o cálculo. Dois minutos, ou seja, 20 milíme-

---

* “Butte rouge” [“Colina vermelha”]: canção pacifista composta por Monthéus (sobre música de Georges Krier) após a Primeira Guerra Mundial e gravada, entre outros, por Yves Montand. (*N. do T.*)

tros de mecha que irão separar a vida da morte para meus companheiros. Dois centímetros para acender os dispositivos, instalá-los e encontrar o caminho da retirada. Charles olha para mim e percebe minha preocupação.

— Eu adotar sempre una pequenha marge de seguridad, pelos companeiros — acrescenta sorrindo, como que para me tranquilizar.

Sorriso engraçado o do companheiro Charles. Perdeu quase todos os dentes da frente durante um bombardeio aéreo, o que, devo dizer a seu favor, não ajuda em nada sua dicção. Sempre malvestido, incompreensível para a maioria, é, não obstante, de todos, aquele que me deixa mais tranquilo. Será essa sabedoria, que parece habitá-lo? Sua determinação? Sua energia? Como faz, tão jovem, para ser adulto? Já vivera de tudo meu amigo Charles. Na Polônia, foi preso, porque o pai era operário e ele comunista. Passou vários anos na cadeia. Libertado, partira, como alguns companheiros, para participar da guerra na Espanha com Marcel Langer. De Lodz aos Pireneus, a rota não era simples, sobretudo quando não se tinha nem documento nem dinheiro. Gosto de escutá-lo quando evoca sua travessia da Alemanha nazista. Não era a primeira vez que eu lhe pedia para me contar sua história. Charles sabia disso muito bem, mas falar um pouco de sua vida era para ele uma maneira de praticar francês e de me agradar, então Charles senta-se numa cadeira e suas palavras de todas as cores desatam-se naquela sua língua.

Ele embarcara num trem sem passagem e, com a audácia que lhe é peculiar, tivera a sorte de se instalar na primeira classe, num compartimento abarrotado de fardas e oficiais. Passara a viagem jogando conversa fora com eles. Os militares julgaram-no antes simpático, e o fiscal do trem eximira-se de exigir o que quer que fosse naquele compartimento. Ao chegarem a Berlim haviam até mesmo lhe ensinado como atravessar a cidade e encontrar a estação de onde partiam os trens para Aix-la-Chapelle. Paris em seguida, depois de ônibus até Perpignan, finalmente atravessara a montanha a pé. Do outro lado da fronteira, outros ônibus conduziam os combatentes até Albacete, com destino à batalha de Madri na brigada dos poloneses.

Depois da derrota, junto com milhares de refugiados, atravessou os Pireneus no outro sentido e alcançou novamente a fronteira, onde foi recebido pelos policiais. Destino: campo de internação do Vernet.

— Lá eu fazera a comida para tudos los prisioneros e tudos tinham sua raçon quostidiana! — dizia, não sem certo orgulho.

Três anos de detenção no total, até o sinal da evasão. Caminhou 20 quilômetros até Toulouse.

Não é a voz de Charles que me tranquiliza, é o que ele me conta. Há em sua história uma centelha de esperança que dá um sentido à minha vida. Também quero cativar essa sorte na qual ele quer acreditar. Quantos outros terão desistido? Mas, mesmo entre quatro paredes, Charles não admitiria ser prisioneiro. Levaria apenas um tempo para refletir na maneira de se safar.

— Todo deberá funcionar — disse Charles —, en la hora do almoço las ruas son más calmas.

Charles dirigiu-se para o desvão da escada, pegou o pacote e colocou-o sobre a mesa. Engraçado, ele embrulhou as bombas em jornal. Nas folhas é possível ler o relato de uma ação empreendida por Boris. O jornalista trata-o de terrorista, acusa-nos a todos de ser arruaceiros. O miliciano é a vítima, nós, seus carrascos; estranha maneira de considerar a História diariamente escrita nas ruas de nossas cidades ocupadas.

Arranham a porta, Charles não se mexe, mas prendo a respiração. Uma garotinha entra no recinto e o rosto do meu companheiro se ilumina.

— É minha professur de francês — disse, entusiasmado.

A menina pula em seus braços e o beija. Chama-se Camille. Michèle, sua mãe, hospeda Charles naquela estação abandonada. O pai de Camille é prisioneiro na Alemanha desde o início da guerra e Camille nunca faz perguntas. Michèle finge ignorar que Charles é um resistente. Para ela, como para todas as pessoas das cercanias, trata-se de um hortelão, que cultiva a mais bela horta da região. Às vezes, aos sábados, Charles sacrifica um de seus coelhos para cozinhar para ela. Eu queria muito provar desse guisado, mas tenho que ir. Charles me faz sinal, então cumprimento a pequena Camille e sua mãe e vou-me embora, sobraçando meu pacote. Não existem apenas milicianos e colaboracionistas, existem também pessoas como Michèle, pessoas que sabem que o que fazemos é o certo e que assumem riscos para nos ajudar, cada uma à sua maneira. Atrás da porta de madeira, ainda ouço Charles articulando palavras que uma garotinha de 5 anos faz-lhe repetir conscienciosamente "vaca, galinha, tomate", e minha barriga ronca enquanto me afasto.

* * *

São 5 em ponto. Encontro Émile, no lugar apontado por Jacques no mapa da cidade, e entrego-lhe o pacote. Charles juntou duas granadas às bombas. Émile não reage, tenho vontade de lhe dizer "Até a noite", mas, talvez por superstição, calo-me.

— Tem um cigarro? — ele pergunta.

— Você fuma?

— É para acender as mechas.

Procuro no bolso da calça e entrego-lhe um maço de Gauloises amassado. Restam dois. Meu companheiro me cumprimenta e desaparece na esquina.

Anoiteceu e a garoa veio junto. O asfalto está brilhante e oleoso. Émile está tranquilo, nunca uma bomba de Charles falhou. O dispositivo é simples: 30 centímetros de um tubo de ferro fundido, um pedaço de calha roubado às pressas, uma rolha abaulada em cada lado, um buraco e uma mecha mergulhada na ablonita. Irão plantá-las em frente à porta do restaurante, depois lançarão as granadas pela janela, os que conseguirem sair conhecerão os fogos de artifício de Charles.

São três em ação esta noite, Jacques, Émile e o pequeno novato que cobre a retirada com um revólver carregado no bolso, pronto para atirar para o alto se passantes se aproximarem, na horizontal se os nazistas forem em seu encalço. Ei-los na rua onde a operação terá lugar. As janelas do restaurante onde se realiza um banquete de oficiais inimigos brilham com a iluminação. O negócio é sério, há pelo menos uns trinta lá dentro.

Trinta oficiais, isso dá uma quantidade enorme de insígnias nos dólmãs verdes da Wehrmacht pendurados no vestiário. Émile percorre a rua e passa uma primeira vez diante da porta envidraçada. Ele gira o pescoço muito discretamente, não pode ser detectado. É quando repara na garçonete. Vai precisar dar um jeito de protegê-la, mas, antes disso, deve neutralizar os dois policiais de sentinela. Jacques agarra um bruscamente e aperta sua garganta; leva-o até a viela vizinha e lhe ordena que corra dali; o tira, trêmulo, chispa. O que ficou a cargo de Émile não desiste. Com uma cotovelada, Émile faz seu quepe cair e lhe desfere uma coronhada. O policial inanimado é arrastado por sua vez até o beco. Voltará a si sangrando na testa e com uma grande dor de cabeça. Falta a garçonete, que serve na sala. Jacques está perplexo. Émile sugere-lhe acenar para ela da janela, mas isso é arriscado. Ela pode dar o alerta. Naturalmente, as consequências seriam desastrosas, mas já não falei? Nunca matamos um inocente, nem mesmo um imbecil, então é preciso poupá-la, ainda que ela sirva a oficiais nazistas a comida que tanto nos faz falta.

Jacques aproxima-se do vidro; da sala, ele deve parecer um pobre-diabo faminto que se sacia com um simples olhar. Um capitão avista-o, sorri para ele e ergue seu copo. Jacques devolve-lhe o sorriso e fita a garçonete. A moça é rechonchuda, com certeza regala-se com as iguarias do restaurante, sua família também, talvez. Afinal, como julgar? É preciso nestes tempos difíceis; cada um tem seu jeito de fazê-lo.

Émile impacienta-se; no fim da rua escura, o rapazola segura as bicicletas com as mãos úmidas. Por fim, o olhar da garçonete cruza com o de Jacques, ele lhe faz um sinal, ela inclina a cabeça, hesita e faz meia-volta. A garçonete rechonchuda compreendeu a mensagem. Tanto que, quando o dono do restaurante entra na sala, ela o segura pelo braço e o arrasta, autoritária, para a cozinha. Agora, tudo acontece muito rápido. Jacques faz o sinal para Émile; as mechas se inflamam, as arruelas correm pela sarjeta, as vidraças se estilhaçam e as granadas já rolam pelo chão do restaurante. Émile não pode resistir à curiosidade de se levantar, só para ver um pouco da debandada.

— Granadas! Proteja-se! — berra Jacques.

O impacto joga Émile no chão. Está um pouco zonzo, mas não é hora de se render a um susto. O cheiro acre da fumaça o faz tossir. Ele cospe: sangue grosso corre em sua mão. Enquanto não lhe faltarem pernas, ainda tem uma chance. Jacques o pega pelo braço e ei-los correndo na direção do rapazola que está com as três bicicletas. Émile pedala, Jacques está ao seu lado, precisam sumir dali, o asfalto está escorregadio. Há um maldito tumulto atrás deles. Jacques se volta, será que o garoto continua firme? Se calculou certo, faltam apenas dez segundos para o grande estouro. Pronto, o céu se ilumina, as duas bombas acabam de explodir. O menino da bicicleta caiu, ceifado pelo trovão, Jacques faz meia-volta, mas soldados saem de todos os lados e dois deles já agarraram o menino, que se debate.

— Jacques, porra, olhe para a frente! — Grita Émile.

No fim da rua, um cordão de policiais; o que eles deixaram escapar ainda há pouco deve ter ido buscar reforços. Jacques saca seu revólver, aperta o gatilho, mas ouve apenas um pequeno clique. Uma olhadela para a arma, sem perder o equilíbrio, sem perder o alvo, o carregador está pendurado, milagre não ter caído. Jacques bate a pistola no guidom e reencaixa o carregador na coronha; atira três vezes, os tiras se esquivam e abrem a passagem. Sua bicicleta alcança novamente a de Émile.

— Você está nadando em sangue, meu velho.

— Minha cabeça vai explodir — resmunga Émile.

— O menino caiu — conta Jacques.

— Vamos voltar? — pergunta Émile, querendo apear.

— Pedale! — ordena-lhe Jacques. — Já pegaram ele e tenho apenas duas balas.

Viaturas da polícia chegam de todos os lados. Émile abaixa a cabeça e avança o mais rápido que pode. Se a noite não estivesse ali para protegê-lo com sua escuridão, o sangue que escorre em seu rosto o trairia incontinenti. Está sofrendo, Émile, a dor que invade sua boca é terrível, mas ele quer ignorar o sofrimento. O companheiro que ficou no chão sofrerá muito mais do que ele; será torturado. Quando o cobrirem de pancadas, suas têmporas ficarão em estado muito mais lastimável que as suas.

Émile sente na ponta da língua o pedaço de metal que atravessa sua face. Um estilhaço de sua própria granada, que burrice! Ele precisava estar bem perto, era o único jeito de acertar na mosca.

Missão cumprida, então paciência se tiver que morrer, pensa Émile. Sua cabeça gira, um véu vermelho invade seu campo de visão. Jacques vê a bicicleta vacilar, aproxima-se paralelamente e ampara seu amigo.

— Aguente o tranco, estamos quase lá!

Cruzam com policiais correndo em direção à nuvem de fumaça. Estes os ignoram. Uma ruazinha transversal, o caminho da salvação está perto, dentro de alguns minutos poderão diminuir o ritmo.

Umas batidas, tamborilam na minha porta, abro. Émile esta com o rosto sangrando. Jacques sustenta-o pelo braço.

— Tem uma cadeira? Émile está um pouco cansado.

E quando Jacques fecha a porta atrás deles, percebo que falta um companheiro ali.

— Temos que tirar o estilhaço de granada que ele tem no rosto — diz Jacques.

Jacques aquece a lâmina de sua faca na chama de seu isqueiro e a enfia na face de Émile. Às vezes, quando a dor é forte demais, alcança o coração e amotina-o, então eu o seguro enquanto sua cabeça rola. Émile luta, recusa-se a desmaiar, pensa em todos os dias que se seguirão, em todas aquelas noites em que o companheiro caído em ação será espancado; não, Émile não quer perder a consciência. E enquanto Jacques arranca o pedaço de metal, Émile pensa naquele soldado alemão, estirado no meio da rua, o corpo dilacerado pela sua bomba.

10

Domingo passou. Estive com meu irmão, que está ainda mais magro, mas ele não fala de sua fome. Não posso mais chamá-lo de meu irmãozinho como antes. Envelheceu muito nos últimos dias. Não podemos contar nossas ações um para o outro em virtude das normas de segurança, mas leio em seus olhos a dureza de sua vida. Estamos sentados à beira do canal; para passar o tempo, falamos da casa, da vida como era antes, mas isso não restaura seu olhar. Então dividimos longos silêncios. Não longe de nós, um guindaste retorcido oscila acima da água, parece agonizar. Talvez tenha sido Claude que o detonou, mas não posso fazer-lhe a pergunta. Ele lê minha alma e ri.

— Foi você que fez o guindaste?

— Não, eu achava que podia ter sido você...

— Cuidei da eclusa um pouco mais acima, e posso lhe afirmar que vai custar para funcionar, mas o guindaste, juro que não tive nada a ver com isso.

Bastavam alguns minutos sentados ali, um ao lado do outro, alguns minutos durante os quais finalmente nos reencontrávamos, e ele já voltava a ser meu irmãozinho. Pelo tom de sua voz, era quase como se ele se desculpasse por ter feito uma tolice explodindo o motor da sua eclusa. Entretanto, quantos dias de atraso se acumularam no transporte de peças pesadas da Marinha que o Exército alemão fazia transitar pelo canal, do Atlântico para o Mediterrâneo? Claude ria, passei a mão em sua cabeleira desgrenhada e também caí na risada. Às vezes, entre dois irmãos, a cumplicidade é muito mais forte que todas as proibições do mundo. Era um dia bonito e a fome continuava dando sinais de vida. Então, proibição por proibição, dá na mesma.

— Gostaria de dar uma volta para as bandas da praça Jeanne-d'Arc?

— Para fazer o quê? — perguntou Claude com a expressão travessa.

— Comer um prato de lentilhas, por exemplo.

— Praça Jeanne-d'Arc? — insistiu Claude, articulando bem cada uma de suas palavras.

— Conhece outro lugar?

— Não, mas se formos flagrados por Jan, sabe a que nos expomos?

Eu bem quis bancar o inocente, mas Claude logo resmungou:

— Sabe de uma coisa, corremos o risco de passar um péssimo domingo!

Devo lembrar que toda a brigada levou uma tremenda bronca de Jan por causa da birosca da praça Jeanne-d'Arc. Foi Émile, acho, que descobriu o endereço. O restaurante tinha duas vantagens, comíamos ali por praticamente nada, apenas algumas moedas, mas, mais do que isso, saíamos satisfeitos e essa sensação era melhor que todas as comidas do mundo. Émile não demorara a passar adiante a novidade aos colegas, e pouco a pouco a birosca começou a lotar.

Um dia, passando diante da vitrine, Jan descobrira apavorado que a quase totalidade dos membros de sua brigada almoçava ali. Uma batida da polícia e seríamos todos presos. Na mesma noite fomos convocados *manu militari* à casa de Charles, e cada um recebeu sua punição de acordo com sua patente. O local conhecido como L'Assiette aux Vesses era agora formalmente proibido para nós, sob pena de sanções graves.

— Estou pensando uma coisa — murmurou Claude. — Se mais ninguém puder ir lá, isso quer dizer que nenhum dos nossos aparecerá por lá?

Até aquele momento, o raciocínio do meu irmãozinho se sustentava. Deixei que prosseguisse.

— Ora, se nenhum dos nossos aparecer por lá e formos apenas você e eu, não fazemos a brigada correr nenhum risco, certo?

Nada a replicar, continuava a se sustentar.

— E se formos juntos ninguém saberá disso e Jan não poderá nos fazer qualquer censura.

Você vê, é incrível o que imaginamos quando estamos com a barriga vazia e essa porra da fome fustigando. Peguei meu irmãozinho pelo braço e, assim que atravessamos o canal, demos um sprint na direção da praça Jeanne-d'Arc.

Ao entrarmos no restaurante tivemos uma surpresa curiosa. Aparentemente, todos os companheiros da brigada haviam feito o mesmo raciocínio que nós; e era muito mais que uma aparência, uma vez que todos almoçavam ali, a ponto, aliás, de não restarem senão duas cadeiras disponíveis na sala. Acrescente-se a isso que os lugares livres achavam-se justamente ao lado dos ocupados por Jan e Catherine, cujo encontro amoroso estava claramente comprometido, e por motivos óbvios! Jan exibia uma cara compridíssima e todos tentavam, bem ou mal, refrear a gargalhada prestes a explodir. Nesse domingo, o dono do restaurante deve ter se perguntado por que, como que do nada, a sala inteira começara a se torcer de rir, já que visivelmente nenhum dos fregueses parecia se conhecer.

Fui o primeiro a recuperar o controle da minha gargalhada; não porque achasse a situação menos cômica que os outros, mas porque, no fundo do bistrô, eu acabava de ver Damira e Marc também almoçando a sós. E como Jan deixara-se surpreender no bistrô proibido em companhia de Catherine, Marc não tinha nenhuma razão de se privar; vi-o pegar a mão de Damira e ela permitir.

Enquanto minhas esperanças amorosas evaporavam-se diante de um prato de falsas lentilhas, os companheiros, cabeças baixas sobre seus pratos, secavam suas lágrimas. Catherine escondia o rosto atrás do seu lenço de pescoço, mas era mais forte que ela, que, por sua vez, caiu numa gargalhada que reacendeu o humor alegre da sala; até Jan e o dono acabaram por se integrar.

No fim da tarde, acompanhei Claude de volta. Percorremos novamente juntos a ruazinha onde ele morava. Antes de pegar meu bonde, voltei-me apenas uma vez, para ver sua fisionomia antes de partir para a solidão. Ele não se voltou, e, no fim das contas, era melhor assim. Porque não era mais meu irmãozinho que voltava para casa, mas o homem que ele se tornara. E, nesse domingo, eu estava deprimido.

11

O fim de semana enterrou julho. Nesta manhã de segunda-feira estamos em 3 de agosto de 1943. É hoje que Marcel será vingado, nesta tarde. Lespinasse será abatido quando sair de sua casa, às três e meia em ponto, uma vez que esta é sua única rotina.

Ao acordar nesta manhã, Catherine tem como que uma estranha intuição, está preocupada com os que irão participar da operação. Um detalhe talvez lhe tenha escapado. Haveria, num carro estacionado no meio-fio, policiais emboscados que ela não teria percebido? Repassa incessantemente na mente sua semana de tocaia. Quantas vezes percorreu a rua burguesa onde mora o procurador? Cem vezes? Quem sabe mais? Marianne tampouco notou alguma coisa, então por que essa angústia repentina? Para expulsar os maus pensamentos, decide correr até o Palácio de Justiça. Acha que é lá que ouvirá os primeiros ecos da operação.

São 14h45 no grande relógio que tiquetaqueia no frontispício do Palácio de Justiça. Dentro de 45 minutos os companheiros abrirão fogo. Para não ser detectada, perambula pelo grande corredor, consulta os avisos afixados nas paredes. Mas, não adianta, relê sempre a mesma linha, incapaz de guardar uma única palavra que seja. Um homem se adianta, seu passo ressoa no chão, ele sorri, um sorriso estranho. Outros dois vão ao encontro dele e o cumprimentam.

— Permita-me, senhor advogado-geral — diz o primeiro —, apresentar-lhe um de meus amigos.

Intrigada, Catherine volta-se e espia a cena. O homem estende a mão àquele que sorri, o terceiro continua a fazer as apresentações.

— Senhor procurador Lespinasse, este é o meu grande amigo, o senhor Dupuis.

A fisionomia de Catherine está congelada, o homem de sorriso estranho não é outro senão aquele que ela rastreou a semana inteira. Entretanto, foi Jan que lhe comunicou o endereço, e seu nome figurava na placa de cobre afixada no portão de seu jardim. A cabeça de Catherine zumbe, seu coração acelera em seu peito e, pouco a pouco, as coisas se esclarecem. O Lespinasse que mora na casa burguesa do subúrbio de Toulouse é um homônimo! Mesmo sobrenome, pior, mesmo prenome! Como Jan pudera ser tão estúpido de imaginar que o endereço de um procurador-geral pudesse ser encontrado no catálogo telefônico? E, enquanto Catherine reflete, o relógio na parede do grande corredor continua sua incansável carreira. São 15 horas; dentro de trinta minutos os companheiros irão abater um inocente, um pobre coitado cujo único erro terá sido ter o nome de outro. Ela precisa serenar, recobrar-se. Em primeiro lugar, tem que ir embora dali sem que ninguém note a confusão que a perturba. Em seguida, uma vez na rua, correr, roubar uma bicicleta caso necessário, mas chegar a todo custo, a tempo, a fim de evitar o pior. Faltam 29 minutos, com a condição, todavia, de que o homem que ela queria morto e que agora quer salvar não esteja adiantado... por uma vez na vida.

Catherine corre, diante dela uma bicicleta que um homem encostou num muro para ir comprar jornal na banca; não tem tempo para avaliar os riscos, ainda menos para hesitar, paciência, monta nela e pedala com todas as suas forças. Às suas costas, ninguém grita "Pega ladrão", o sujeito ainda não deve ter se dado conta de que lhe surrupiaram a bicicleta. Ela acende um cigarro, seu lenço de pescoço desata quando surge um carro, uma buzina. O flanco esquerdo do paralama dianteiro resvala na coxa de Catherine, a maçaneta da porta arranha seu quadril, ela se desequilibra mas consegue se recuperar. Não tem tempo para sentir dor, tampouco para uma careta, tampouco para ter medo, precisa pedalar mais rápido. Suas pernas aceleram, os raios do aro da roda desaparecem na luz, o ritmo é infernal. No sinal fechado é xingada pelos pedestres, mas não tem tempo de pedir desculpas, nem tampouco de frear no cruzamento seguinte. Novo obstáculo, um bonde, ultrapassá-lo, prestar atenção nos trilhos, se a roda derrapar neles é tombo certo e a essa velocidade nenhuma chance de levantar de novo. As fachadas desfilam, as calçadas não passam de um comprido risco cinza. Seus pulmões vão explodir, seu peito dói terrivelmente, mas tudo isso não é nada ao lado do que sentirá o pobre-diabo quando receber suas cinco balas no tórax. Que horas são? 15h15? 15h20? Ela reconhece a costa que se desenha ao longe. Percorreu-a diariamente durante a semana para vir fazer sua ronda.

E dizer que recriminava Jan, mas como fora tão estúpida de supor que o procurador Lespinasse tomasse tão poucas precauções quanto aquele homem que ela seguia?

Zombava dele diariamente, murmurava durante suas longas horas de espera que a presa era realmente muito fácil. Zombava da própria ignorância. Lógico que aquele idiota não viu motivos para desconfiar, que não se sentisse visado nem pela Resistência nem por outro qualquer, aliás, lógico também que não se preocupasse com nada, uma vez que era inocente de tudo. Suas pernas doíam-lhe tremendamente, mas Catherine prosseguiu sua carreira, sem trégua. Pronto, a costa ficara para trás, um último cruzamento e talvez chegasse a tempo. Se o atentado houvesse se concretizado, ela teria ouvido os disparos, e por enquanto apenas um longo assobio zumbe em seus ouvidos. É o sangue que pulsa com violência em suas têmporas, não o som da morte, ainda não.

A rua está ali, o inocente fecha a porta de sua casa e atravessa o jardim. Robert avança pela calçada, a mão no bolso, os dedos apertando a coronha do revólver, pronto para abrir fogo. Não é mais senão uma questão de segundos agora. Uma freada, a bicicleta derrapa, Catherine joga-a na calçada e corre para os braços do insurgente.

— Está louca? O que está fazendo?

Ela não tem mais fôlego para falar, com o rosto lívido segura a mão de seu camarada. Ela mesma ignora onde ainda encontra aquela força. E, como ele não compreende, Catherine consegue enfim soluçar:

— Não é ele!

O inocente Lespinasse entrou no carro, o motor ronca e o Peugeot 202 preto vai embora tranquilamente. Ao passar diante daquele casal que parece abraçado, o motorista faz um acenozinho com a mão. "Que bonito o amor", pensa ele dando uma olhada no retrovisor.

* * *

Hoje é um dia abjeto. Os alemães fizeram uma incursão na universidade. Interpelaram dez jovens no hall, arrastaram-nos pelos degraus fazendo-os avançar com coronhadas de fuzil, e depois os embarcaram. Você nota que não desistiremos; ainda que morramos de fome, ainda que o medo assombre nossas noites, ainda que nossos companheiros caiam, continuaremos a resistir.

* * *

Tínhamos evitado o pior por um triz, mas, como já disse, nunca matamos um inocente, nem mesmo um imbecil. Por outro lado, o procurador continuava vivo, e ia ser preciso recomeçar o rastreamento do zero. Uma vez que não sabíamos onde ele morava, a varredura começaria a partir do Palácio de Justiça. Era uma operação difícil. O verdadeiro Lespinasse só se deslocava a bordo de um robusto Hotchkiss preto, às vezes num Renault Primaquatre, mas, em quaisquer circunstâncias, conduzido por seu motorista. Para não se fazer notar, Catherine aprimorara um método. No primeiro dia, um companheiro seguia de bicicleta o procurador desde sua saída do Palácio e tomava outro caminho ao cabo de alguns minutos. No dia seguinte, outro companheiro, numa bicicleta diferente, retomava a pista ali onde havia sido abandonada na véspera. Por setores sucessivos, conseguimos dessa forma percorrer o trajeto até o domicílio do procurador. De agora em diante, Catherine poderia retomar suas longas caminhadas numa outra calçada. Mais alguns dias de atalaia e conheceríamos todos os hábitos do procurador-geral.

12

Para nós, havia um inimigo ainda mais odioso que os nazistas. Estávamos em guerra contra a Alemanha, mas a Milícia era a pior laia que o fascismo e o arrivismo podiam produzir, o ódio ambulante.

Os milicianos estupravam, torturavam, roubavam os pertences das pessoas que eles deportavam, barganhando seu poder com a população. Quantas mulheres abriram as pernas, de olhos fechados, maxilares cerrados, pela promessa fictícia de que seus filhos não seriam presos? Quantos daqueles velhos nas longas filas de espera diante dos açougues vazios tinham que pagar aos milicianos para que os deixassem em paz, e quantos dos que não puderam pagar foram enviados para os campos a fim de que os vira-latas viessem tranquilamente esvaziar suas casas? Sem esses canalhas, jamais os nazistas teriam conseguido deportar tanta gente, não mais de um de cada dez dos que não voltariam mais.

Eu tinha 20 anos, sentia medo, fome, fome o tempo todo, e aqueles sujeitos de camisa preta jantavam nos restaurantes a eles reservados. Quantos não observei atrás dos vidros embaçados pelo inverno lambendo-se os dedos, cevados por uma refeição cujo sonho bastava para fazer roncar meu estômago? Medo e fome, um coquetel terrível dentro da barriga.

Mas teremos nossa vingança, veja, basta dizer essa palavra para eu sentir meu coração bater de novo. Que ideia horrível essa de vingança, eu não poderia ter dito isso; as ações que realizávamos não tinham nada a ver com vingança, eram um dever de coração, para salvar aqueles que não deveriam conhecer aquele destino, para participar da guerra de libertação.

Fome e medo, um coquetel explosivo dentro da barriga! É terrível o barulhinho do ovo que quebramos na bancada, diria um dia Prévert, livre para escrever; eu, por minha vez, prisioneiro de viver, já sabia disso desde esse dia.

Em 14 de agosto último, ao retornar da casa de Charles já um pouco tarde da noite e desafiando o toque de recolher com alguns companheiros, Boris vira-se cara a cara com um grupo de milicianos.

Boris, que já se ocupara pessoalmente de vários membros de seu rebanho, conhecia seu organograma melhor do que ninguém. Bastara a benevolente luz de um poste para que reconhecesse imediatamente a sinistra fisionomia do vulgo Costes. Por que ele? Porque o sujeito em questão era simplesmente o secretário geral dos "*francs-gardes*", um exército de cães selvagens e sanguinários.

Enquanto os milicianos caminhavam em sua direção, arrogantes por acreditarem que a rua lhes pertencia, Boris sacara. Os companheiros haviam feito o mesmo e Costes desabara numa poça de sangue, o seu, para ser preciso.

Naquela noite, porém, Boris sonhara um pouco mais alto; ia atacar Mas, o chefe da Milícia.

A ação era quase suicida. Mas estava em casa, na companhia de um punhado de guardas. Boris começara por atacar o cérbero que guardava a porta de entrada da mansão, na rua Pharaon. No corredor do primeiro andar, outro recebera uma coronhada fatal. Boris não fizera cerimônia, entrara na sala, de arma na mão, e atirara. Todos os caras tombaram, a maioria apenas feridos, porém Mas recebera sua bala no lugar certo. Encolhido sob sua escrivaninha, a cabeça entre os pés da poltrona, a posição do corpo sugeria que o chefe Mas não poderia nunca mais estuprar, matar, aterrorizar quem quer que fosse.

A imprensa nos tratava regularmente de terroristas, uma palavra trazida pelos alemães e que designava em suas manchetes os resistentes que eles haviam fuzilado. Entretanto, aterrorizávamos apenas a eles e aos colaboracionistas fascistas e atuantes. Para voltar a Boris, foi depois da ação que as coisas se complicaram. Enquanto ele resolvia seu assunto no primeiro andar, os dois companheiros que cobriam sua retirada no andar de baixo foram obrigados a enfrentar milicianos que haviam chegado como reforço. Uma fuzilaria enfumaçou a escada. Boris recarregara seu revólver e se dirigira para o corredor. Infelizmente, os companheiros, em menor número, foram forçados a se retirar. Boris achava-se entre dois fogos. Os que atiravam sobre seus amigos e os que atiravam nele.

Enquanto tentava sair do prédio, um novo destacamento de camisas negras, vindo dessa vez dos andares superiores. Sua resistência foi vencida. Espancado e amarrado, Boris caíra. Depois de haver perfurado copiosamente o tórax do chefe deles e ferido gravemente vários de seus colegas, era de se esperar que os sujeitos tirariam a forra em cima dele.

Os outros dois companheiros haviam conseguido se safar, um levara uma bala no quadril, mas Boris não poderia mais dispensar-lhe cuidados.

Era outro desses tristes dias de agosto de 1943 que terminava. Um amigo estava preso, um jovem terceiranista de medicina que durante toda a sua infância sonhara salvar vidas era despachado para uma masmorra da prisão Saint-Michel. E nenhum de nós duvidava que o procurador Lespinasse, para ser ainda mais bem-visto pelo governo, para melhor consolidar sua autoridade, iria querer por sua vez vingar seu amigo Mas, finado chefe da Milícia.

13

Setembro fugia, as folhas alaranjadas das castanheiras anunciavam a chegada do outono.

Estávamos esgotados, mais famintos do que nunca, mas as ações multiplicavam-se e a Resistência expandia-se um pouco mais cada dia. Ao longo do mês, havíamos destruído uma oficina alemã no bulevar de Strasbourg, depois cuidáramos do quartel Caffarelli ocupado por um regimento da Wehrmacht; não muito depois, havíamos atacado um trem militar que percorria a ferrovia entre Toulouse e Carcassone. A sorte estava do nosso lado nesse dia; havíamos plantado nossos explosivos sob o vagão que transportava um canhão, mas obuses dispostos nas proximidades haviam se juntado ao nosso fogo e foi o trem inteiro que foi pelos ares. Em meados do mês havíamos comemorado a batalha de Valmy com um pouco de antecedência, atacando a fábrica de cartuchos e desativando a linha de montagem por um longo tempo; Émile chegara a ir à biblioteca municipal para descobrir outras datas de batalhas e celebrar da mesma forma.

Mas essa noite não promoveríamos atentados. Ainda que tivéssemos que liquidar o general Schmoutz em pessoa, teríamos pensado duas vezes: a razão era simples, as galinhas que Charles criava em seu quintal deviam ter passado uma semana "mirabolán", como ele dizia: estávamos convidados a comer uma omelete na casa dele.

Encontramo-nos ao anoitecer na estaçãozinha desativada de Loubers.

Os talheres já estavam postos e já estavam todos sentados ao redor da mesa. Considerando o número de convidados, Charles, julgando que faltariam ovos, decidiu fazer sua omelete render com gordura de ganso. Tinha sempre um pote dessa coisa num canto da oficina, que ele às vezes usava para melhorar a impermeabilidade de suas bombas ou para lubrificar as engrenagens de nossos revólveres.

Era uma festa, as garotas da informação estavam lá e estávamos felizes de estar juntos. Claro, aquela refeição infringia as normas de segurança mais elementares, mas Jan sabia o quanto esses raros momentos nos curavam do isolamento que cada um de nós padecia. Se as balas alemãs ou milicianas ainda não nos haviam atingido, a solidão, por sua vez, matava-nos em fogo brando. Nem todos nós completáramos 20 anos, a maioria dos mais velhos tinha apenas um pouco mais que isso, então, se não saciávamos a fome, a presença dos companheiros saciava o nosso coração.

Pelos olhares enamorados que Damira e Marc trocavam, estavam incontestavelmente apaixonados um pelo outro. Quanto a mim, não desgrudava os olhos de Sophie. Enquanto Charles voltava da oficina com seu pote de gordura de ganso embaixo do braço, Sophie me ofereceu um desses sorrisos cujo segredo ela dominava, um dos mais belos que eu vira na minha vida. Exaltado pela euforia do momento, prometi a mim mesmo achar coragem para convidá-la para sair comigo; talvez, quem sabe, almoçar amanhã. Afinal, por que esperar? Então, enquanto Charles batia seus ovos, eu me persuadia a fazer meu pedido antes do fim da noite. Seria preciso, claro, aproveitar uma hora propícia, quando Jan não pudesse me ouvir; ainda que, depois de ter sido flagrado no Assiette aux Vesces na companhia de Catherine, as instruções acerca da segurança amorosa houvessem relaxado um pouco na brigada. Se Sophie não pudesse amanhã, eu proporia depois de amanhã. Minha decisão estava tomada e eu ia passar ao ato, quando Jan anunciou que alocara Sophie na equipe que espionava o procurador Lespinasse.

Corajosa como era, Sophie aceitou imediatamente. Jan esclareceu que ela se ocuparia do turno compreendido entre 11 e 15 horas. Aquele procurador idiota realmente encheu meu saco até o fim.

A noite não estava completamente estragada, ainda faltava a omelete, mas, afora isso tudo, como Sophie era bonita com aquele sorriso que nunca a abandonava... Em todo caso, Catherine e Marianne, que zelavam como duas mães pelas garotas da informação, nunca nos teriam autorizado. Então, no fim das contas, era melhor observá-la sorrir em silêncio.

Charles esvaziou o pote de gordura de ganso na frigideira, mexeu um pouco e veio sentar-se conosco, dizendo:

— Agôra precisa cozer.

Foi enquanto tentávamos traduzir essa frase que o incidente se produziu. Tiros espocaram de tudo que é lado. Nos atiramos no chão. Jan, de arma em punho, estava uma fera. Devíamos ter sido seguidos e os alemães nos atacavam. Dois companheiros que tinham uma pistola no cinto acharam coragem para se esgueirar entre as balas até as janelas. Fiz como eles, o que era idiota, considerando que eu não tinha arma, mas, se um deles caísse, eu pegaria seu revólver e o substituiria. Uma coisa nos parecia muito estranha, as balas continuavam a zunir pelo recinto, pedaços de madeira pulavam no assoalho, as paredes estavam crivadas de buracos e, apesar disso, à nossa frente, os campos permaneciam desertos. E então a fuzilaria parou. Mais nenhum barulho, só o silêncio. Entreolhávamo-nos, intrigadíssimos, e depois vi Charles levantar-se primeiro, estava escarlate e tartamudeava mais do que nunca. Com lágrimas nos olhos, não parava de repetir:

— Perdon, perdon.

De fato, não havia nenhum inimigo do lado de fora; Charles simplesmente se esquecera de que guardara balas de 7,65mm em seu pote de gordura de ganso... para que não oxidassem! As munições tinham esquentado em contato com a frigideira!

Nenhum de nós estando ferido, exceto talvez em seu amor-próprio, recolhemos o que restava da omelete, fizemos uma triagem para verificar se não continha nada de anormal e voltamos à mesa como se nada houvesse acontecido.

Bom, os talentos de fogueteiro do amigo Charles eram muito mais confiáveis do que sua cozinha, mas, no fim das contas, naqueles tempos que corriam, era melhor daquele jeito.

Amanhã, outubro começava e a guerra continuava, a nossa também.

14

Os canalhas têm corpo fechado. Concluída a segunda varredura pelas garotas, Jan confiara imediatamente a Robert a missão de eliminar Lespinasse. Boris, que estava na prisão, não demoraria a ser julgado e não podíamos perder tempo se quiséssemos evitar o pior. Enviando um forte sinal aos magistrados, terminaríamos por fazê-los compreender que ameaçar a vida de um insurgente equivalia a assinar sua própria condenação à morte. De uns meses para cá, assim que os alemães afixavam um aviso de execução nas paredes de Toulouse liquidávamos imediatamente seus oficiais e, em todas essas ocasiões, espalhávamos panfletos explicando nosso procedimento para a população. De umas semanas para cá, eles fuzilavam menos e seus soldados não ousavam mais voltar sozinhos à noite. Como vê, não desistíamos, e a Resistência progredia um pouquinho a cada dia.

A missão devia ser executada na manhã de segunda-feira, tínhamos um encontro no local de sempre, isto é, no ponto final da linha 12 do bonde. Quando Robert chegou, logo percebemos que o golpe não fora executado. Alguma coisa claudicara e Jan estava furibundo.

Aquela segunda-feira marcava o fim do recesso judiciário e todos os magistrados estariam presentes no Palácio. O anúncio da morte do procurador teria tido mais do que nunca o efeito tão esperado. Não matávamos um homem à toa, em qualquer ocasião, ainda que, no caso de Lespinasse, todo dia tivesse sido bom. Robert esperou Jan se acalmar.

Jan estava furioso não só porque havíamos perdido a *rentrée* judiciária. Fazia mais de dois meses que Marcel tinha sido guilhotinado, a rádio Londres anunciara diversas vezes que o responsável por sua condenação pagaria por seu crime odioso e íamos acabar tachados de incompetentes! Mas Robert teve uma intuição estranha no momento de passar à ação, e essa era a primeira vez que isso lhe acontecia.

Sua determinação em matar o procurador não se alterara em absoluto, mas, caramba, impossível agir no dia de hoje! Ele jurou pela sua honra que ignorava sobre aquela data que Jan escolhera; Robert nunca desistira; com o sangue-frio que o caracterizava, deve ter tido boas razões para fazê-lo.

Chegara por volta das 9 horas à rua onde Lespinasse morava. Segundo as informações colhidas pelas garotas da brigada, o procurador saía de casa diariamente às 10 em ponto. Marius, que tinha participado da primeira operação, e por pouco não liquidara o outro Lespinasse, contenta-se dessa vez em fazer a segurança.

Robert usava um casacão, duas granadas no bolso esquerdo, uma ofensiva e uma defensiva, e seu revólver engatilhado no direito. Às 10 horas, ninguém. Quinze minutos depois, nada de Lespinasse. Quinze minutos infindáveis quando se tem duas granadas entrechocando-se no bolso a cada passo que se dá.

Um policial de bicicleta sobe a rua e diminui a velocidade ao passar por ele. Provavelmente uma coincidência, mas como seu alvo continua sem aparecer havia motivos para desconfiar.

O tempo espicha-se lentamente, a rua está calma; mesmo indo e vindo, difícil não ser detectado cedo ou tarde.

Um pouco adiante, os dois companheiros tampouco devem passar desapercebidos com suas três bicicletas prontas para a fuga.

Um caminhão abarrotado de alemães faz a curva na esquina; duas "coincidências" num tempo muito curto, assim já é demais! Robert não se sente à vontade. À distância, Marius interroga-o com um sinal e Robert responde da mesma forma, que por enquanto está tudo bem, prosseguimos com a ação. Único problema, o procurador continua sem dar as caras. O caminhão alemão passa sem se deter, mas seu aspecto é anódino e dessa vez Robert desconfia mais ainda. As calçadas estão novamente desertas, a porta da casa finalmente se abre, um homem sai e atravessa o jardim. No bolso de seu casaco, a mão de Robert aperta a coronha do revólver. Robert continua sem ver o rosto daquele que fecha o portão do condomínio. Ei-lo a avançar em direção ao seu carro. Robert é assaltado por uma dúvida terrível. E se não for ele? Se for apenas um burocrata vindo visitar o procurador acamado devido a uma forte gripe? Difícil apresentar-se assim: "Bom dia, o senhor é realmente o sujeito em quem devo esvaziar meu carregador?"

Robert vai ao seu encontro e a única coisa que lhe passa na cabeça é perguntar as horas. Ele gostaria que aquele homem, que não pode ignorar que é ameaçado, exibisse um sinal qualquer que traísse seu medo, que sua mão tremesse, que o suor transpirasse em seu rosto!

O homem contenta-se em puxar a manga e responde-lhe educadamente "Dez e meia". Os dedos de Robert soltam-se da coronha, incapazes de atirar. Lespinasse cumprimenta-o e entra em seu carro.

Jan não diz mais nada, não há mais nada a dizer. Robert tinha boas razões e ninguém pode criticá-lo por ter desistido. É só porque os verdadeiros canalhas têm o couro resistente. Quando nos despedimos, Jan murmura que é preciso recomeçar imediatamente.

* * *

A amargura não o abandonou durante a semana. Aliás, não quis ver ninguém. No domingo, Robert colocou seu despertador para as primeiras horas do dia. O aroma do café preparado pela sua senhoria sobe até o seu quarto. Em geral, o cheiro de pão torrado aguçaria seu apetite, mas desde a última segunda-feira Robert sente náuseas. Veste-se calmamente, pega seu revólver sob o colchão e o enfia no cinto da calça. Põe um casaco, um chapéu e sai de casa sem avisar a ninguém. Não é a lembrança do fracasso que dá engulhos em Robert. Explodir locomotivas, sabotar trilhos, destruir torres de transmissão, dinamitar guindastes, sabotar material inimigo, fazemos isso com a alma leve, mas de matar ninguém gosta. Porque nós sonhávamos com um mundo onde os homens seriam livres para existir. Queríamos ser médicos, operários, artesãos, professores. Não foi quando eles nos confiscaram esses direitos que pegamos em armas, foi mais tarde; quando eles deportaram crianças, fuzilaram companheiros. Mas para nós matar era um negócio vil. Como eu já disse, nunca esquecemos do rosto de alguém em quem vamos atirar, mesmo no caso de um canalha como Lespinasse, a coisa era difícil.

Catherine confirmou para Robert que todas as manhãs de domingo o procurador vai à missa das 10 horas, então, decidido, Robert luta contra o enjoo que o invade e monta em sua bicicleta. Afinal, temos que salvar Boris.

São 10 horas quando Robert surge na rua. O procurador acaba de fechar o portão de seu jardim. Com mulher e filha de cada lado, ei-lo caminhando pela calçada. Robert levanta o cão de seu revólver, avança em sua direção; o grupo o alcança e ultrapassa. Robert saca a arma, dá meia-volta e mira. Nas costas não, então ele grita:

— Lespinasse!

Surpreendida, a família volta-se, descobre a arma apontada, mas dois disparos já ressoam e o procurador cai de joelhos, com as mãos na barriga. Com os olhos esbugalhados, Lespinasse fita Robert, levanta-se, titubeia, apoia-se numa árvore. Os canalhas têm de fato o couro resistente!

Robert aproxima-se, o procurador suplica, murmura:

— Misericórdia.

Robert, por sua vez, pensa no corpo de Marcel, na cabeça entre as mãos no caixão, vê o rosto dos companheiros abatidos. Para todos esses meninos não houve nem misericórdia nem compaixão; Robert esvazia seu carregador. As duas mulheres berram, um transeunte tenta vir-lhes em socorro, mas Robert aponta sua arma e o homem chispa.

E enquanto Robert afasta-se em sua bicicleta, os pedidos de socorro ecoam às suas costas.

Ao meio-dia, está de volta ao seu quarto. A notícia já se espalhou por toda a cidade. Os policiais bloquearam o bairro, interrogam a viúva do procurador, perguntam-lhe se ela poderia reconhecer o homem que fez os disparos. A Sra. Lespinasse balança a cabeça e responde que é possível, mas que não desejaria fazê-lo, já há mortos demais do jeito que está.

15

Émile conseguira um emprego na ferrovia. Todos nós tentávamos arranjar um trabalho. Todos nós precisávamos de um salário; precisávamos pagar o aluguel, comer na medida do possível, e a Resistência pelejava para nos dar um soldo todo mês. Um emprego também tinha a vantagem de encobrir nossas atividades clandestinas. Chamávamos menos a atenção da polícia ou dos vizinhos quando saíamos para trabalhar diariamente. Os desempregados não tinham outra escolha a não ser tentar passarem por estudantes, mas assim davam muito mais na vista. Evidentemente, se o emprego obtido também pudesse servir à causa, era o ideal! Os postos que Émile e Alonso ocupavam na estação de triagem de Toulouse eram valiosos para a brigada. Junto com alguns ferroviários, haviam formado uma pequena equipe especializada em sabotagens de todo tipo. Uma de suas especialidades era descolar, no nariz e na barba dos soldados alemães, as etiquetas estampadas nas laterais dos vagões e depois colá-las em outros. Assim, na hora em que eles montavam o trem, as peças avulsas tão esperadas em Calais pelos nazistas corriam para Bordeaux, os transformadores aguardados em Nantes chegavam em

Metz, os motores que saíam da Alemanha eram entregues em Lyon.

Os alemães acusavam a SNCF por essa bagunça, criticando a ineficiência francesa. Graças a Émile, a François e alguns de seus colegas ferroviários, o abastecimento necessário ao ocupante dispersava-se em todas as direções, exceto a correta, e perdia-se na natureza. Antes que as mercadorias destinadas ao inimigo fossem encontradas e chegassem a porto seguro, passavam-se um ou dois meses, o que não deixava de ser alguma coisa.

Muitas vezes, ao cair da noite, juntávamo-nos a eles para penetrarmos nos trens parados. Espreitávamos cada barulho à nossa volta, aproveitando o ranger de uma agulha ou a passagem de uma locomotiva para avançar até o nosso alvo sem sermos surpreendidos pelas patrulhas alemãs.

Na semana precedente, tínhamos nos enfiado debaixo de um trem, esgueirando-nos sob seus eixos até alcançar um vagão muito especial pelo qual éramos loucos: o *Tankwagen*, traduzindo, "vagão-tanque". Embora particularmente difícil de deslanchar sem que fôssemos assinalados, a manobra de sabotagem passaria totalmente desapercebida, uma vez realizada.

Enquanto um de nós ficava de atalaia, os demais se içavam para cima do tanque, abriam a tampa e despejavam quilos de areia e melaço no combustível. Alguns dias depois, ao chegar à sua destinação,o precioso líquido adulterado pelo nosso engenho era bombeado para alimentar os tanques dos bombardeiros ou caças alemães. Nossos conhecimentos de mecânica eram suficientes para saber que, logo depois da decolagem, o piloto do aparelho só teria uma alternativa: procurar compreender por que seus motores acabavam de morrer ou pular imediatamente de paraquedas antes que seu avião se espatifasse; no pior dos casos, os aviões ficariam desativados no fim da pista, o que já não era mal.

Com um pouco de areia e a mesma proporção de atrevimento, meus companheiros conseguiram aprimorar um sistema de destruição à distância da aviação inimiga dos mais simples, mas dos mais eficazes. Ao pensar nisto, voltando com eles de madrugada, ruminava que ao fazerem aquilo eles me ofereciam um gostinho do meu segundo sonho: alistar-me na Royal Air Force.

Às vezes também nos escondíamos ao longo dos trilhos da ferrovia da estação de Toulouse-Raynal para retirar as lonas das plataformas dos trens e operar em função do que encontrávamos. Quando descobríamos asas de Messerschmitt, fuselagens de Junkers ou flaps de Stuka fabricados nas indústrias Latécoère da região, cortávamos os cabos de transmissão. Quando lidávamos com motores de avião, arrancávamos os cabos elétricos ou os dutos de gasolina. Impossível calcular a quantidade de aparelhos que havíamos pregado no solo dessa maneira. Quanto a mim, sempre que inutilizava um avião inimigo dessa forma, era melhor que o fizesse com um companheiro, em virtude de minha natureza distraída. Assim que me dedicava a furar com um buril a chapa metálica de uma asa, eu logo me imaginava no cockpit do meu Spitfire, apertando o gatilho do manche, com o vento assobiando dentro da fuselagem. Felizmente para mim, as mãos benevolentes de Émile ou de Alonso sempre me davam um tapinha no ombro, então eu via seus semblantes desolados me trazerem de volta à realidade, quando me diziam "Vamos, venha, Jeannot, precisamos voltar imediatamente".

Havíamos passado os primeiros 15 dias de outubro operando dessa forma. Mas essa noite o golpe seria muito mais incisivo. Émile informara-se, 12 locomotivas iam ser conduzidas amanhã para a Alemanha.

A missão era de porte, e, para realizá-la, seríamos seis. Era raro agirmos em número tão grande; se fôssemos pegos, a brigada perderia quase um terço de seus efetivos. Mas o que estava em jogo justificava assumirmos aquele risco. Quem diz 12 locomotivas diz ao mesmo tempo 12 bombas. Fora de questão, entretanto, irmos em cortejo à casa do amigo Charles. Por uma vez, era ele quem entregaria a domicílio.

Às primeiras horas do dia, nosso amigo dispusera seus preciosos pacotes no fundo de um reboque atrelado a sua bicicleta, cobrira-os com alfaces frescas colhidas em sua horta e com uma lona. Deixara a estaçãozinha de Loubers, pedalando e cantarolando pelos campos de Toulouse. A bicicleta de Charles, montada com peças retiradas de nossas bicicletas roubadas, era única no gênero. Com um guidom de quase um metro de envergadura, um selim nas alturas, um quadro metade azul, metade laranja, pedais díspares e duas mochilas femininas presas nas laterais da roda traseira, era realmente engraçada a bicicleta de Charles.

Charles também tinha um aspecto engraçado. Não estava preocupado ao se dirigir para a cidade, os policiais em geral não prestavam atenção nele, convencidos de que era um mendigo vadiando na região. Um desassossego para a população, é possível, mas não um perigo propriamente dito. É verdade que, com seu aspecto engraçado, a polícia realmente se lixava para ele, exceto, infelizmente, hoje.

Charles atravessa a praça do Capitólio arrastando sua carga mais do que especial, quando dois policiais fazem-no parar para uma fiscalização de rotina. Charles estende sua carteira de identidade na qual está escrito que nasceu em Lenz. Como se não soubesse ler o que não obstante está escrito preto no branco, o sargento pergunta a Charles o local de seu nascimento. Charles, que não é espírito de porco, responde sem hesitar.

— Luntz!

— Luntz? — repete o sargento, perplexo.

— Luntz! — insiste Charles, de braços cruzados.

— O senhor está dizendo que nasceu em Luntz e eu, está aqui nos seus papéis, leio que foi em Lenz que sua mãe o pôs no mundo, então ou o senhor está mentindo ou é uma carteira falsa...

— Non, non — esmera-se em dizer Charles com seu sotaque um tanto peculiar. — Luntz, exatamente o que eu diz! Luntz no Pas-dé-Calais!

O policial olha para ele, perguntando-se se o sujeito que ele interroga não estaria gozando com a sua cara.

— O senhor alega também ser francês, talvez?

— Sim, dos pós à cabaça! — afirma Charles... (Traduza por "Sim, dos pés à cabeça!")

Dessa vez, o policial achou que ele realmente gozava com a cara dele.

— Onde o senhor reside? — indaga num tom autoritário.

Charles, sabendo a lição na ponta da língua, responde prontamente:

— Em Brist!

— Em Brist? E onde fica isso, Brist? Não conheço Brist — diz o policial, voltando-se para seu colega.

— Brist, no Finistire! — responde Charles, com certo agastamento.

— Acho que ele quer dizer Brest, no Finistère, chefe! — intervém o colega, impassível.

E Charles, fascinado, balança a cabeça em sinal de aquiescência. O sargento, vexado, considera-o de cima a baixo. Convém dizer que, entre sua bicicleta multicolorida, seu casacão de mendigo e sua carga de saladas, Charles não se parece em nada com um marujo-pescador de Brest. O policial, que não aguenta mais aquilo, ordena então que ele o siga para verificação de identidade.

Dessa vez é Charles que o encara fixamente. E então fica claro que as aulas de vocabulário da pequena Camille deram frutos, porque o amigo Charles debruça-se no ouvido do agente e murmura para ele:

— Estou transportando bombas no meu reboque; se você me levar para o seu comissariado, irão me fuzilar. E amanhã será você que será fuzilado, porque os companheiros da Resistência saberão que fui detido.

De uma hora para outra, quando se empenhava, Charles falava um francês insuspeito!

O policial empunhava sua arma de serviço. Hesitou, depois sua mão largou a coronha do revólver; uma breve troca de olhares com seu colega, e disse a Charles:

— Vamos, suma daqui, cidadão de Brest!

Ao meio-dia pegávamos as 12 bombas, Charles nos contou sua aventura e o pior é que aquilo o divertia.

Jan, por sua vez, não achava nenhuma graça naquilo. Pregou um sermão em Charles, disse-lhe que ele tinha corrido sérios riscos, mas Charles continuava a rir e retorquiu que em breve 12 locomotivas nunca mais poderiam rebocar comboios deportados. Desejou-nos boa sorte para essa noite e montou de novo em sua bicicleta. Às vezes, à noite, antes de dormir, ainda me acontece ouvi-lo pedalar rumo à estação de Loubers, empoleirado em sua grande bicicleta multicolorida, com suas imensas gargalhadas igualmente coloridas.

* * *

Dez horas, a noite está suficientemente escura para podermos agir. Émile dá o sinal e transpomos o muro que ladeia a ferrovia. Precisamos prestar atenção na hora da abordagem, cada um de nós leva duas bombas no embornal. Faz frio. A umidade congela nossos ossos. François abre a marcha, Alonso, Émile, meu irmão Claude, Jacques e eu formamos a coluna que se esgueira ao longo de um trem imóvel. A brigada parece quase completa.

À nossa frente, um soldado está de atalaia e bloqueia nossa progressão. O tempo urge, temos que avançar até as locomotivas estacionadas mais adiante. À tarde, simulamos a missão. Graças a Émile, sabemos que as máquinas estão todas alinhadas nos trilhos de triagem. Cada um deverá cuidar de duas locomotivas. Em primeiro lugar, subir na motriz, atravessar a passarela que corre ao longo da lateral, subir a escadinha metálica e ir para o topo da caldeira. Acender um cigarro, depois a mecha, e fazer descer lentamente a bomba na chaminé com a ajuda do arame que a sustenta num gancho. Prender o gancho na beirada da chaminé, de maneira que a bomba permaneça suspensa a alguns centímetros do fundo da caldeira. Em seguida, descer novamente, atravessar a ferrovia e recomeçar na locomotiva seguinte. Uma vez plantadas as duas bombas, correr até uma mureta que se encontra cem metros à frente e, sem pestanejar, sair na disparada antes que aquilo explodisse. Na medida do possível, tentar trabalhar em sincronia com os companheiros, para evitar que alguém ainda esteja em ação quando as locomotivas explodirem. Quando 30 toneladas de metal se rasgam, é recomendável estar o mais longe possível.

Alonso olha para Émile, temos que nos livrar daquele sujeito que obstrui nossa passagem. Émile saca sua pistola. O soldado prende um cigarro na boca. Risca um fósforo e a chama ilumina seu rosto. Apesar do uniforme impecável, o inimigo parece mais um simples garotinho disfarçado de soldado do que um nazista feroz.

Émile guarda sua arma e nos faz sinal para apenas desacordá-lo. Todo mundo se alegra com a notícia, eu um pouco menos que os outros porque a tarefa recai nos meus ombros. É terrível agredir alguém, golpeá-lo no crânio, com medo de matá-lo.

O soldado inanimado é carregado para um vagão cuja porta Alonso fecha com o máximo possível de delicadeza. A marcha continua. Finalmente chegamos. Émile levanta o braço para dar o sinal, todos prendem a respiração, prontos para agir. Quanto a mim, levanto a cabeça e olho para o céu conjecturando que, em todo caso, lutar nos ares deve ser mais bonito do que rastejar sobre o cascalho e pedaços de carvão, mas um detalhe chama a minha atenção. A menos que a minha miopia tenha se agravado de uma hora para a outra, parece-me ver fumaça saindo da chaminé de todas as nossas locomotivas. Ora, quem diz fumaça na chaminé de uma locomotiva presume que sua caldeira está acesa. Graças à experiência adquirida na sala de refeições de Charles durante uma *omelette-party* (como diriam os ingleses da Royal Air Force na cantina dos oficiais), agora sei que tudo que contém pólvora é extremamente sensível à proximidade de uma fonte de calor. Salvo um milagre ou uma particularidade de nossas bombas que teria escapado à esfera de conhecimentos que eu adquirira em química até as portas da faculdade, Charles teria pensado como eu que "Verificar-se uno sério problema".

Cada coisa tendo sua razão de ser, como repetia sem parar meu professor de matemática no liceu, compreendo que os ferroviários, a quem havíamos esquecido de avisar sobre nossa ação, deixaram as máquinas aquecendo, alimentando-as com carvão a fim de manter um nível constante de vapor e garantir a pontualidade matinal de seus comboios.

Sem pretender com isso arrefecer o impulso patriótico de meus camaradas imediatamente antes de passar à ação, julgo útil informar Émile e Alonso sobre minha descoberta. Faço-o sussurrando, naturalmente, para não chamar inutilmente a atenção de outros guardas, tendo particularmente detestado, ainda há pouco, ter que agredir um soldado. Com ou sem sussurros, Alonso parece consternado e olha como eu para as chaminés fumegantes. E, como eu, analisa perfeitamente o dilema com o qual nos confrontamos. O plano estipulado é descer nossos explosivos pelas chaminés e deixá-los pendurados dentro das caldeiras das locomotivas; ora, quando as caldeiras estão incandescentes, é difícil, até mesmo impossível, calcular no fim de quanto tempo as bombas, submetidas à temperatura ambiente, explodirão; suas mechas tendo se tornado, com isso, um acessório relativamente supérfluo.

Após uma consulta geral, verifica-se que a carreira de Émile como ferroviário não é suficientemente longa que nos permita depurar nossas estimativas, e ninguém afinal pode censurá-lo por isso.

Alonso acha que as bombas vão estourar na nossa cara à meia-altura da chaminé, Émile está mais confiante, julga que, a dinamite estando nos cilindros de aço, a condução do calor deveria levar um certo tempo. À pergunta de Alonso "Sim, mas quanto tempo?", Émile responde que não faz a mínima ideia. Meu irmãozinho conclui acrescentando que, já que estávamos ali, o melhor era dar prosseguimento à ação.

Como eu disse a você, não desistiremos. Amanhã de manhã, as locomotivas, fumegantes ou não, estarão fora de combate. Por maioria absoluta, sem abstenções, decidimos continuar assim mesmo. Émile ergue novamente o braço para dar o sinal da partida, mas dessa vez sou eu que me atrevo a uma pergunta, que, afinal, todo mundo se faz.

— Devemos acender assim mesmo as mechas?

A resposta, irritada, de Émile é afirmativa.

A sequência acontece bem rápido. Cada um corre para o seu objetivo. Subimos todos na primeira locomotiva, uns rezando pelo melhor, os demais, menos crentes, torcendo para que não aconteça o pior. O estopim crepita, tenho quatro minutos, sem contar o parâmetro calórico, do qual já falei amplamente, para instalar minha carga, correr para a locomotiva seguinte, repetir a ação e me proteger na mureta salvadora. Minha bomba balança na ponta de seu arame e desce até o objetivo. Percebo como a estiva é importante; melhor evitar qualquer contato com o carvão em brasa.

Se não me falha a memória, a despeito do calor e do frio que me fazia tiritar, haviam se passado três bons minutos entre o momento em que Charles jogara sua gordura de ganso na frigideira e o momento em que tivéramos que nos jogar no chão. Então, se a sorte me sorrir, talvez eu não termine minha vida despedaçado sobre uma caldeira de locomotiva, ou, em todo caso, não antes de ter instalado minha segunda carga.

Aliás, já corro por entre os trilhos e subo para o meu segundo objetivo. A poucos metros, Alonso me faz sinal de que está tudo bem. Me tranquiliza um pouco ver que ele está tão pouco à vontade quanto eu. Conheço alguns que se mantêm à distância quando riscam um fósforo diante da boca de seu fogão, com medo de um retorno da chama; eu gostaria muito de vê-los enfiando uma bomba de três quilos na caldeira fervente de uma locomotiva. Mas a única coisa que me tranquilizaria de verdade seria saber que meu irmãozinho terminou seu trabalho e que já está no ponto de fuga.

Alonso vem por último, quando retornava tropeçou e prendeu o pé entre o trilho e a roda de sua locomotiva. Eu e mais dois o puxamos como podemos para libertá-lo e ouço o pêndulo da morte e seu tique-taque no meu ouvido.

Com o pé de Alonso prejudicado, mas finalmente livre, corremos para a nossa salvação e o impacto da primeira explosão que se ergue num estrépito terrível nos ajuda um pouco, uma vez que nos projeta a todos os três até a mureta.

Meu irmão vem me ajudar a levantar e, ao ver sua cara lívida, apesar de um pouco tonto, respiro novamente e o arrasto até as bicicletas.

— Você viu, conseguimos! — ele diz, quase se divertindo.

— Está rindo agora?

— Em noites como esta, sim! — responde, pedalando.

Ao longe, as explosões se sucedem, é uma chuva de ferro que cai do céu. Continuamos a sentir seu calor. De bicicleta na noite, apeamos e nos voltamos.

Meu irmão tem razão para sorrir. Não é a noite do 14 de Julho, nem a de São João. Estamos em 10 de outubro de 1943, mas amanhã faltarão 12 locomotivas aos alemães, os mais belos fogos de artifício aos quais podíamos assistir.

16

Amanheceu, eu devia encontrar meu irmão e estava atrasado. Ontem à noite, ao nos despedirmos depois da explosão das locomotivas, prometemos um ao outro tomar um café juntos. Sentíamos saudade, as oportunidades de um encontro tornavam-se cada vez mais raras. Me vesti às pressas e corri para encontrá-lo num café a poucos metros da praça Esquirol.

— Diga-me uma coisa, que tipo de estudos o senhor faz, exatamente?

A voz da minha senhoria ressoou no corredor quando eu me preparava para sair. Pela entonação, compreendi claramente que a pergunta não estava ligada a um súbito interesse da velha Dublanc pelo meu curso universitário. Voltei-me, encarando-a e me esforçando para ser o mais convincente possível. Se minha senhoria duvidava da minha identidade, eu tinha que me mudar o mais rápido possível e provavelmente deixar a cidade hoje mesmo.

— Por que pergunta, senhora Dublanc?

— Porque se o senhor estivesse na faculdade de medicina ou, melhor ainda, na escola veterinária, isso viria muito a calhar. Meu gato está doente, não quer se levantar.

— Que pena, senhora Dublanc, eu gostaria muito de ajudá-la, enfim, de ajudar o seu gato, mas estudo contabilidade.

Pensei ter me safado, mas a velha Dublanc acrescentou que realmente era uma pena; ela tinha o ar pensativo ao me dizer isso e seu comportamento me deixava inquieto.

— Posso fazer alguma outra coisa pela senhora, senhora Dublanc?

— Será que não se incomodaria de vir assim mesmo dar uma olhadinha no meu Gribouille?

A velha Dublanc me pega imediatamente pelo braço e me arrasta até seus aposentos; como se quisesse me tranquilizar, sussurra ao meu ouvido que de toda forma seria melhor não falarmos ali dentro; as paredes de sua casa não são muito grossas. Mas, ao me dizer isso, ela consegue tudo, menos me tranquilizar.

A casa da velha Dublanc é parecida com meu quarto, só que mobiliada e com uma pia extra, o que no fim das contas não faz muita diferença. Na poltrona, dorme um gordo gato cinza que não parece com a cara melhor do que a minha, mas abstenho-me de qualquer comentário.

— Escute, meu caro — ela disse, fechando a porta —, estou me lixando se você aprende contabilidade ou álgebra; vi passarem por aqui alguns estudantes como o senhor, e alguns desapareceram sem sequer voltar para pegar suas coisas. Gosto muito do senhor, mas não quero aborrecimentos com a polícia e muito menos com a Milícia.

Meu estômago se retorceu todo, eu tinha a sensação de que jogavam pega-varetas na minha barriga.

— Por que diz isso, senhora Dublanc? — balbuciei.

— Porque, a menos que o senhor seja um parasita vocacional, não o vejo estudar muito. E, depois, seu irmãozinho que de vez em quando vem com outros companheiros de vocês, com cara de terroristas; então, como eu ia lhe dizendo, não quero aborrecimentos.

Eu morria de vontade de provocá-la sobre sua definição de terrorismo. A prudência ditaria que eu me calasse, eram muito mais que suspeitas que ela nutria a meu respeito; contudo, não consegui me segurar.

— Acho que os verdadeiros terroristas são os nazistas e os patifes da Milícia. Porque, cá entre nós, senhora Dublanc, os companheiros e eu não passamos de estudantes que sonham com um mundo de paz.

— Mas eu também quero a paz, e na minha casa para começar! Então, se isso cria algum problema para o senhor, meu rapaz, evite fazer tais declarações sob o meu teto. Os milicianos não me fizeram nada. E quando cruzo com eles na rua, estão sempre bem-vestidos e são muito educados e civilizados; não é o caso de todas as pessoas que encontramos na cidade, longe disso, se percebe o que quero dizer. Não quero complicações por aqui, entendido?

— Sim, senhora Dublanc — respondi, arrasado.

— Também não me faça dizer o que eu não disse. Concordo que, nos tempos que correm, estudar como o senhor e seus amigos fazem exige certa fé no futuro, até mesmo certa coragem; mas mesmo assim eu preferiria que seus estudos se dessem fora das minhas paredes... Está seguindo meu raciocínio?

— Quer que eu vá embora, senhora Dublanc?

— Enquanto o senhor pagar seu aluguel, não tenho motivo algum para despejá-lo, mas seja bonzinho e não traga mais seus amigos para revisar seus deveres aqui em casa. Dê um jeito de aparentar ser um sujeito sem complicações.

Será melhor para mim e para o senhor também. Pronto, é só isso!

A velha Dublanc me deu uma piscadela e ao mesmo tempo me convidou a sair pela porta de seu conjugado. Cumprimentei-a e saí correndo para encontrar meu irmãozinho, que provavelmente já resmungava, certo de que eu lhe dera o bolo.

Encontrei-o aboletado perto do vidro, tomando um café na companhia de Sophie. Não era realmente café, mas, à sua frente, era realmente Sophie. Ela não percebeu como eu ruborizei ao me aproximar, enfim não creio, mas julguei útil esclarecer que eu acabava de dar um sprint por causa do meu atraso. Meu irmãozinho parecia lixar-se completamente para isso. Sophie levantou-se para nos deixar a sós, mas Claude convidou-a para dividir aquele momento conosco. Sua iniciativa mandava para o espaço nosso encontro particular, mas confesso que não o detestei por isso.

Sophie estava contente de dividir aquele momento. Sua vida de agente de ligação não era das mais fáceis. Como eu, ela se fazia passar por estudante junto à sua senhoria. Bem cedo pela manhã, deixava o quarto que ocupava numa casa da Côte Pavée e só voltava bem tarde da noite, evitando assim comprometer sua cobertura. Quando não estava na espionagem, quando não transportava armas, perambulava pelas ruas esperando anoitecer para poder finalmente voltar para casa. Nos invernos, seus dias eram ainda mais difíceis. Os únicos momentos de trégua vinham quando ela se concedia uma pausa no balcão de um bar, para se aquecer. Mas não podia ficar muito tempo, sob o risco de se ver em perigo. Uma garota bonita e sozinha chamava muito a atenção.

Às quartas-feiras, ela se oferecia um ingresso no cinema e, aos domingos, nos contava o filme. Enfim, os trinta primeiros minutos, porque o mais das vezes dormia antes do intervalo, em virtude do calor que a embalava.

Eu nunca soube se havia um limite para a coragem de Sophie; ela era bonita, tinha um sorriso de fechar o comércio; e, em quaisquer circunstâncias, uma desenvoltura incrível. Se com tudo isso não me concedessem algumas circunstâncias atenuantes para o meu rubor diante dela, seria porque o mundo era muito injusto.

— Aconteceu um negócio incrível comigo na semana passada — ela disse, passando a mão em seus longos cabelos.

Desnecessário dizer que nem meu irmão nem eu estávamos em condições de interrompê-la.

— O que há com vocês, rapazes? Perderam a língua?

— Não, não, vamos, continue — responde meu irmão com um sorriso estúpido.

Sophie, perplexa, fita-nos alternadamente e prossegue seu relato:

— Eu ia a Carmaux, levar três metralhadoras que Émile estava esperando. Charles as escondera numa mala, bastante pesada, a propósito. Lá estou eu embarcando no meu trem na estação de Toulouse; abro a porta do meu compartimento e dou de cara com oito policiais! Saio dali imediatamente na ponta dos pés, rezando para não ter chamado a atenção deles, mas eis que um deles se levanta e me propõe se espremer um pouco para abrir um espaço para mim. Outro chega a se oferecer para me ajudar com a mala. O que vocês teriam feito no meu lugar?

— Bom, eu teria rezado para que eles me fuzilassem imediatamente! — responde meu irmãozinho.

E acrescenta:

— Para que esperar? Fodido, fodido e meio, não acha?

— Pois bem, fodido, fodido e meio, como você diz, aceitei. Eles pegaram a mala e a ajeitaram atrás dos meus pés, embaixo do banco. O trem partiu e papeamos até Carmaux. Mas, esperem, não terminou!

Acho que se naquele momento Sophie tivesse me dito: "Jeannot, quero muito beijá-lo se você mudar essa cor horrível dos seus cabelos", não apenas eu teria aceitado muito bem aquilo, como os tingiria se ela repetisse. Bom, mas a pergunta não foi formulada, continuo ruivo e Sophie continua sua história ainda mais animada.

— O trem então chegou à estação de Carmaux, e, cúmulo do azar, um controle! Pela janela, vejo os alemães abrirem todas as bagagens na plataforma; dessa vez, digo comigo que estou realmente ferrada!

— Mas você está aqui! — atreve-se Claude, mergulhando seu dedo, na falta de açúcar, no resto de café no fundo da xícara.

— Os policiais divertem-se vendo a minha cara, dão tapinhas no meu ombro e dizem que vão me acompanhar até o lado de fora. E, diante do meu espanto, o sargento deles acrescenta que prefere que seja uma moça como eu a desfrutar dos presuntos e salames que dissimulei na minha mala do que soldados da Wehrmacht. Não é genial essa história? — conclui Sophie, caindo na risada.

Sua história deixa a nossa espinha gelada, mas nossa companheira está jubilosa, então estamos felizes, felizes simplesmente por estar ali ao lado dela. Como se tudo aquilo afinal não passasse de uma brincadeira de crianças, uma brincadeira na qual ela poderia ter sido fuzilada dez vezes... de verdade.

Sophie fez 17 anos este ano. No início, seu pai, que é mineiro em Carmaux, não estava muito animado com seu ingresso na brigada. Quando Jan arrebanhou-a para nossas fileiras, chegou a lhe passar um sabão. Mas o pai de Sophie é um resistente de primeira hora, então é difícil para ele achar um argumento válido para proibir sua filha de agir como ele. Seu entrevero com Jan era mais pró-forma.

— Esperem, o melhor ainda não chegou — emenda Sophie, ainda mais entusiasmada.

Claude e eu escutamos pressurosos o fim de sua narrativa.

— Na estação, Émile, que me esperava na ponta da plataforma, me vê caminhando em sua direção, cercada por oito policiais, um dos quais carrega a mala contendo as metralhadoras. Precisavam ver a cara de Émile!

— Como ele reagiu? — perguntou Claude.

— Fiz sinais veementes para ele, chamei-o de "querido" de longe, e literalmente me atirei no pescoço dele para que ele não saísse correndo. Os policiais entregaram-lhe minha bagagem e foram embora nos desejando um bom dia. Acho que Émile está tremendo até agora.

— Acho que vou parar de comer kosher, já que o presunto traz tanta felicidade — resmunga meu irmão.

— Eram metralhadoras, imbecil — replicou Sophie —, e depois, os policiais estavam apenas bem-humorados, só isso.

Claude não pensava na sorte que Sophie tivera com os policiais, mas na de Émile...

Nossa companheira consultou seu relógio, levantou-se de um pulo dizendo "Preciso ir", depois nos beijou a ambos e foi embora. Meu irmão e eu ficamos sentados um ao lado do outro, sem dizer nada, durante uma boa hora. Despedimo-nos no início da tarde, com um sabendo o que o outro pensava.

Sugeri que adiássemos nosso encontro para a noite seguinte, para que pudéssemos conversar um pouco.

— Amanhã à noite? Não posso.

Não lhe fiz perguntas, mas, pelo seu silêncio, sabia que tinha serviço, e ele, na minha cabeça, via claramente que a preocupação começava a me roer depois que ele se calara.

— Passo na sua casa depois — acrescentou. — Mas não antes das 22 horas.

Era muito generoso de sua parte, porque, realizada sua missão, ele ainda precisaria pedalar durante um bom tempo para me encontrar. Mas Claude sabia que sem isso eu não pregaria o olho à noite.

— Então, até amanhã, mano.

— Até amanhã.

* * *

Minha conversinha com a velha Dublanc continuava a me afligir. Se eu pusesse Jan a par, ele me obrigaria a deixar a cidade. Para mim estava fora de cogitação ficar longe do meu irmão... e de Sophie. Por outro lado, se eu não contasse a ninguém e fosse preso, teria cometido um erro imperdoável. Montei na minha bicicleta e corri para a estaçãozinha de Loubers. Charles era sempre um bom conselheiro.

Recebeu-me com seu bom humor de sempre e me chamou para dar uma mãozinha na horta. Eu tinha passado uns meses trabalhando na horta do Solar antes de me juntar à Resistência e adquirido certa habilidade em matéria de amanho e capinagem. Charles apreciava minha ajuda. Não demoramos a entabular a conversa. Repeti para ele as palavras que a velha Dublanc me dissera e Charles me tranquilizou na hora.

Segundo ele, se minha senhoria não queria problemas, não iria me denunciar, com medo de ser importunada de uma forma ou de outra; além disso, sua frasezinha sobre o mérito que atribuía aos "estudantes" sugeria que não era tão má assim. Charles inclusive acrescentou que não devíamos prejulgar as pessoas. Muitos não fazem nada simplesmente porque têm medo, isso não faz deles delatores. A velha Dublanc é desse tipo. A Ocupação não muda sua vida a ponto de fazê-la correr o risco de perdê-la, só isso.

É preciso uma verdadeira tomada de consciência para se dar conta de que estamos vivos, ele explicou, arrancando um molho de rabanetes.

Charles tem razão, a maioria dos homens contenta-se com um emprego, um teto, algumas horas de descanso aos domingos e julgam-se com sorte por isso; por sua tranquilidade, não por estarem vivos! Que seus vizinhos sofram, contanto que a dor não penetre na casa deles, preferem não ver nada; fazer como se as coisas ruins não existissem. Nem sempre é covardia. Para alguns, viver já exige muita coragem.

— Evite levar amigos à sua casa durante alguns dias. Nunca se sabe — acrescentou Charles.

Continuamos a preparar a terra em silêncio. Ele se ocupava dos rabanetes, eu das alfaces.

— É só a sua senhoria que o atormenta, não é? — perguntou Charles estendendo-me um ancinho.

Esperei um pouco para lhe responder, então ele emendou.

— Uma vez, uma mulher veio aqui. Tinha sido Robert quem me pedira para hospedá-la. Era dez anos mais velha do que eu, estava doente e vinha repousar. Eu disse que não era médico, mas aceitei. Tem apenas um quarto lá em cima, então o que você queria que eu fizesse? Dividimos a cama; ela de um lado, eu do outro, o travesseiro no meio. Ela passou duas semanas na minha casa, ríamos o tempo todo, contávamos um para o outro uma porção de coisas e me acostumei com sua presença. Um dia, ela estava curada e foi embora. Eu não perguntei nada, mas tive que me readaptar ao silêncio. À noite, quando o vento soprava, ficávamos os dois escutando. Sozinho, ele não faz a mesma musica.

— Nunca mais a viu?

— Ela bateu à minha porta duas semanas depois e disse que queria ficar comigo.

— E então?

— Eu disse que era melhor para nós dois que ela voltasse para o marido.

— Por que está me contando isso, Charles?

— Por qual garota da brigada você se apaixonou?

Não respondi.

— Jeannot, eu sei o quanto a solidão nos oprime, mas este é o preço a pagar quando estamos na clandestinidade.

E, como eu continuava em silêncio, Charles parou de capinar.

Retornamos na direção da casa, Charles me deu um buquê de rabanetes para me agradecer pela ajuda.

— Veja, Jeannot, essa amiga de quem lhe falei agorinha, ela me deu uma oportunidade incrível; ela me deixou amá-la. Foram só poucos dias, mas, com a cabeça que eu tenho, já foi um belo presente. Agora, basta eu pensar nela para encontrar um pouco de felicidade. É melhor você voltar, está anoitecendo cedo agora.

E Charles me acompanhou até a soleira da porta.

Montando na minha bicicleta, voltei-me e perguntei-lhe se apesar de tudo ele achava que eu tinha uma chance com Sophie, no caso de eu reencontrá-la um dia, depois da guerra, quando não estivéssemos mais na clandestinidade. Charles pareceu desolado, vi-o hesitar, e ele me respondeu com um sorriso triste:

— Se Sophie e Robert não estiverem mais juntos no fim da guerra, quem sabe? Bom retorno, meu velho, preste atenção nas patrulhas na saída da aldeia.

* * *

À noite, na cama, voltei a pensar na minha conversa com Charles. Ele me restituía à razão. Sophie seria uma grande amiga e seria melhor assim. De toda forma, eu teria detestado tingir os cabelos.

* * *

Tínhamos decidido dar continuidade ao plano de ação de Boris contra a Milícia. Agora, os vira-latas em suas roupas pretas, aqueles que os espionavam para nos prender melhor, aqueles que torturavam, que vendiam a miséria humana a quem pagasse mais, seriam combatidos sem piedade. Aquela noite iríamos à rua Alexandre explodir seu covil.

Enquanto isso, deitado em sua cama com as mãos na cabeça, Claude olha para o teto do seu quarto pensando no que o espera.

— Esta noite eu não voltarei.

Jacques entrou. Senta-se ao lado dele, mas Claude não diz nada; com o dedo mede a mecha que entra na bomba — apenas 15 milímetros —, e meu irmãozinho murmura:

— Paciência, vou assim mesmo.

Então Jacques sorri tristemente, não ordenou nada, foi Claude quem sugeriu.

— Tem certeza?

Claude não tem certeza de nada, mas ainda ouve a pergunta do meu pai no Café des Tourneurs... Por que lhe contei isso? Então ele diz "Tenho".

— Esta noite eu não voltarei — murmura meu irmãozinho de apenas 17 anos.

Quinze milímetros de estopim, é curto; um minuto e meio de vida quando ouvirmos a crepitação da mecha; oitenta segundos para fugir.

— Esta noite eu não voltarei — ele não para de repetir, mas esta noite tampouco os milicianos voltarão para casa. Então, um monte de gente que não conhecemos ganhará alguns meses de vida, alguns meses de esperança, o tempo para outros cães virem repovoar os covis do ódio.

Um minuto e meio para nós e alguns meses para eles, um bom negócio, não é mesmo?

Boris dera início à nossa guerra contra a Milícia no mesmo dia em que Marcel Langer fora condenado à morte. Então, nem que fosse só por ele, que apodrecia numa jaula da prisão de Saint-Michel, era preciso ir. Também tinha sido para salvá-lo que havíamos liquidado o procurador Lespinasse. Nossa tática funcionara: no julgamento de Boris, os jurados abstiveram-se um depois do outro, os interinos tiveram tanto medo que se contentaram com vinte anos de prisão. Esta noite, Claude pensa em Boris e em Ernest também.

Será ele que lhe dará coragem. Ernest tinha 16 anos quando morreu, você se dá conta? Parece que quando as milícias o prenderam, ele começou a mijar nas calças no meio da rua; os canalhas o autorizaram a abrir a braguilha, o tempo de se aliviar de seu medo, ali, na frente deles, para humilhá-lo; na verdade, o tempo de destravar a granada que ele escondia em sua calça e mandar aqueles filhos da puta para o inferno. E Claude revê os olhos cinzentos de um garoto morto no meio da rua; de um garoto de apenas 16 anos.

Estamos em 5 de novembro, quase um mês se passou depois que matamos Lespinasse.

— Não voltarei — diz meu irmãozinho. — Mas isso não é grave, outros viverão no meu lugar.

A noite chegou, escoltada pela chuva.

— Está na hora — murmura Jacques, e Claude levanta a cabeça e descruza os braços.

Conte os minutos, irmãozinho, memorize cada instante e deixe a coragem arrebatá-lo; deixe essa força encher sua barriga tão vazia de tudo. Você nunca se esquecerá do olhar da mamãe, de sua ternura quando vinha fazê-lo dormir não faz muitos meses. Observe como o tempo demorou a passar desde então; portanto, mesmo que você não volte esta noite, ainda lhe resta um pouco a viver. Encha seu peito com o cheiro da chuva, execute os gestos tantas vezes ensaiados. Eu gostaria de estar ao seu lado, mas estou em outro lugar, e você está aí, Jacques está com você.

Claude aperta seu fardo embaixo do braço, alguns pedaços de bravura, ultrapassados pelas mechas inflamáveis. Tenta esquecer a umidade sobre sua pele, como uma garoa noturna. Não está sozinho, mesmo em outro lugar estou aqui.

Na praça Saint-Paul, ele sente seu coração bater em suas têmporas e tenta encaixar seu ritmo no ritmo dos passos que o levam à coragem. Continua sua marcha. Se a sorte lhe sorrir, daqui a pouco estará se escafedendo pela rua des Créneaux. Mas não convém pensar agora na rota de retirada... apenas se a sorte lhe sorrir.

Meu irmãozinho entra na rua Alexandre, a coragem compareceu ao encontro. O miliciano que guarda o covil rumina que, avançando num passo decidido, você e Jacques e fazem parte da quadrilha dele. O portão do pátio fecha-se atrás de vocês. Você risca o fósforo, as pontas incandescentes crepitam, e o tique-taque da morte que ronda martela em suas cabeças. No fundo do pátio, uma bicicleta está encostada numa janela; uma bicicleta com uma cesta propícia para receber a primeira bomba que Charles fabricou. Uma porta. Você adentra o corredor, o tique-taque continua, quantos segundos restam? Dois passos para cada segundo, trinta passos ao todo, não calcule, irmãozinho, desbrave seu caminho, a salvação está no fim, mas você precisa avançar mais.

No corredor, dois milicianos conversam sem prestar atenção nele, Claude entra na sala, coloca seu pacote perto de uma calefação, faz cara de procurar no bolso, como se tivesse esquecido alguma coisa. Dá de ombros, como é possível ser tão afoito, o miliciano cola na parede para deixá-lo sair.

Tique-taque, é preciso manter o passo regular, não deixar transparecer nada da umidade escondida sob as roupas. Tique-taque, ei-lo no pátio, Jacques aponta a bicicleta para ele e Claude vê a mecha incandescente desaparecer sob o papel do jornal. Tique-taque, quanto tempo ainda? Jacques adivinhou a pergunta e seus lábios murmuram "Trinta segundos, menos talvez?" Tique-taque, os vigias saem da frente, disseram-lhes para vigiar os que entram, não os que saem.

A rua está ali e Claude sente um calafrio quando o suor vem misturar-se ao frio. Ainda não sorri de sua audácia, como outro dia, depois das locomotivas. Se seu cálculo estiver certo, precisa deixar para trás a intendência da polícia antes que a explosão esburaque a noite. Nesse instante, ficará claro como dia para os filhos da guerra e ele ficará visível para o inimigo.

— Agora! — diz Jacques apertando-lhe o braço. E a tenaz de Jacques fecha-se como um torno no instante da primeira explosão. O bafo ardente das bombas esfola as paredes das casas, os vidros voam pelos ares, uma mulher tirita de medo, os policiais apitam pelo mesmo motivo, correndo em todas as direções. No cruzamento, Jacques e Claude se separam; com a cabeça enfiada na gola de sua capa, meu irmão volta a ser aquele que retorna da fábrica, um entre os milhares saindo do trabalho.

Jacques já está longe, no bulevar Carnot, sua silhueta dilui-se no invisível, e Claude, sem compreender por quê, imagina-o morto, o medo volta a invadi-lo. Pensa no dia em que um dos dois dirá "Naquele dia eu tinha um amigo", e odeia-se por pensar que seria ele o sobrevivente.

Encontre-me na casa da velha Dublanc, irmãozinho, Jacques amanhã estará no ponto final do bonde 13 e, quando você avistá-lo, ficará finalmente aliviado. Esta noite, encolhido em seu lençol, a cabeça afundada no travesseiro, sua memória lhe oferecerá como presente o perfume da mamãe, um pedacinho de infância que ela ainda preserva dentro de você. Dorme, meu irmãozinho, Jacques está de volta. E nem você nem eu sabemos que numa noite de agosto de 1944, num trem que nos deportará para a Alemanha, nós o veremos, deitado, as costas esburacadas por uma bala.

* * *

Eu convidara minha senhoria para ir ao Opéra, não para lhe agradecer por sua relativa benevolência, nem sequer para ter um álibi, mas porque, de acordo com as recomendações de Charles, era preferível que ela não cruzasse com meu irmão quando ele chegasse à minha casa ao retornar da missão. Deus sabe em que estado ele se encontraria.

A cortina se abria e eu, naquela escuridão, sentado no balcão do grande teatro, pensava nele incessantemente. Eu escondera a chave sob o capacho, ele sabia onde encontrá-la. Entretanto, embora a preocupação me roesse e eu não acompanhasse nada do espetáculo, sentia-me curiosamente bem por estar simplesmente em algum lugar. Isso não parece nada, mas quando somos fugitivos estar ao abrigo é uma bênção. Saber que durante duas horas não terei nem que me esconder, nem que fugir, mergulhava-me numa beatitude incomum. Naturalmente eu pressentia que, depois do intervalo, o medo da volta devoraria aquele espaço de liberdade que me era oferecido; o espetáculo desenrolava-se não fazia uma hora e me bastava um silêncio para me trazer de volta à realidade, à solidão que eu sentia no meio daquela plateia transportada para o mundo maravilhoso do palco. O que eu não podia imaginar é que a irrupção de um punhado de policiais alemães e milicianos faria subitamente minha senhoria inclinar-se para o lado da Resistência. As portas haviam se aberto com estrépito e os latidos dos Feldgendarmes haviam acabado com a ópera. E a ópera era uma coisa sagrada para a velha Dublanc. Três anos de vexações, de privação de liberdade, de assassinatos sumários, toda a crueldade e violência da Ocupação nazista não haviam conseguido provocar a indignação de minha senhoria. Mas interromper a estreia de *Pelléas et Mélisande* era demais! A velha Dublanc murmurara "Que selvagens!".

Voltando a pensar na minha conversa da véspera com Charles, compreendi essa noite que o momento em que uma pessoa toma consciência de sua própria vida permaneceria, para mim, um mistério.

Do balcão, observávamos os buldogues evacuarem a sala numa pressa só superada pela violência. Pareciam de fato buldogues, aqueles soldados latindo com sua placa que pendia de uma grossa corrente em volta do pescoço. E os milicianos vestidos de preto que os acompanhavam lembravam vira-latas, desses com que nos deparamos nas ruas de cidades abandonadas, a baba escorrendo pelas mandíbulas, o olho turvo e a vontade de morder, mais por ódio que por fome. Se Debussy era achincalhado, se os milicianos estavam furiosos, era por que Claude tivera êxito.

— Vamos embora — dissera a velha Dublanc, paramentada em seu manto carmim que lhe servia de dignidade.

Para me levantar, eu ainda precisava acalmar meu coração, que percutia tão forte no meu peito que me deixava sem pernas. E se Claude tivesse sido preso? Se tivesse sido confinado num porão úmido, cara a cara com seus torturadores?

— Vamos lá? — repetira a velha Dublanc. — Afinal, não vamos esperar esses animais virem nos desalojar.

— Então está finalmente resolvida? — eu disse, com um sorriso no canto dos lábios.

— Resolvida a quê? — perguntou minha senhoria, com mais raiva do que nunca.

— Também, também vai iniciar seus "estudos"? — respondi-lhe, conseguindo enfim me levantar.

17

A fila espicha-se diante da loja de comida. Todos esperam com seus tíquetes de racionamento nos bolsos, roxos para a margarina, vermelhos para o açúcar, marrons para a carne — mas desde o início do ano a carne desapareceu das bancadas, sendo encontrada apenas uma vez por semana —, verdes para o chá ou o café, este de há muito tendo sido substituído por chicória ou cevada torrada. Três horas de espera antes de chegar ao balcão, para conseguir tão somente com que sobreviver, mas as pessoas não contam mais o tempo que passa, apenas observam a porta do pátio defronte do açougue. Na fila, uma compradora assídua não está presente. "Uma senhora de brio", dizem uns, "Uma mulher corajosa", lamentam-se outros. Nessa manhã pálida, dois automóveis pretos estão estacionados em frente ao prédio onde mora a família Lormond.

— Levaram o marido dela agorinha, eu estava aqui — sussurra uma dona de casa.

— Estão segurando a Sra. Lormond lá em cima. Querem agarrar a garota, ela não estava lá quando eles chegaram — esclarece a zeladora do prédio que também está na fila.

A garota que eles mencionam chama-se Gisèle. Gisèle não é seu nome verdadeiro, tampouco seu sobrenome verdadeiro é Lormond. Aqui no bairro todo mundo sabe que eles são judeus, mas a única coisa importante era a polícia e a Gestapo ignorarem isso. Terminaram por descobri-lo.

— É pavoroso o que eles fazem com os judeus — diz uma senhora, chorando.

— Era tão boazinha a Sra. Lormond — responde outra, estendendo-lhe seu lenço.

Lá em cima, no apartamento, os milicianos porém não passam de dois, mesmo número da Gestapo que os acompanha. Ao todo, quatro homens com camisas pretas, uniformes, revólveres e mais força do que os cem outros imóveis na fila que se espicha em frente ao açougue. Mas as pessoas estão aterrorizadas, mal ousam falar, agir então...

Foi a Sra. Pilguez, locatária do quinto andar, que salvou a garota. Estava na sua janela quando viu chegarem os carros no fim da rua. Precipitou-se para a casa dos Lormond para preveni-los. A mãe de Gisèle suplicou-lhe que levasse sua filha, a escondesse. A garota tinha apenas 10 anos! A Sra. Pilguez concordou prontamente.

Gisèle não tem tempo de beijar sua mãe, nem, aliás, seu pai. A Sra. Pilguez já a arrasta pela mão para a casa dela.

— Vi muitos judeus partirem, nenhum deles voltou até agora! — disse um velho senhor enquanto a fila avança um pouco.

— Acha que vai ter sardinha hoje? — pergunta uma mulher.

— Não faço ideia; segunda-feira ainda tinha umas latas — responde o velho.

— Eles ainda não encontraram a pequena, e é melhor assim! — suspira uma senhora atrás deles.

— Sim, é preferível — responde dignamente o velho senhor.

— Parece que eles são despachados para os campos e que matam muito por lá; foi um colega operário polonês que contou para o meu marido na fábrica.

— Não faço a mínima ideia, mas a senhora não devia falar esse tipo de coisas e seu marido também não.

— Vamos sentir falta do Sr. Lormond. — Novamente a senhora suspira. — Quando tinha piada na fila, era sempre ele que contava.

Nas primeiras horas do dia, o pescoço envolto em seu cachecol vermelho, ele vinha para a fila em frente ao açougue. Era ele que os reconfortava durante a longa espera das madrugadas geladas. Não oferecia nada além de calor humano, mas nesse inverno era justamente o que mais faltava. Pronto, terminou, agora o Sr. Lormond não irá falar mais nada nunca mais. Suas palavras bem-humoradas, que sempre provocavam uma risada, um alívio, suas tiradas engraçadas ou carinhosas que acabavam por escarnecer da humilhação do racionamento, partiram num automóvel da Gestapo já faz duas horas.

A multidão se cala, mal esboça um murmúrio. O cortejo acaba de sair do prédio. A Sra. Lormond está com os cabelos despenteados, os milicianos a escoltam. Ela caminha, cabeça altiva, não tem medo. Roubaram-lhe o marido, confiscaram-lhe a filha, ninguém vai tirar sua dignidade de mãe, nem sua dignidade de mulher. Todo mundo olha para ela, então ela sorri; ninguém liga para isso na fila, é apenas a maneira dela de se despedir.

Os homens da Milícia empurram-na para a viatura. Subitamente, às suas costas, ela adivinha a presença da filha. A pequena Gisèle está lá em cima, o rosto colado na janela do quinto andar: a Sra. Lormond sente isso, sabe disso. Gostaria de se voltar para oferecer um último sorriso à filha, um gesto de ternura que lhe diria o quanto a ama; um olhar, o tempo de uma fração de segundo, mas o suficiente para que ela saiba que nem a guerra, nem a loucura dos homens irão despojá-la do amor de sua mãe.

Por outro lado, caso se voltasse, despertaria a atenção para sua filha. Uma mão amiga salvou sua filhinha, ela não pode correr o risco de pô-la em perigo. Com o coração apertado, fecha os olhos e caminha até o carro, sem se voltar.

No quinto andar do prédio, em Toulouse, uma garotinha de 10 anos observa sua mãe partindo para sempre. Sabe muito bem que ela não voltará, seu pai lhe contou; os judeus que são levados não voltam nunca mais, era por isso que ela não podia nunca se enganar ao dizer o seu novo nome.

A Sra. Pilguez colocou a mão sobre seu ombro, e com o outro segurou a cortininha na janela, para que não fossem vistas de baixo. Entretanto, Gisèle vê sua mãe entrando no carro preto. Gostaria de lhe dizer que a ama e que a amará para sempre, que de todas as mães ela era a melhor do mundo, que não terá outra. Falar é proibido, então ela pensa com todas as suas forças que tanto amor deve obrigatoriamente atravessar uma vidraça. Diz consigo que, na rua, sua mãe ouve as palavras que ela murmura entre seus lábios, ainda que os tenha crispados.

A Sra. Pilguez encostou sua face sobre sua cabeça, junto com um beijo. Ela sentiu as lágrimas da Sra. Pilguez em sua nuca. Mas ela não irá mais chorar. Quer apenas olhar até o fim, e jura nunca mais esquecer essa manhã de dezembro de 1943, a manhã em que sua mãe partiu para sempre.

A porta do carro acaba de bater e o cortejo parte. A garotinha estende os braços, num derradeiro gesto de amor.

A Sra. Pilguez ajoelhou-se para ficar mais perto dela.

— Minha querida Gisèle, estou tão triste.

Chora lágrimas quentes a Sra. Pilguez. A garotinha olha para ela, tem o sorriso frágil. Enxuga as lágrimas da Sra. Pilguez e lhe diz:

— Meu nome é Sarah.

* * *

Na sala de jantar, o locatário do quarto, de mau humor, sai da janela. No caminho, para e assopra em cima da moldura sobre a cômoda. Uma poeira teimosa instalara-se sobre a fotografia do marechal Pétain. Agora os vizinhos de baixo não farão mais barulho, ele não terá mais que ouvir as escalas do piano. E, nesse ínterim, pensa também que o melhor a fazer agora é continuar sua vigilância e descobrir quem afinal escondeu a judiazinha suja.

18

Logo eu completaria oito meses de brigada, e estávamos em ação quase diariamente. Somente durante a semana passada, participei de quatro. Eu tinha perdido 10 quilos desde o início do ano, e meu moral sofria na mesma proporção que o meu corpo de fome e esgotamento. No fim do dia, eu tinha passado para pegar meu irmãozinho na casa dele e, sem nada anunciar, levei-o para dividir comigo uma refeição autêntica num restaurante da cidade. Claude arregalava os olhos ao ler o cardápio. Cozido de carne, legumes e torta de maçã; os preços praticados no Reine Pédauque eram impossíveis e eu sacrificava lá todo o dinheiro que me restava, mas eu tinha enfiado na cabeça que ia morrer antes do fim do ano e já estávamos no início de dezembro!

Ao entrarmos no estabelecimento, acessível apenas às bolsas dos milicianos e dos alemães, Claude achou que eu o levara para participar de um atentado. Quando compreendeu que estávamos ali para nos regalar, vi reviver em seu rosto as expressões de sua infância. Vi renascer o sorriso que tomava conta dele quando mamãe brincava de esconde-esconde no apartamento onde morávamos, a alegria em seus olhos quando ela passava em frente ao armário, fingindo não perceber que ele estava lá.

— O que estamos comemorando? — ele sussurrou.

— O que você quiser! O inverno, nós, estarmos vivos, não sei.

— E como pretende pagar a conta?

— Não se preocupe com isso e aproveite.

Claude devorava com os olhos os pãezinhos crocantes na cesta, com o apetite de um pirata que houvesse encontrado moedas de ouro numa caixinha. No fim da refeição, com o moral recuperado por ter visto meu irmão tão feliz, pedi a nota enquanto ele ia ao banheiro.

Vi-o voltar com uma cara travessa. Não quis sentar de novo, tínhamos que sair imediatamente, ele me disse. Eu não terminara minha xícara de café, mas meu irmão insistia para nos apressarmos. Deve ter percebido um perigo que eu ainda ignorava. Paguei, vesti meu casaco e saímos ambos. Na rua, ele se agarrava no meu braço e me puxava para a frente, me forçando a apertar o passo.

— Rápido, estou falando!

Dei uma olhada por cima do meu ombro, supondo que alguém nos seguia, mas a rua estava deserta e eu via claramente que meu irmão lutava com dificuldade contra a gargalhada que o arrebatava.

— Mas o que está acontecendo, caramba? Você está me deixando com medo!

— Venha! — ele insistiu. — Lá no beco eu explico.

Me levou até o fim de um beco sem saída e, num rasgo teatral, abriu seu sobretudo. No vestiário da Reine Pédauque, ele surrupiara o cinturão de um oficial alemão e a pistola Mauser enfiada em seu coldre.

Caminhamos os dois pela cidade, mais cúmplices do que nunca. A noite estava bonita, a comida nos restituíra alguma força e quase a mesma proporção de esperança. No momento da despedida, sugeri que nos reencontrássemos no dia seguinte.

— Não posso, vou participar de uma ação — murmurou Claude. — Ah, e que se danem as normas, você é meu irmão. Se para você não posso contar o que faço, então para que tudo isso?

Eu não disse nada, não queria obrigá-lo a falar, nem impedi-lo de se abrir comigo.

— Amanhã tenho que ir confiscar a receita dos Correios. Jan deve achar que eu nasci para roubos de todo tipo! Se você soubesse como isso me irrita!

Eu compreendia sua aflição, mas precisávamos terrivelmente de dinheiro. Aqueles dentre nós que eram "estudantes" deviam efetivamente comer um pouco se quiséssemos que continuassem a luta.

— É muito arriscado?

— Quem dera! Talvez seja isso o mais vergonhoso — resmungou Claude.

E me explicou o plano de sua missão.

Todas as manhãs, uma funcionária dos Correios chegava sozinha à agência da rua Balzac. Transportava um embornal contendo dinheiro suficiente para que pudéssemos resistir mais alguns meses. Claude devia atacá-la para lhe tomar a sacola. Émile faria a cobertura.

— Recusei o porrete! — disse Claude, quase colérico.

— E como pretende agir?

— Jamais baterei numa mulher! Vou intimidá-la, no máximo esbarrar um pouco nela; arranco-lhe o embornal e pronto.

Eu não sabia muito o que dizer. Jan deveria ter levado em conta que Claude não bateria numa mulher. Mas eu tinha medo que as coisas não se passassem como Claude esperava.

— Tenho que transportar o dinheiro até Albi. Só estarei de volta daqui a dois dias.

Abracei-o e, antes de partir, fiz-lhe prometer que teria cautela. Dirigimo-nos um último aceno com a mão. Eu também tinha uma missão a realizar dois dias depois e tinha que ir à casa de Charles pegar as munições.

* * *

Como planejado, às 7 horas, Claude acocorou-se atrás de um arbusto no jardinzinho que contorna a agência dos Correios. Como planejado, às oito e dez, ouviu a caminhonete deixar a funcionária e o cascalho da aleia chiar sob seus passos. Como planejado, Claude ergueu-se de um pulo, com o punho ameaçador. Como não planejado, em absoluto, a funcionária pesava 100 quilos e usava óculos!

O resto aconteceu muito rápido. Claude tentou empurrá-la precipitando-se sobre ela; se tivesse investido contra uma parede, o efeito teria sido igual! Viu-se no chão, um pouco tonto. Não tinha mais outra solução a não ser voltar ao plano de Jan e atacar a funcionária. Porém, ao perceber seus óculos, Claude pensa na minha terrível miopia; a ideia de fazer com que cacos de vidro penetrem nos olhos de sua vítima o faz desistir definitivamente.

— Ladrão! — grita a funcionária. Claude reúne todas as suas forças e tenta arrancar a sacola que ela aperta contra o peito de proporções descomunais. Seria culpa de uma perturbação passageira? De uma relação de forças desiguais? A luta é travada e Claude vê-se no chão, com 100 quilos de feminilidade sobre o tórax. Debate-se como pode, desvencilha-se, agarra o embornal e, sob o olhar aterrado de Émile, monta em sua bicicleta. Foge sem que ninguém o siga. Émile certifica-se disso, e parte na direção oposta. Alguns curiosos se aglomeram, a funcionária é erguida, acalmada.

Um policial de motocicleta surge de uma rua transversal e compreende tudo; avista Claude ao longe, acelera e sai em seu encalço. Alguns segundos mais tarde, meu irmãozinho sente o golpe fulminante do cassetete atirando-o no chão. O policial desce de sua máquina e se precipita sobre ele. Chutes de uma violência inaudita são desferidos e o machucam. Revólver na têmpora, Claude já está algemado, não está nem aí, perdeu os sentidos.

* * *

Quando volta a si, está imobilizado numa cadeira, as mãos amarradas nas costas. Seu despertar não dura muito tempo, o primeiro tabefe do comissário que o interroga o faz desmoronar. Sua cabeça bate no chão e ele volta à escuridão. Quanto tempo se passou quando reabre os olhos? Seu olhar está embaçado de vermelho. Suas pálpebras inchadas estão coladas pelo sangue, sua boca estala e se deforma sob as pancadas. Claude não diz nada, nenhum resmungo, sequer um murmúrio. Apenas alguns desmaios o livram das brutalidades, e, quando levanta a cabeça, os cassetetes dos inspetores insistem.

— Você é um judeuzinho, não é mesmo? — pergunta-lhe o comissário Fourna. — E a bufunfa, era para quem?

Claude inventa uma história, uma história em que só há crianças lutando pela liberdade, uma história sem companheiros, sem ninguém para espancar. Sua história não se sustém de pé; Fourna berra:

— Onde fica o seu aparelho?

Tem que resistir dois dias antes de responder essa pergunta. É a norma, o tempo necessário para os outros fazerem a “faxina”. Fourna bate mais, a lâmpada que pende do teto oscila e arrasta meu irmãozinho em sua valsa. Ele vomita e sua cabeça volta a cair.

* * *

— Que dia é hoje? — pergunta Claude.

— Você está aqui há dois dias — responde o guarda. — Eles aprontaram com você, se você visse sua cara.

Claude leva a mão ao rosto, mas assim que encosta a dor o sucumbe. O guarda murmura:

— Não estou gostando disso.

Deixa a tigela dele e fecha a porta atrás de si.

* * *

Portanto, dois dias se passaram, e Claude pode finalmente abrir seu endereço.

Émile garantira ter visto Claude fugir. Todos pensaram que ele devia ter demorado em Albi. Depois de uma noite na expectativa, é tarde demais para ir limpar seu quarto, Fourna e seus homens já atacaram.

Os policiais sedentos farejam o cheiro do resistente. Mas no quarto miserável não há muita coisa para encontrar, quase nada para destruir. O colchão é dilacerado, nada! O travesseiro é rasgado, nada também! Quebram a gaveta da cômoda, ainda nada! Sobra apenas a frigideira no canto do quarto. Fourna revira a grelha de ferro.

— Venham ver o que encontrei! — grita, louco de alegria.

Segura uma granada. Está escondida no forno apagado.

Debruça-se, quase enfia a cabeça; um depois do outro, tira da frigideira os pedaços de uma carta que meu irmão me escrevera. Nunca a recebi. Por medida de segurança, ele preferira rasgá-la. Faltava apenas dinheiro para comprar um pouco de carvão a fim de queimá-la.

* * *

Quando me despedi de Charles, ele estava bem-humorado como sempre. A essa hora, não sei que meu irmão foi preso, espero que esteja escondido em Albi. Charles e eu conversamos um pouco na horta, mas voltamos por causa do frio glacial. Antes de eu ir embora, ele me entregou as armas para a missão que devo realizar amanhã.

Tenho duas granadas nos bolsos, um revólver no cinto da calça. Não é fácil pedalar na estrada de Loubers com esse aparato.

Anoiteceu, a rua está deserta. Guardo minha bicicleta na galeria e procuro a chave do meu quarto. Estou esgotado em função da estrada que acabo de percorrer. Pronto, sinto a chave no fundo do meu bolso. Dentro de dez minutos, estarei sob as cobertas. A luz do corredor se apaga. Não é grave, sei achar o buraco da fechadura no escuro.

Um barulho às minhas costas. Não tenho tempo de me voltar; estou pregado no chão. Em poucos segundos, tenho os braços torcidos, as mãos algemadas e o rosto sangrando. Dentro do meu quarto, seis policiais me esperavam. Havia outros tantos no jardim, sem contar os que bloquearam a rua. Ouço a velha Dublanc berrar. Os pneus dos carros cantam, a polícia está por toda parte.

É realmente idiota, meu endereço constava da carta que meu irmãozinho me escrevera. Faltaram-lhe apenas alguns pedaços de carvão para ele queimá-la. A vida só depende disso.

* * *

De madrugada, Jacques não me vê no ponto de encontro. Alguma coisa deve ter me detido no caminho, uma fiscalização pode ter encrencado. Monta em sua bicicleta e se precipita para minha casa a fim de "limpar" o meu quarto, é a norma.

Os dois policiais que estavam de atalaia o prenderam.

* * *

Sofri o mesmo tratamento que o meu irmão. O comissário Fourna tinha a fama de ser feroz, e esta não era forjada. Dezoito dias de interrogatórios, socos, porretadas; 18 noites durante as quais sucedem-se queimaduras de cigarro e sessões de torturas variadas. Quando está de bom humor, o comissário Fourna me obriga a ficar de joelhos, braços esticados, um catálogo telefônico em cada mão. Assim que esmoreço, seu pé voa sobre mim, às vezes entre minhas omoplatas, às vezes na minha barriga, às vezes na cara. Quando está de mau humor, visa o saco. Não falei. Somos dois nas celas do comissariado da rua du Rempart-Saint-Étienne. Às vezes, à noite, ouço Jacques gemendo. Ele também não disse nada.

* * *

Vinte e três de dezembro, vinte dias agora, continuamos sem falar. Louco de raiva, o comissário Fourna assinou finalmente nosso mandado de prisão. No fim de um último dia de pancadaria em regra, Jacques e eu somos transferidos.

No furgão que nos leva para a prisão Saint-Michel, ainda ignoro que, dentro de alguns dias, as cortes marciais serão instauradas, ignoro que logo serão executadas no pátio as sentenças pronunciadas, uma vez que este é o destino prometido a todos os resistentes que forem presos.

Está bem longe o céu da Inglaterra, sob minha cabeça estropiada não ouço mais o ronco do motor do meu Spitfire.

Nesse furgão que nos leva para o fim da viagem, volto a pensar nos meus sonhos de moleque. Fazia apenas oito meses.

* * *

E num 23 de dezembro, em 1943, o carcereiro da prisão Saint-Michel fechava nas minhas costas a porta da nossa cela. Difícil enxergar alguma coisa naquela semiclaridade. A luz mal atravessava nossas pálpebras intumescidas. Estavam tão inchadas que mal conseguíamos entreabri-las.

Porém, na penumbra de minha cela, na prisão Saint-Michel, ainda me lembro disso, reconheço uma voz frágil, uma voz que me era familiar.

— Feliz Natal.
— Feliz Natal, irmãozinho.

Segunda Parte

19

Impossível acostumar-se com as barras da prisão, impossível não sobressaltar diante do barulho das portas fechando-se nas celas, impossível suportar as rondas dos carcereiros. Tudo isso é impossível quando se é apaixonado pela liberdade. Como encontrar um sentido para nossa presença entre aqueles muros? Fomos presos por policiais franceses, daqui a pouco estaremos perante uma corte marcial, e os que nos fuzilarem no pátio, logo em seguida, serão franceses também. Se há um sentido em tudo isso, então não consigo encontrá-lo no fundo da minha jaula.

Os que já estão ali há várias semanas me dizem que nos habituamos, que uma vida nova se organiza à medida que o tempo passa. Mas eu penso no tempo perdido, conto esse tempo. Nunca conhecerei meus 20 anos, meus 18 anos desapareceram sem que eu jamais os vivesse. Claro, há a tigela da noite, diz Claude. A comida é infecta, uma sopa de repolho, às vezes alguns feijões já inchados pelos carunchos, nada que nos restitua a menor força, morremos de fome. Não passamos de alguns companheiros da MOI*

---

* MOI: Mão de Obra Imigrante.

ou das FTP* a dividir o espaço da cela. Também temos que conviver com as pulgas, os percevejos e a sarna que nos devoram.

À noite, Claude fica grudado em mim. As paredes da prisão refletem o gelo. Nesse frio, nos esprememos um contra o outro para nos transmitir um pouco de calor.

Jacques já não é o mesmo. Assim que acorda, anda de um lado para o outro, silencioso. Ele também conta essas horas perdidas, destruídas para sempre. Talvez pense também em alguma mulher, do lado de fora. A falta do outro é um abismo; às vezes, à noite, sua mão se levanta e tenta agarrar o impossível, a carícia que não existe mais, a memória de uma pele cujo sabor desapareceu, um olhar em que a cumplicidade vivia em paz.

Acontece de um guarda benevolente nos passar um folheto clandestino impresso pelos companheiros franco atiradores. Jacques o lê para nós. Isso compensa para ele essa sensação de frustração que não o abandona. Sua impotência para agir cada dia o corrói mais um pouquinho. Suponho que a ausência de Osna também.

Foi ao observá-lo emparedado em seu desespero, aqui mesmo, no meio desse universo sórdido, que não obstante vi uma das mais justas belezas do nosso mundo: um homem pode curvar-se à ideia de perder a vida, mas não à ausência daqueles a quem ama.

Jacques cala-se por um instante, retoma sua leitura e nos dá notícias dos amigos. Quando ficamos sabendo que um par de asas de avião foi sabotado, que uma torre de transmissão jaz deitada, arrancada pela bomba de um companheiro,

---

* FTP: Francoatiradores e Insurgentes.

quando um miliciano é abatido na rua, quando dez vagões são postos fora de combate, o uso deles sendo para deportar inocentes, é um pouco de sua vitória que partilhamos.

Aqui, estamos no fundo do mundo, num espaço escuro e exíguo; um território onde apenas a doença reina soberana. Porém, no meio desse covil infame, no canto mais escuro do abismo, ainda reside uma ínfima parcela de luz, ela é como um murmúrio. À noite, os espanhóis que ocupam as celas vizinhas às vezes a chamam cantando, batizaram-na Esperanza.

20

Na passagem do ano, não houve nenhuma festa, não tínhamos nada para comemorar. Foi aqui, no meio de lugar nenhum, que conheci Chahine. Janeiro já avançava, alguns de nós eram levados perante seus juízes, e, enquanto um simulacro de processo se desenrolava, uma caminhonete vinha depositar seus caixões no pátio. Em seguida, havia o barulho dos fuzis, o clamor dos prisioneiros e o silêncio recaía sobre sua morte e a nossa próxima.

Eu nunca soube o verdadeiro nome de Chahine, ele não tinha mais forças para pronunciá-lo. Apelidei-o assim porque os delírios das febres que agitavam suas noites às vezes o faziam falar. Ele então chamava por uma ave branca que viria libertá-lo. Em árabe, Chahine é o nome que dão ao falcão-peregrino de vestido branco. Procurei-o depois da guerra, em memória a esses momentos.

Confinado há meses, Chahine morria um pouco mais a cada dia. Seu corpo sofria de insuficiência generalizada e seu estômago, agora reduzido, não tolerava mais a sopa.

Uma manhã, quando eu catava minhas pulgas, seus olhos cruzaram com os meus, seu olhar me chamando em silêncio. Fui até ele, que precisou realmente reunir forças para sorrir para mim; com dificuldade, mas em todo caso era um sorriso. Seu olhar desviou-se para suas pernas. A sarna fazia estragos nelas. Compreendi sua súplica. A morte não tardaria a levá-lo daqui, mas Chahine queria juntar-se a ela dignamente, o mais limpo que ainda fosse possível. Desloquei meu colchonete na direção do seu, e, ao anoitecer, eu tirava suas pulgas, arrancava das dobras de seu pijama os piolhos ali alojados.

Às vezes, Chahine me dirigia um de seus sorrisos frágeis que lhe exigiam tanto esforço, mas que diziam obrigado à sua maneira. Era eu que queria muito lhe agradecer.

Quando a tigela da noite era distribuída, ele me fazia sinal para dar a dele para Claude.

— Para quê alimentar esse corpo, se ele já está morto? — murmurava. — Salve o seu irmão, ele é jovem, ainda tem vida para viver.

Chahine esperava o dia ir embora para trocar algumas palavras. Provavelmente precisava que os silêncios da noite o rodeassem para reunir um pouco de força. Juntos nesses silêncios, partilhávamos um pouco de humanidade.

O padre Joseph, capelão da prisão, sacrificava seus tíquetes de racionamento para lhe ajudar. Todas as semanas, trazia-lhe um pequeno pacote de biscoitos. Para alimentar Chahine, eu os esmigalhava e o obrigava a comer. Ele precisava de mais de uma hora para mordiscar um biscoito, às vezes o dobro. Esgotado, suplicava para eu dar o resto aos companheiros, para que o sacrifício do padre Joseph tivesse alguma serventia.

Você vê, é a história de um padre que se priva de comer para salvar um árabe, de um árabe que salva um judeu dando-lhe ainda razões para crer, de um judeu que ampara o árabe no aconchego de seus braços, enquanto ele vai morrer, esperando sua vez; você vê, é a história do mundo dos homens com seus momentos de maravilhas insuspeitadas.

A noite de 20 de janeiro estava glacial, o frio alcançava os nossos ossos, Chahine tiritava, eu o abraçava, os tremores deixavam-no esgotado. Aquela noite, recusou a comida que eu levava a seus lábios.

— Ajude-me, só quero recuperar minha liberdade — ele me disse de repente.

Perguntei-lhe como dar o que não se tem. Chahine sorriu e respondeu:

— Imaginando.

Foram suas últimas palavras. Mantive minha promessa e lavei seu corpo até o amanhecer; depois, envolvi-o em suas roupas, logo antes do anoitecer. Aqueles dentre nós que tinham fé rezaram por ele; e o que importavam as palavras de suas orações, já que vinham do coração? Eu, por minha vez, que jamais acreditara em Deus, por um instante também rezei, para que o desejo de Chahine fosse realizado, para que ele fosse livre em outro lugar.

21

Últimos dias de janeiro, o ritmo das execuções no pátio diminui, autorizando a esperança de alguns de nós de que o país será libertado antes de chegar sua vez. Quando os guardas os levam, eles esperam que seu julgamento seja adiado, para que tenham um pouco mais de tempo, mas isso nunca acontece e eles são fuzilados.

Apesar de enclausurados e impotentes entre essas paredes escuras, ficamos sabendo que do lado de fora multiplicam-se as ações de nossos companheiros. A Resistência tece sua teia, esta se estende. A brigada agora tem destacamentos organizados em toda a região, aliás é em toda a França que a luta pela liberdade ganha forma. Charles disse um dia que tínhamos inventado a guerra de rua, algo exagerado, pois não éramos os únicos, mas na região havíamos dado o exemplo. Outros nos seguiam, e diariamente a tarefa do inimigo via-se contrariada, paralisada pelo número de nossas incursões. Nenhum trem alemão circulava mais sem o risco de que um vagão, um carregamento, fosse sabotado, nenhuma fábrica francesa produzia para o Exército inimigo sem que explodissem os transformadores que a alimentavam, sem que suas instalações fossem destruídas. E quanto mais os companheiros agiam, mais a população recuperava a coragem e mais gente engrossava as fileiras da Resistência.

Na hora do passeio, os espanhóis nos informam que ontem a brigada realizou um golpe bombástico. Jacques tenta saber mais junto a um preso político espanhol. Chama-se Boldados, os carcereiros o temem um pouco. É de Castela e, como todos seus conterrâneos, carrega consigo o orgulho de sua terra. Essa terra, ele a defendeu nos combates da guerra da Espanha, ele a amou ao longo de todo o seu êxodo, ao atravessar os Pireneus a pé. E nos campos do Ocidente, onde o haviam confinado, ele nunca parou de cantá-la. Boldados faz sinal a Jacques para que se aproxime da grade que separa o pátio dos espanhóis do pátio dos franceses. E quando Jacques está perto dele, conta-lhe o que soube da boca de um guarda simpatizante.

— Foi alguém do seu grupo que perpetrou a ação. Semana passada, ele pegou um pouco tarde o último bonde, sem sequer se dar conta de que este achava-se reservado para os alemães. Tudo leva a crer que estava com a cabeça longe, seu companheiro, para fazer uma coisa dessas. Um oficial fez com que ele desembarcasse imediatamente com um pontapé na bunda. Seu companheiro não gostou nada disso. Eu compreendo, o pontapé na bunda é uma humilhação e isso não se faz. Ele então fez uma espécie de investigação e logo compreendeu que todas as noites aquele bonde transportava os oficiais que saíam do cinema das Variétés. Um pouco como se a última viagem estivesse reservada para aqueles *hijos de putas*. Com três caras do seu grupo, eles voltaram alguns dias depois, isto é, ontem à noite, justamente ao lugar onde seu companheiro levou a bota na bunda, e esperaram.

Jacques não dizia nada, bebia as palavras de Boldados. Fechando os olhos, era como se ele participasse da ação, como se pudesse ouvir a voz de Émile, adivinhar o sorriso malicioso que se desenha em seus lábios quando ele fareja o golpe certeiro. A história assim contada pode parecer simples. Algumas granadas atiradas estouvadamente num bonde, oficiais nazistas que não oficiarão mais, garotos de rua com caras de heróis. Mas, qual o quê, a história não se conta assim.

Eles estão de atalaia, dissimulados apenas pela penumbra de alguns pórticos esverdeados, cheios de medo, o corpo tiritando porque a noite está glacial, tão fria que o asfalto enregelado da rua deserta brilha sob o luar. As gotas de uma chuva velha escapando de uma calha furada tombam no silêncio. Não há vivalma no horizonte. Nuvens de vapor formam-se em suas bocas assim que eles expiram. De vez em quando precisam massagear as mãos, para preservar a agilidade dos dedos. Mas como fazer para lutar contra os tremores quando o medo confunde-se com o frio? Basta um detalhe traí-los e tudo terminará ali. Émile lembra-se de seu amigo Ernest, deitado de barriga para cima, o peito lacerado, o torso avermelhado pelo sangue que escorre de sua garganta, de sua boca, as pernas reviradas, os braços moles e a nuca pendente. Meu Deus, como somos elásticos quando acabamos de ser fuzilados...

Não, acredite em mim, nada nessa história acontece como imaginamos. Ainda que o medo impregne cada um de seus dias, cada uma de suas noites, continuar a viver, continuar a agir, a acreditar na volta da primavera, isso exige muita coragem. Morrer pela liberdade do outro é difícil quando se tem apenas 16 anos.

Ao longe, o chacoalhar do bonde indica sua aproximação. Seu farol faz um rasgo na noite. André está participando do atentado ao lado de Émile e de François. É porque estão juntos que podem agir. Um sem os outros e tudo seria diferente. Suas mãos estão enfiadas nos bolsos de seus casacos. Bastaria uma vacilação para tudo terminar ali. A polícia juntaria os pedaços de Émile, espalhados pela calçada. A morte é nojenta, isso não é segredo para ninguém.

O bonde avança, as silhuetas dos soldados refletem-se nas vitrines iluminadas pelas luzes da ferrovia. É preciso aguentar mais, ter paciência, controlar os batimentos do coração que fazem o sangue injetar-se nas têmporas. "Agora", murmura Émile. Os pinos escorregam para o asfalto. As granadas atingem as vidraças que se estilhaçam, e rolam sobre o assoalho do bonde.

Os nazistas perderam toda arrogância, tentam fugir do inferno. Émile faz sinal a François do outro lado da rua. As metralhadoras são apontadas e disparam, as granadas explodem.

As palavras pronunciadas por Boldados são tão precisas que Jacques quase julga resvalar na carnificina. Não diz nada, seu mutismo mistura-se ao silêncio que voltara ontem à noite na rua desolada. E, nesse silêncio, ele ouve os estertores de sofrimento.

Boldados observa-o. Jacques agradece-lhe com um sinal da cabeça; os dois homens se separam, cada um vai para o seu pátio.

— Um dia a primavera voltará — ele sussurra ao nos encontrar.

22

Janeiro se foi. Às vezes, na minha cela, penso em Chahine. Claude esgotou suas forças. De vez em quando, um companheiro traz uma pastilha de enxofre da enfermaria. Ele não a utiliza para amenizar a ardência da garganta, mas para riscar um fósforo. Então, os companheiros se espremem em torno de um cigarro desviado por um guarda e o queimamos juntos. Mas hoje ninguém tem ânimo para nada.

François e André tinham viajado para dar uma ajuda ao maquis que acabara de se formar no departamento de Lot-et-Garonne. Quando voltava da missão, um destacamento de policiais os esperava para recolhê-los. Vinte e cinco quepes contra dois gorros de adolescentes, o combate era desigual. Eles reivindicaram seu vínculo com a Resistência, porque desde que circulam rumores sobre uma possível derrota alemã, as forças da ordem andam menos resolutas, alguns já pensam no futuro e se fazem perguntas. Mas aqueles que esperavam nossos companheiros ainda não haviam mudado de opinião, muito menos de lado, e os levaram sem cerimônia.

Ao entrar na delegacia, André não teve medo. Destravou sua granada e atirou-a no chão. Sem sequer tentar fugir, enquanto todo mundo se protegia, ele permaneceu sozinho, de pé, imóvel, observando-a rolar pelo chão. Ela terminou sua carreira entre dois sarrafos do assoalho, mas não explodiu. Os policiais precipitaram-se sobre ele e fizeram-lhe sentir o gosto da bravura.

Com a boca ensanguentada, o corpo intumescido, foi encarcerado esta manhã. Está na enfermaria. Quebraram-lhe as costelas e o maxilar, fraturaram-lhe a testa, nada além da rotina.

* * *

Na prisão Saint-Michel, o carcereiro-chefe chama-se Touchin. É ele que abre nossas celas para o passeio da tarde. Por volta das 17 horas, agita seu molho de chaves e começa então a cacofonia das trancas batendo. Temos que esperar seu sinal para sair. Mas quando soa o apito do chefe Touchin, todos contamos alguns segundos antes de transpor a soleira de nossas jaulas, só para encher o saco dele. Simultaneamente, as portas se abrem para o corredor onde os prisioneiros alinham-se na parede. O carcereiro-chefe, escoltado por dois colegas, mantém-se todo empertigado em seu uniforme. Quando tudo lhe parece em ordem, cassetete na mão, ele percorre a fila dos prisioneiros.

Todos devem saudá-lo à sua maneira; um movimento com a cabeça, uma sobrancelha erguida, um suspiro, tanto faz, o carcereiro-chefe quer que reconheçamos sua autoridade. Quando a revista termina, a coluna avança em fileiras cerradas.

Quando voltamos do passeio, nossos companheiros espanhóis têm direito ao mesmo cerimonial. São 57 a ocupar a parte do andar que lhes é reservada.

Passamos em frente a Touchin e o saudamos novamente. Mas os companheiros espanhóis também terão que se despir no corredor e deixar suas roupas no alambrado. Todos devem voltar à cela-dormitório nus como uma minhoca. Touchin diz que é por razões de segurança que o regulamento obriga os prisioneiros a se despirem para a noite. A cueca também fica.

— Raramente vi um homem tentar se evadir com os bagos para fora — justifica Touchin. — Claro, na cidade ele seria logo notado.

Aqui, sabemos muito bem que esta não é a razão para esse regulamento cruel; os que o implantaram calculam a humilhação que impõem aos prisioneiros.

Touchin também sabe de tudo isso, mas não dá a mínima, seu prazer do dia ainda está por vir, quando os espanhóis passarem à sua frente e o saudarem; 57 saudações, uma vez que são 57, 57 arrepios de prazer para o chefe carcereiro Touchin.

Então os espanhóis passam à sua frente e o saúdam, uma vez que o regulamento assim os obriga. Com eles, Touchin fica sempre um pouco decepcionado. Há naquela turma alguma coisa que ele jamais conseguirá domar.

A coluna avança, é o companheiro Rubio que a puxa. Normalmente seria Boldados a encabeçá-la, mas como já lhe disse, Boldados é de Castela e, com seu caráter orgulhoso, poderia muito bem dar um soco na cara de um carcereiro, ou até mesmo atirar o carcereiro por cima da balaustrada xingando-o de *hijo de puta*; então é Rubio quem abre a marcha, é mais seguro assim, ainda mais esta noite.

Conheço Rubio melhor que os outros, ambos temos uma coisa em comum, uma particularidade que nos faz quase indissociáveis. Rubio é ruivo, tem a pele manchada e os olhos claros, mas a natureza foi mais generosa com ele do que comigo, já que ele tem uma visão perfeita e eu sou míope a ponto de, sem óculos, sentir-me um cego. Rubio tem um humor ímpar, basta ele abrir a boca para que todos se divirtam. Aqui, entre as paredes escuras, este é um dom precioso, uma vez que a vontade de rir é rara sob a vidraça opaca de sujeira que dá para as passarelas.

Rubio devia se dar bem com as garotas quando estava do lado de fora. Preciso lhe pedir para me passar alguns truques, só para o caso de um dia eu rever Sophie.

Avança a coluna de espanhóis, que Touchin conta um por um. Rubio caminha, o rosto imperturbável, para, faz algumas genuflexões diante do carcereiro-chefe, que vê nisso, fascinado, como uma reverência, ao passo que Rubio zomba abertamente da cara dele. Atrás de Rubio está o velho professor que queria ensinar em catalão, o camponês que aprendeu a ler na cela e agora recita versos de García Lorca, o ex-prefeito de uma aldeia das Astúrias, um engenheiro que sabia detectar água mesmo quando esta se escondia no fundo da montanha, um mineiro apaixonado pela Revolução Francesa e que às vezes canta as letras de Rouget de Lisle sem que saibamos se as compreende realmente.

Os prisioneiros param diante da cela-dormitório e, um por um, começam a se despir.

As roupas que eles tiram são aquelas com que combatiam durante a guerra da Espanha. Suas calças de brim só não caem graças a uns barbantes esfiapados, as alpercatas que eles costuraram nos campos do Ocidente quase não têm mais palmilhas, as camisas estão rasgadas, porém, mesmo vestindo andrajos, os camaradas espanhóis exibem uma expressão de altivez. Castela é bela e seus filhos também.

Touchin esfrega a barriga, arrota, passa a mão no nariz e limpa a meleca com a lapela do seu uniforme.

Esta noite, ele nota que os espanhóis tomam liberdades, sendo mais minuciosos que o normal. Ei-los dobrando suas calças, tirando suas camisas e as arrumando na balaustrada; todos juntos, abaixam-se e alinham suas alpercatas nas pedras do calçamento. Touchin agita o cassetete, como se o seu gesto pudesse escandir o tempo.

Cinquenta e sete corpos magros e opalinos voltam-se agora para ele. Touchin observa, ausculta, alguma coisa não bate, mas o que é? O carcereiro coça a cabeça, levanta seu quepe, projeta-se para trás como se a postura fosse lhe proporcionar um certo recuo. Ele tem certeza disso, alguma coisa vacila, mas o quê? Um breve olhar para a esquerda na direção de seu colega que dá de ombros, um à direita para o outro que faz a mesma coisa, e Touchin descobre o inadmissível:

— Que história é essa de não tirarem as cuecas quando deveriam estar com os bagos para fora?!

Fica claro então que Touchin não é chefe à toa: seus dois acólitos nada perceberam da esperteza. Touchin abaixa-se enviesado para verificar se na fila não terá havido pelo menos um que tenha obedecido, mas não, todos, sem exceção, ainda estão de cuecas.

Rubio faz de tudo para não rir, ainda que sinta vontade ao ver o desconcerto de Touchin. É uma batalha que se trava, que pode parecer banal, mas o que se disputa é decisivo. É a primeira, e se for vencida haverá outras.

Rubio, que não tem rival quando se trata de ridicularizar Touchin, observa-o com a expressão inocente daquele que pergunta o que estamos esperando para entrar nas celas.

E como Touchin, estupefato, não diz nada, Rubio dá um passo à frente e a coluna de prisioneiros também. Então, Touchin, desamparado, precipita-se para a porta do dormitório e, com os braços abertos, bloqueia sua passagem.

— Vamos, vamos, vocês conhecem o regulamento — adverte Touchin, que não quer aborrecimentos. — O prisioneiro e a cueca não podem entrar ao mesmo tempo na cela. A cueca dorme no alambrado e o detento no dormitório; sempre foi assim, por que mudar esta noite? Vamos, vamos, Rubio, não se faça de idiota.

Rubio não mudará de opinião, percorre Touchin de cima a baixo e lhe diz calmamente em sua língua que não irá tirá-la.

Touchin ameaça, tenta forçar Rubio, segura-o pelo braço e o sacode. Mas, sob os pés do guarda-chefe, a pedra desgastada pelos passos dos prisioneiros está bastante escorregadia com esse frio úmido. Touchin perde o equilíbrio e cai para trás. Os guardas acorrem para reerguê-lo. Furioso, Touchin ameaça Rubio, Boldados dá um passo à frente e se interpõe. Cerra os punhos, mas jurou aos outros não fazer uso deles, não sabotar seu estratagema, com um acesso de cólera, ainda que legítimo.

— Também não vou tirar a cueca, chefe!

Touchin, escarlate, agita seu cassetete e grita para quem quiser ouvi-lo:

— Um motim, é isso? Não sabem o que os espera! Para a solitária todos os dois, um mês, vou ensiná-los!

Assim que ele termina sua frase, os outros cinquenta espanhóis dão um passo à frente e tomam, por sua vez, o caminho da solitária. A solitária já é apertada para dois. Touchin não é muito bom em geometria, mas mede assim mesmo a amplitude do problema com o qual se confronta.

Enquanto reflete, continua a agitar seu cassetete; interromper o movimento seria como reconhecer que perdera o rebolado. Rubio observa seus companheiros, sorri, e por sua vez começa a agitar os braços, sem tocar sequer uma vez em nenhum guarda para não dar pretexto ao envio de reforços. Rubio gesticula, formando grandes círculos no espaço, e seus companheiros o imitam. Cinquenta e sete pares de braços rodopiam e dos andares inferiores sobem os clamores dos outros prisioneiros. Lá, cantam a "Marselhesa", aqui, a "Internacional", no térreo o "Canto dos rebeldes".

O carcereiro-chefe não tem mais escolha, desiste, é toda a prisão que irá amotinar-se. O cassetete de Touchin volta a cair; imóvel, ele faz sinal aos prisioneiros para entrarem em sua cela-dormitório.

Como você vê, essa noite os espanhóis venceram a guerra das cuecas. Era apenas uma primeira batalha, mas quando Rubio, no dia seguinte no pátio, me contou os detalhes, apertamos a mão através da grade. E quando ele me perguntou o que eu achava de tudo aquilo, respondi-lhe:

— Ainda restam bastilhas a tomar.

O camponês que cantava a "Marselhesa" morreu um dia em sua cela, o velho professor que queria ensinar catalão nunca voltou de Mauthausen, Rubio foi deportado mas, apesar disso, voltou para casa, Boldados foi fuzilado em Madri, o prefeito da aldeia das Astúrias voltou para casa e, no dia em que destruírem as estátuas de Franco, seu neto assumirá a prefeitura.

Quanto a Touchin, durante a Libertação foi nomeado carcereiro-chefe da prisão de Agen.

23

Na madrugada de 17 de fevereiro, os guardas vêm buscar André. Ao deixar a cela, ele dá de ombros e nos dirige uma olhar de esguelha. A porta se fecha, ele parte entre dois carcereiros rumo à corte marcial que tem sua sede no perímetro da prisão. Não haverá debate, ele não tem advogado.

Em menos de um minuto é condenado à morte. O pelotão de execução já o aguarda no pátio.

Os policiais vieram especialmente de Grenade-sur-Garonne, do mesmo lugar onde André estava em missão quando o prenderam. Tinham realmente que terminar a tarefa.

André gostaria de se despedir, mas o regulamento não permite. Antes de morrer, André escreveu um bilhete para sua mãe, que ele entrega a um carcereiro que substitui Touchin nesse dia.

Agora prendem André no poste, ele pede uns segundos a mais, somente o tempo de tirar o anel que usa no dedo. O carcereiro-chefe Theil resmunga um pouco, mas aceita o anel que André entrega-lhe suplicando que o devolva à sua mãe.

— Era sua aliança. — Explica que ela lhe deu no dia em que ele partiu para juntar-se à brigada. Theil promete, e, desta vez, prendem os grilhões em torno dos pulsos de André.

Agarrados às barras de nossas jaulas, imaginamos os 12 homens de capacete formando o pelotão. André mantém-se altivo. Os fuzis se erguem, apertamos as mãos e 12 balas dilaceram o corpo magro de nosso companheiro, que se dobra em dois e fica por ali, estertorando em seu poste, a cabeça de lado, a boca gotejando sangue.

A execução terminou, os policiais vão embora. O carcereiro-chefe Theil rasga a carta de André e guarda o anel em seu bolso. Amanhã, cuidará de outro companheiro nosso.

Sabatier, preso em Montauban, foi fuzilado no mesmo poste. Às suas costas, o sangue de André ainda estava fresco.

À noite, ainda vejo às vezes flutuando no pátio da prisão Saint-Michel os pedacinhos de papel rasgados. No meu pesadelo, eles turbilhonam até a parede atrás do poste dos fuzilados e se juntam uns aos outros para recompor as palavras que André escrevera antes de morrer. Ele acabava de fazer 18 anos.

No fim da guerra, o carcereiro-chefe Theil foi promovido a chefe da carceragem na prisão de Lens.

* * *

Dentro de poucos dias chegaria a vez do processo de Boris e temíamos o pior. Mas, em Lyon, tínhamos irmãos.

Seu grupo chama-se Carmagnole-Liberté. Ontem eles acertaram contas com um procurador-geral, que, como Lespinasse, conseguira degolar a cabeça de um resistente. O companheiro Simon Frid morrera, mas o promotor Fauré Pingelli tivera a pele esburacada. Depois desse golpe, mais nenhum magistrado ousaria pedir a vida de um dos nossos.

Boris, que amargou vinte anos de prisão, está se lixando para sua pena, sua luta continua do lado de fora. Prova disso, os espanhóis nos informaram que a casa de um miliciano fora pelos ares ontem à noite. Consegui fazer passar um bilhete para Boris avisando-o disso.

Boris ignora que no primeiro dia da primavera de 1945 ele morrerá em Gusen, num campo de concentração.

* * *

— Não faça essa cara, Jeannot!

A voz de Jacques me tira do torpor. Ergo a cabeça, pego o cigarro que ele me oferece e faço um sinal para Claude se aproximar de mim para dar umas tragadas. Mas meu irmãozinho, esgotado, prefere continuar deitado recostado na parede da cela. O que esgota a Claude não é a falta de comida, não é a sede, não são as pulgas que nos devoram à noite, tampouco os tabefes dos carcereiros, não, o que deixa meu irmão tão mal-humorado é ficar à toa, inativo, e eu o compreendo porque sinto a mesma tristeza.

— Não desistiremos — continua Jacques. — Do lado de fora eles continuam a lutar e os Aliados vão acabar desembarcando, você vai ver.

Ao mesmo tempo em que diz essas palavras para me reconfortar, Jacques não desconfia que os companheiros preparam uma operação contra o cinema das Variétes: lá só passa filme de propaganda nazista.

Rosine, Marius e Enzo estão envolvidos, mas dessa vez não foi Charles quem preparou a bomba. A explosão deve acontecer após o fim da sessão, quando o cinema estiver vazio, para evitar qualquer vítima entre a população civil. O artefato que Rosine deverá colocar sob uma poltrona da plateia está equipado com um dispositivo de retardo, e nosso hortelão de Loubers não tinha o material necessário para fabricá-lo. O ataque devia ter sido realizado ontem à noite; no programa: *O judeu Süss*. Mas a polícia estava em toda parte, as entradas controladas, bolsas e pastas revistadas, então os companheiros não puderam entrar com o explosivo.

Jan decidiu adiar para amanhã. Dessa vez, não há cancela nos guichês. Rosine entra na sala e senta-se ao lado de Marius, que desliza o saco contendo a bomba sob sua poltrona. Enzo ocupa o lugar atrás deles, para certificar-se de que não foram assinalados. Se eu tivesse sabido dessa história, teria sentido ciúmes de Marius, por passar uma noite inteira no cinema ao lado de Rosine. Que bonita ela é, com seu leve sotaque cantante e sua voz que provoca arrepios incontroláveis.

As luzes se apagam e o noticiário desfila na tela do cinema das Variétés. Rosine encolhe-se no fundo de sua poltrona, seus longos cabelos castanhos caem sobre seus ombros. Enzo não perdeu nada do movimento suave e elegante da nuca. Difícil concentrar-se num filme que está começando quando se está com dois quilos de explosivos em frente às pernas. Marius tenta em vão se persuadir do contrário, está um pouco nervoso. Não gosta de trabalhar com material que não conhece. Quando Charles prepara os artefatos, ele fica confiante; o trabalho de seu amigo nunca falha; mas agora o mecanismo é diferente, a bomba é sofisticada demais para o seu gosto.

No fim do espetáculo, ele terá que enfiar a mão na bolsa de Rosine e quebrar um tubo de vidro que contém ácido sulfúrico. Em trinta minutos, o ácido terá corroído a divisória de uma caixinha de ferro cheia de cloreto de potássio. Ao se misturarem, as duas substâncias farão explodir os detonadores implantados no explosivo. Mas todos esses truques de químicos são muito complicados para Marius. Ele gosta dos sistemas simples, os que Charles fabrica com dinamite e mecha. Quando ela crepita, basta contar os segundos; em caso de problema, com um pouco de coragem e agilidade é sempre possível puxar o barbante do estopim. Além disso, o fabricante acrescentou outro sistema sob o ventre de sua bomba; quatro pequenas pilhas e uma bola de mercúrio são ligadas entre si para deflagrar imediatamente a explosão se um guarda a encontrasse e tentasse desativá-la uma vez disparado o mecanismo.

Então Marius transpira e de novo tenta inutilmente se interessar pelo filme. Como não consegue, lança olhadelas furtivas para Rosine, que finge não perceber nada; até o momento em que lhe desfere um tapa na perna para lembrar-lhe que o espetáculo se passa lá na frente e não em seu pescoço.

Mesmo ao lado de Rosine, os minutos demoram a passar no cinema das Variétés. Naturalmente, Rosine, Enzo e Marius teriam podido disparar o mecanismo no intervalo e desaparecerem imediatamente. O golpe estaria dado e eles estariam em casa, em vez de sofrer e suar como fazem agora. Mas eu disse a você, nunca matamos um inocente, sequer um imbecil. Então eles esperam o fim da sessão para, quando a sala esvaziar, acionarem o mecanismo de retardo, mas só então.

Finalmente as luzes se acendem. Os espectadores se levantam e se dirigem à saída. Sentado no meio da fileira, Marius e Rosine permanecem no lugar, esperando as pessoas saírem. Atrás deles, Enzo também não se move. No fim do corredor, uma velha senhora leva um tempo infinito para vestir seu casaco. Seu vizinho não aguenta mais esperar. Irritado, ele faz meia-volta e se dirige para o corredor oposto.

— Vamos, tem que sair, o filme terminou! — ele reclama.

— Minha noiva está um pouco cansada — responde Marius —, estamos esperando ela recuperar as forças para nos levantar.

Rosine fulmina e pensa baixinho na cara de pau de Marius, e ela comentará isso com ele lá fora! Enquanto isso, o que mais gostaria era que aquele sujeito voltasse pelo lugar de onde saiu.

O homem dá uma olhada na fileira, a velha senhora foi embora, mas ele teria que atravessar de novo todo o corredor. Paciência, ele gruda no encosto da poltrona, força a passagem diante daquele garoto imbecil que continua sentado, mesmo depois do fim dos créditos, passa o pé por cima, tropeçando um pouco em sua vizinha, que ele acha muito jovem para estar cansada e se afasta sem se desculpar.

Marius volta lentamente a cabeça para Rosine, seu sorriso é estranho, alguma coisa não funciona, ele sabe, sente. Rosine está com o rosto desfigurado.

— Esse babaca esmagou a minha bolsa!

Serão as últimas palavras que Marius ouvirá; o mecanismo está acionado; no tropeção, a bomba virou de cabeça para baixo, a bola de mercúrio entra em contato com as pilhas e deflagra imediatamente a combustão. Marius, dobrado ao meio, morreu instantaneamente. Enzo, projetado para trás, vê em sua queda o corpo de Rosine elevar-se lentamente e cair três fileiras à frente. Tenta socorrê-la, mas logo tomba, a perna rasgada, quase arrancada.

Deitado no chão, os tímpanos perfurados, não consegue mais ouvir os policiais se precipitando. Na sala, dez fileiras de poltronas estão arrebentadas.

Ele é erguido e transportado, perde sangue, sua consciência está turva. Diante dele, Rosine, no chão, chafurda numa poça vermelha que não para de crescer, o rosto hirto.

Isso aconteceu ontem, no cinema das Variétés, no fim da sessão, Enzo se lembra, Rosine tinha a beleza das primaveras. Foram transportados para o hospital público.

De madrugada, Rosine morreu sem ter voltado a si.

Costuraram a perna de Enzo, os cirurgiões fizeram o possível.

À sua porta, três milicianos montam guarda.

Os restos de Marius foram jogados numa vala do cemitério de Toulose. Frequentemente, à noite, na minha cela da prisão Saint-Michel, penso neles. Para que seus rostos jamais se apaguem, para tampouco jamais esquecer sua coragem.

* * *

No dia seguinte, Stefan, que volta de uma missão realizada em Agen, encontra Marianne; ela o espera no desembarque do trem, o rosto angustiado. Stefan a pega pela cintura e a arrasta para fora da estação.

— Está sabendo? — ela pergunta com um nó na garganta.

Pela cara dele, compreende que Stefan ignora tudo acerca do drama que se desenrolou ontem na sala do cinema das Variétés. Na calçada por onde caminham, ela o informa da morte de Rosine e de Marius.

— Onde está Enzo? — pergunta Stefan.

— No hospital público — responde Marianne.

— Conheço um médico que trabalha no serviço de cirurgia. É quase um liberal, vou ver o que posso fazer.

Marianne acompanha Stefan até o hospital. Não trocam uma palavra durante o percurso, ambos pensam em Rosine e Marius. Ao chegaram diante da fachada do hospital, Stefan rompe o silêncio.

— E Rosine, onde está?

— No necrotério. Esta manhã, Jan esteve com o pai dela.

— Compreendo. Fique sabendo que a morte de nossos amigos não serviria para nada se não fôssemos até o fim.

— Stefan, não sei se o "fim" de que você fala existe de verdade, se um dia despertaremos desse pesadelo que vivemos há meses. Mas se quer saber se tenho medo depois que Rosine e Marius morreram, sim, Stefan, tenho medo; o dia inteiro, quando perambulo pelas ruas para coletar informações ou seguir um inimigo, tenho medo, em cada cruzamento, tenho medo que me sigam, medo que atirem em mim, medo que me prendam, medo que outros Marius e Rosine não voltem da ação, medo que Jeannot, Jacques e Claude sejam fuzilados, medo que aconteça alguma coisa a Damira, a Osna, a Jan, a todos vocês que são minha família. Tenho medo o tempo todo, Stefan, até dormindo. Mas não mais que ontem ou anteontem, não mais que desde o primeiro dia em que me juntei à brigada, não mais que depois daquele dia em que perdemos o direito de ser livres. Então, sim, Stefan, vou continuar a viver com esse medo, até esse "fim" que você fala, ainda que eu ignore onde ele está.

Stefan aproxima-se de Marianne e seus braços desajeitados a abraçam. Com o mesmo pudor ela pousa a cabeça sobre seu ombro; e paciência se Jan acha aquela liberdade perigosa. No âmago daquela solidão que é seu cotidiano, se Stefan quiser, ela se entregará a ele, se deixará amar, nem que seja por um momento, contanto que seja de ternura. Viver um instante de reconforto, sentir nela a presença de um homem que lhe diria, pela doçura de seus gestos, que a vida continua, que ela existe, pura e simplesmente.

Os lábios de Marianne deslizam para os de Stefan e eles se beijam, ali, diante dos degraus do hospital, onde Rosine repousa num subsolo obscuro.

Na calçada, os transeuntes diminuem o passo, divertindo-se em ver aquele casal abraçado cujo beijo parece não querer terminar nunca. No meio dessa guerra horrível, alguns ainda encontram força para se amarem. A primavera voltará, disse Jacques um dia, e esse beijo roubado no adro de um hospital sinistro sugere que ele talvez tenha razão.

— Preciso ir — murmura Stefan.

Marianne afrouxa seu abraço e observa seu namorado subir os degraus. Quando ele alcança a entrada, ela lhe faz um sinal com a mão. Uma maneira de lhe dizer "até a noite", talvez.

* * *

O professor Rieuneau trabalhava na cirurgia do hospital. Fora um dos professores de Stefan e de Boris, quando eles ainda tinham direito a estudar medicina na faculdade. Rieuneau não gostava das leis abjetas de Vichy; de sensibilidade liberal, seu coração inclinava-se a favor da Resistência. Recebeu seu ex-aluno com benevolência e conversaram em particular.

— O que posso fazer por você? — perguntou o professor.

— Tenho um amigo — respondeu Stefan, hesitante —, um grande amigo que está aqui em algum lugar.

— Em que setor?

— Naquele em que cuidam dos que têm a perna arrancada por uma bomba.

— Então suponho que seja na cirurgia. Ele foi operado?

— Esta noite, acho.

— Ele não está no meu setor, eu o teria visto durante a minha visita da manhã. Vou me informar.

— Professor, teríamos que dar um jeito de...

— Entendi muito bem, Stefan — interrompeu-o o professor —, verei o que é possível fazer. Espere-me no saguão, já vou saber do seu estado de saúde.

Stefan obedeceu e desceu a escada. Ao chegar ao térreo, reconheceu a porta com a madeira descascada; atrás, outros degraus levavam ao subsolo. Stefan hesitou, se o surpreendessem não deixariam de lhe fazer perguntas às quais ele teria grande dificuldade de responder. Mas o dever fazia-se mais premente que o risco a correr, e sem esperar mais, empurrou os batentes.

No pé da escada, o corredor parecia um intestino comprido penetrando as entranhas do hospital. No teto, cabos emaranhados corriam em torno dos encanamentos gotejantes. A cada dez metros, uma arandela espalhava seu halo de luz pálida; em certos lugares, a lâmpada estava quebrada e o corredor mergulhava na penumbra.

Stefan não se preocupava com a escuridão, conhecia o caminho. Antes, costumava vir aqui. O local que ele procurava ficava à sua direita, ele entrou.

Rosine jazia numa mesa, sozinha no recinto. Stefan aproximou-se do lençol, manchado de sangue escuro. A cabeça ligeiramente enviesada traía a fratura na base da nuca. Teria sido aquele ferimento que a matara ou os múltiplos outros que ele constatava? Recolheu-se diante do cadáver.

Vinha da parte dos companheiros para se despedir e lhe dizer que seu rosto nunca se apagaria de nossas memórias e que jamais desistiríamos.

— Se onde estiver você esbarrar com André, cumprimente-o por mim.

Stefan beijou Rosine na testa e deixou o necrotério, o coração opresso.

Quando voltou ao saguão, o professor Rieuneau aguardava-o.

— Eu estava atrás de você, onde você estava, caramba? Seu companheiro está a salvo, os cirurgiões costuraram sua perna. Compreenda que não estou lhe dizendo que ele voltará a andar, mas sobreviverá aos ferimentos.

E como Stefan, silencioso, não desgrudava os olhos dele, o velho professor concluiu:

— Não posso fazer nada por ele. Acha-se permanentemente vigiado por três milicianos, os selvagens nem sequer me deixaram entrar no quarto. Diga a seus amigos para não tentarem nada aqui, é perigoso demais.

Stefan agradeceu a seu professor e partiu imediatamente. Esta noite, encontraria Marianne e lhe contaria a novidade.

Deram apenas alguns dias de descanso para Enzo antes de tirá-lo de seu leito de hospital e transferi-lo para a enfermaria da prisão. Os milicianos conduziram-no para lá sem nenhum cuidado e Enzo perdeu os sentidos três vezes durante a transferência.

Seu destino estava traçado antes mesmo de seu encarceramento. Assim que se restabelecesse, seria fuzilado no pátio; como ele tinha que estar em condições de caminhar até o poste de execução, faríamos de tudo para que não pudesse manter-se de pé tão cedo. Estávamos no início do mês de março de 1944, os rumores da iminência de um desembarque aliado eram cada vez mais numerosos. Ninguém aqui duvidava de que nesse dia as execuções seriam suspensas e seríamos libertados. Para salvar o companheiro Enzo, tínhamos que jogar contra o relógio.

* * *

Desde ontem, Charles está furioso. Jan foi visitá-lo na estaçãozinha desativada de Loubers. Visita estranha de fato, Jan foi se despedir. Uma nova brigada de resistentes franceses forma-se no interior do país, eles precisam de homens experientes. Jan deve juntar-se a eles. Não foi ele quem decidiu assim, são as ordens, é tudo. Ele contenta-se em obedecer.

— Mas quem dá essas ordens? — pergunta Charles, que não sairá dali.

Resistentes franceses, em Toulouse, fora da brigada, isso ainda não existia no mês passado! Eis que uma nova rede se organiza e desfalca a equipe! Sujeitos como Jan, não existem muitos, vários companheiros caíram ou foram presos, então ter que deixá-lo partir dessa forma, ele acha isso injusto.

— Eu sei — diz Jan —, mas as diretrizes vêm de cima.

Charles diz que "de cima" ele também não sabe o que é. Ao longo de todos aqueles meses infindáveis é aqui embaixo que a luta é travada. A guerra das ruas, foram eles que a inventaram. Fácil para os outros copiar seu trabalho.

Charles não acredita realmente no que diz, só que despedir-se do companheiro Jan lhe faz quase mais mal do que o dia em que disse a uma mulher que era melhor ela voltar para junto de seu marido.

Claro, Jan é muito menos bonito do que ela e ele nunca teria partilhado sua cama com ele, ainda que ele estivesse mortalmente doente. Mas antes de ser seu chefe, Jan é em primeiro lugar seu amigo, então vê-lo partir desse jeito...

— Tem tempo para uma omelete? Tenho ovos — balbucia Charles.

— Guarde-os para os outros, preciso realmente partir — responde Jan.

— Que outros? Nesse ritmo, vou terminar sozinho na brigada.

— Outros chegarão, Charles, não se preocupe. A luta está apenas começando, a Resistência se organiza e é normal darmos uma mãozinha lá onde podemos ser úteis. Vamos, diga até breve e não faça essa cara.

Charles acompanhou Jan pelo atalhozinho.

Abraçaram-se, jurando rever-se um dia, quando o país fosse libertado. Jan montou em sua bicicleta e Charles chamou-o pela última vez:

— Catherine vai com você?

— Sim — respondeu Jan.

— Então dê um beijo nela por mim.

Jan prometeu com um sinal da cabeça e o rosto de Charles iluminou-se enquanto ele fazia uma última pergunta.

— Então, tecnicamente, depois que nos despedimos, você não é mais o meu chefe?

— Tecnicamente, não! — respondeu Jan

— Então, bobalhão, se ganharmos essa guerra tratem de ser felizes, Catherine e você. E sou eu, o incendiário de Loubers, que lhe dou essa ordem!

Jan saudou Charles como saudamos um soldado que respeitamos, e afastou-se em sua bicicleta.

Charles retribuiu-lhe sua saudação e ficou ali, no fim do caminho da velha estação desativada, até que a bicicleta de Jan desaparecesse no horizonte.

* * *

Enquanto morremos de fome em nossas celas e Enzo se contorce de dor na enfermaria da prisão Saint-Michel, a luta prossegue nas ruas. E não se passa um dia sem que o inimigo conheça seu lote de trens sabotados, de torres de transmissão arrancadas, guindastes naufragados no canal, caminhões alemães sobre os quais subitamente aterrissam algumas granadas.

Porém, em Limoges, um delator informou às autoridades que jovens, seguramente judeus, reúnem-se furtivamente num apartamento de seu prédio. A polícia logo procede a prisões. O governo de Vichy decide então despachar para o local um de seus melhores farejadores.

O comissário Gillard, encarregado da repressão antiterrorista, é enviado com sua equipe para investigar o que pode dar-lhe meios de chegar à rede da Resistência do Sudoeste, que é preciso destruir a todo preço.

Em Lyon, Gillard ganhara experiência, a manha dos interrogatórios, não é em Limoges que baixará a guarda. Retorna ao comissariado para trabalhar pessoalmente nas perguntas a serem feitas. Com espancamentos e sevícias, acaba sabendo que "pacotes" são enviados em posta-restante para Toulouse. Dessa vez, sabe onde lançar sua isca, basta em seguida vigiar o peixe que virá mordê-la.

É hora de se livrar de uma vez por todas desses estrangeiros que perturbam a ordem pública e desafiam a autoridade do Estado.

Nas primeiras horas da manhã, Gillard entrega suas vítimas ao comissariado de Limoges e pega o trem para Toulouse com sua equipe.

24

Mal chega, Gillard afasta de seu caminho os policiais de Toulouse e se isola num escritório no primeiro andar do comissariado. Se os tiras de Toulouse tivessem sido competentes, não precisariam ter recorrido a ele, e os jovens terroristas já estariam trancafiados. E depois, Gillard não ignora que mesmo nas fileiras da polícia, como na chefatura, encontramos aqui e ali alguns simpatizantes da causa resistente, às vezes inclusive na origem de fugas. Não avisam eles a tempo outros judeus que iriam ser presos? Não fosse assim, os milicianos não encontrariam apartamentos abandonados por seus ocupantes ao proceder às interpelações. Gillard diz aos membros de sua equipe para desconfiar, judeus e comunistas estão em toda parte. No âmbito de sua investigação, não quer correr nenhum risco. Suspensa a reunião, organiza-se imediatamente uma tocaia na agência dos Correios.

* * *

Esta manhã, Sophie está doente. Uma gripe daquelas prende-a na cama. Mas ela tem que ir pegar o pacote que chegou, como todas as quintas-feiras, sem o que os companheiros não receberão seu soldo; eles têm que pagar aluguel comprar comida, o básico. Simone, uma nova recruta recém-chegada da Bélgica, irá em seu lugar. Ao entrar na agência dos Correios, Simone não repara nos dois homens que fingem preencher papéis. Eles, por sua vez, identificam prontamente a moça que está em vias de abrir a caixa de correspondência nº 27 para recolher o pacote que ela contém. Simone sai, eles a seguem. Dois tiras experientes contra uma adolescente de 17 anos, o jogo de esconde-esconde termina antes mesmo de começar. Uma hora mais tarde, Simone volta à casa de Sophie para lhe entregar suas "compras"; ignora que acabava de permitir aos homens de Gillard localizar seu domicílio.

Aquela que tão bem sabia se dissimular para seguir os outros, aquela que perambulava incansavelmente pelas ruas para não se fazer notar, aquela que sabia, melhor do que nós, levantar as atividades, os deslocamentos, os contatos e os menores detalhes da vida daqueles que seguia, não desconfia que, defronte de sua janela, dois homens a espreitam e que é ela agora que é rastreada. Gatos e ratos acabam de trocar de papel.

Na mesma tarde, Marianne faz uma visita a Sophie. Ao anoitecer, quando ela vai embora, os homens de Gillard a seguem por sua vez.

* * *

Eles marcaram um encontro no canal do Midi. Stefan espera-a num banco. Marianne hesita e lhe sorri de longe. Ele se levanta e lhe dá boa-noite. Mais alguns passos, e ela estará em seus braços. Desde ontem, a vida não é mais a mesma. Rosine e Marius estão mortos e não há nada a fazer para parar de pensar nisso, mas Marianne não está mais sozinha. Pode-se amar intensamente aos 17 anos, pode-se amar a ponto de esquecer que se tem fome, pode-se amar até esquecer que ainda ontem se tinha medo. Mas desde ontem a vida não é mais a mesma, uma vez que agora ela pensa em alguém.

Sentados lado a lado, naquele banco perto da ponte des Demoiselles, Marianne e Stefan beijam-se e nada nem ninguém poderá vir roubar-lhes esses minutos de felicidade. O tempo passa e a hora do toque de recolher se anuncia. Atrás deles, os bicos de gás já estão acesos, precisam se separar. Amanhã, se encontrarão de novo, e todas as noites seguintes. E todas as noites seguintes, ao longo do canal do Midi, os homens do comissário Gillard espionarão à vontade dois adolescentes amando-se em meio à guerra.

No dia seguinte, Marianne encontra Damira. Quando se despedem, Damira é seguida e detida. No outro dia, ou era mais tarde? Damira encontra Osna, à noite Osna tem um encontro com Antoine. Em poucos dias, quase toda a brigada é hospedada pelos homens de Gillard. O cerco fecha-se sobre eles.

Ainda não tínhamos 20 anos, alguns um pouquinho mais, e tínhamos ainda que aprender muitas coisas para fazer a guerra sem se fazer notar, coisas que os perdigueiros da polícia de Vichy sabiam de cor e salteado.

* * *

A pescaria era iminente, o comissário Gillard reuniu todos os seus homens no escritório cedido pelo comissariado de Toulouse. Para proceder às prisões, contudo, será preciso pedir reforços aos policiais da 8ª Brigada. No corredor do andar, um inspetor não perdeu nada do que está sendo tramado. Deixa seu posto discretamente e dirige-se ao Correio Central. Apresenta-se no guichê e pede à telefonista um número para Lyon. Passam-lhe a ligação numa cabine.

Uma olhadela pela porta envidraçada, a funcionária conversa com uma colega, a linha é segura.

Seu interlocutor não fala, contenta-se em escutar a terrível notícia. Dentro de dois dias, a 35ª Brigada Marcel Langer inteira estará atrás das grades. A informação é confiável, convém avisá-los urgentemente. O inspetor desliga e reza para seu turno acabar.

Num apartamento em Lyon, um tenente da Resistência francesa coloca o aparelho no gancho.

— Quem era? — pergunta seu comandante.

— Um contato em Toulouse.

— O que ele queria?

— Nos informar que o pessoal da 35ª Brigada vai cair dentro de dois dias.

— A Milícia?

— Não, tiras enviados por Vichy.

— Então eles não têm nenhuma chance.

— Não se os alertarmos; ainda temos tempo de salvá-los.

— Talvez, mas não faremos isso — responde o comandante.

— Ora, por quê? — pergunta o homem, estupefato.

— Porque a guerra não irá durar. Os alemães perderam 200 mil homens em Stalingrado, dizem que outros 100 mil estão nas mãos dos russos, entre eles milhares de oficiais e uns bons vinte generais. Os exércitos nazistas estão sendo derrotados nas frentes do Leste e, seja no norte ou no sul, o desembarque dos Aliados não irá demorar. Sabemos que Londres está se preparando para isso.

— Estou a par de tudo isso, mas o que isso tem a ver com os caras da brigada Langer?

— Agora é uma questão de tino político. Esses homens e mulheres de que falamos são todos húngaros, espanhóis, italianos, poloneses e, deixa para lá; todos ou quase todos estrangeiros. Quando a França for libertada, é preferível que a História conte que foram franceses que lutaram por ela.

— Então vamos deixá-los cair desse jeito? — indigna-se o homem que pensa naqueles adolescentes, combatentes de primeira hora.

— Nada diz que eles serão obrigatoriamente mortos...

E diante do olhar enojado de seu tenente, esse comandante da Resistência francesa suspira e conclui:

— Ouça. Dentro de pouco tempo o país terá que emergir dessa guerra, e ele precisará estar de cabeça erguida, a população terá que se reconciliar em torno de um único chefe, e esse chefe será De Gaulle. A vitória deve ser creditada a nós. É lamentável, concordo, mas a França vai precisar que seus heróis sejam franceses, e não estrangeiros.

* * *

Em sua estaçãozinha de Loubers, Charles estava acabrunhado. No início da semana, fora informado de que a brigada não receberia mais dinheiro. Também não haveria mais expedição de armas. Os laços estabelecidos com as redes de Resistência que se organizavam no território estavam cortados. A razão invocada era o ataque ao cinema das Variétés. A imprensa omitiu que as vítimas eram resistentes. Aos olhos da opinião pública, Rosine e Marius passavam por dois civis, dois adolescentes vítimas de um atentado covarde, e ninguém se preocupava com o fato de a terceira criança herói que os acompanhava estar se contorcendo de dor num leito da enfermaria da prisão Saint-Michel. Disseram a Charles que aquele tipo de atentado expunha toda a Resistência ao opróbrio, e que esta preferia cortar as pontes.

Esse abandono tinha para ele um gosto de traição. Esta noite, em companhia de Robert, que assumira o comando da brigada depois da partida de Jan, ele manifestava toda sua decepção. Como podiam abandoná-los, dar-lhes as costas, a eles que haviam sido os pioneiros? Robert não sabia muito o que dizer, gostava de Charles como gostamos de um irmão, e o tranquilizou quanto ao ponto que provavelmente mais o preocupava, aquele que o fazia sofrer mais.

— Escute, Charles, ninguém se deixou iludir pelo que a imprensa escreveu. Todos sabem o que aconteceu de fato no cinema das Variétés, quem perdeu a vida lá.

— A que preço! — resmungou Charles.

— O de sua liberdade — respondeu Robert —, e todos na cidade sabem disso.

Marc juntou-se a eles um pouco mais tarde. Charles deu de ombros ao vê-lo e saiu para esticar as pernas na horta atrás da casa. Batendo num montinho de terra, Charles ruminou que Jacques devia estar equivocado, estávamos no fim do mês de março de 1944 e a primavera continuava sem dar as caras.

* * *

O comissário Gillard e seu auxiliar Sirinelli reuniram todos os seus homens. No primeiro andar do comissariado é hora dos preparativos. É hoje que serão efetuadas as prisões. A palavra de ordem está dada, silêncio absoluto, devem evitar que alguém possa alertar aqueles que, dentro de poucas horas, cairão nas malhas de sua rede. Entretanto, no gabinete contíguo, um jovem comissário de polícia ouve o que falam do outro lado da divisória. Sua especialidade é o direito comum, a guerra não exterminou todos os bandidos e realmente alguém precisa cuidar disso. Mas o comissário Esparbié nunca mandou engaiolar insurgentes, muito pelo contrário. Quando alguma coisa está para acontecer é ele quem os alerta, é sua forma de pertencer à Resistência.

Informá-los do perigo que eles correm não se fará sem dificuldade, nem risco, os detalhes são bastante sumários; Esparbié não está sozinho, um de seus colegas é seu cúmplice também. O jovem comissário deixa sua poltrona e vai sem demora ao encontro dele.

— Corra imediatamente até a tesouraria principal. No setor das pensões, peça a alguém para falar com uma pessoa chamada Madeleine, diga-lhe que seu companheiro Stefan deve viajar imediatamente.

Esparbié confia essa missão a seu colega, pois tem outro compromisso. Pegando um carro, estará em Loubers em meia hora. É lá que deve ter uma conversa com um amigo; ele viu sua descrição física num dossiê, do qual seria melhor ela não constar.

Ao meio-dia, Madeleine deixa a tesouraria principal e sai para procurar Stefan, mas em vão ela passa por todos os lugares que ele frequenta, sem o encontrar. Quando volta para a casa de seus pais, os policiais estão à sua espera. Não sabem nada sobre ela, a não ser que Stefan passa para vê-la quase todo dia. Enquanto os policiais vasculham o local, Madeleine, aproveitando-se de um momento de desatenção, rabisca um bilhete às pressas e o esconde numa caixa de fósforos. Finge sentir-se mal e pergunta se pode respirar um pouco na janela...

Debaixo de suas janelas mora um de seus amigos, um quitandeiro italiano que a conhece melhor que ninguém. Uma caixa de fósforos cai a seus pés. Giovanni a recolhe, levanta a cabeça e sorri para Madeleine. Hora de fechar a loja! Ao freguês que se espanta com isso, Giovanni responde que, de toda forma, há muito tempo ele não tem mais nada para vender em suas bancadas. Arria a porta, monta em sua bicicleta e vai avisar quem de direito.

No mesmo instante, Charles despede-se de Esparbié. Assim que este sai, ele faz sua mala e, com o coração apertado, fecha pela última vez a porta de sua estação desativada. Antes de girar a chave na fechadura, passa os olhos pela última vez no recinto. Sobre o réchaud, uma velha frigideira lembra-o de um jantar no qual uma de suas omeletes quase provocou uma catástrofe. Naquela noite, todos os companheiros estavam reunidos. Era um daqueles dias terríveis, mas os tempos eram melhores do que hoje.

Em sua bizarra bicicleta, Charles pedala o mais rápido possível. Há muitos companheiros para encontrar. As horas voam e seus amigos estão em perigo.

Avisado pelo quitandeiro italiano, Stefan já está na estrada. Não teve tempo de se despedir de Marianne, nem sequer de ir beijar sua amiga Madeleine, aquela cuja insolência salvou-lhe a vida, colocando a sua em risco.

Charles encontra Marc num café. Conta-lhe o que se passa e lhe dá ordens para partir imediatamente ao encontro dos maquisards, perto de Montauban.

— Vá para lá com Damira, eles irão recebê-los em suas fileiras.

Antes de se despedir, entrega-lhe um envelope.

— Preste bem atenção. Anotei a maioria das nossas façanhas nesse diário de bordo — diz Charles —, você o entregará da minha parte àqueles que encontrar por lá.

— Não é perigoso guardar esses documentos?

— É, mas se todos morrermos, um dia alguém vai precisar saber o que fizemos. Aceito que me matem, mas não que me façam desaparecer.

Os dois amigos se separam, Marc deve encontrar Damira o mais rápido possível. Seu trem parte ao anoitecer.

* * *

Charles escondera algumas armas na rua Dalmatie, outras numa igreja não longe dali. Convém efetivamente salvar o que ainda pode sê-lo. Quando alcança as cercanias do primeiro esconderijo, Charles observa, no cruzamento, dois homens, um dos quais lê um jornal.

— Merda, já era! — Pensa ele.

Ainda resta a igreja, mas quando ele se aproxima dela um Citroën preto desemboca no adro, quatro homens desembarcam e caem em cima dele. Charles debate-se como pode, a luta é desigual, é uma saraivada de socos. Charles mija sangue, vacila, os homens de Gillard terminam por subjugá-lo; embarcam-no.

* * *

O dia termina, Sophie volta para casa. Dois indivíduos espreitam-na no fim da rua. Ela percebe-os, faz meia-volta, mas outros dois já avançam em sua direção. Um abre seu casaco, saca seu revólver e aponta para ela. Sophie não tem como escapar, sorri e recusa-se a levantar os braços.

* * *

Esta noite, Marianne está jantando na casa da mãe, uma vaga sopa de tubérculos está no cardápio. Nada muito saboroso, mas, apesar de tudo, algo com que esquecer a fome até amanhã. Batem violentamente na porta. A moça tem um sobressalto, reconheceu aquela maneira de bater e não alimenta nenhuma ilusão quanto à natureza daquelas visitas. Sua mãe olha para ela, inquieta.

— Não se mexa, é para mim — diz Marianne, largando o guardanapo.

Dá a volta na mesa, toma sua mãe nos braços e a aperta contra si.

— Digam o que disserem, não me arrependo de nada do que fiz, mamãe. Agi por uma causa justa.

A mãe de Marianne olha fixamente para sua filha, acaricia-lhe a face, como se esse gesto de derradeira ternura lhe permitisse conter as lágrimas.

— Digam o que disserem, meu amor, você é minha filha e tenho orgulho de você.

A porta treme sob os golpes, Marianne beija pela última vez sua mãe e vai abrir.

* * *

É uma noite amena; Osna está debruçada em sua janela, fuma um cigarro. Um carro sobe a rua e estaciona em frente à sua casa. Quatro homens de sobretudo saem dele. Osna compreendeu. Talvez pudesse se esconder enquanto eles sobem a escada, mas o cansaço é imenso ao cabo de todos esses meses de clandestinidade. E, depois, onde se esconder? Então Osna fecha o vidro. Vai até a pia e deixa correr um pouco de água, que passa no rosto.

— Chegou a hora — murmura para seu reflexo no espelho.

E já ouve os passos na escada.

* * *

Na plataforma da estação, o relógio marca 7h32. Damira está nervosa, espicha-se, esperando ver surgir o trem que a levará para longe daqui.

— Está atrasado, não está?

— Não — responde Marc tranquilamente —, vai chegar daqui a cinco minutos.

— Acha que os outros escaparam?

— Não faço ideia, mas estou muito preocupado com Charles.

— E eu com Osna, Sophie e Marianne.

Marc sabe que nenhuma palavra conseguirá serenar a mulher que ele ama. Ele a toma nos braços e a beija.

— Não se preocupe, tenho certeza de que elas foram avisadas a tempo. Assim como nós.

— E se nos prendessem?

— Ora, pelo menos estaríamos juntos, mas não irão nos prender.

— Eu não estava pensando nisso, mas no diário de bordo de Charles, acabei ficando com ele.

— Ah!

Damira olha para Marc e sorri com ternura para ele.

— Sinto muito, não era o que eu queria dizer, estou com tanto medo que terminei falando qualquer coisa.

Ao longe, o nariz da locomotiva perfila-se na curva dos trilhos.

— Está vendo? Vai dar tudo certo — diz Marc.

— Até quando?

— Um dia a primavera voltará, você vai ver, Damira.

O trem passa diante deles, as rodas da locomotiva travam, fazendo cintilar alguns feixes de fagulhas em seu rastro, e o trem imobiliza-se num rangido dos freios.

— Você acha que continuará a me amar, quando a guerra terminar? — pergunta Marc.

— Quem lhe disse que eu o amava? — responde Damira com um sorriso malicioso.

E quando ela o arrasta para o estribo do vagão, uma mão cai pesadamente sobre seu ombro.

Marc pregado no chão, dois homens o algemam. Damira debate-se, uma bofetada magistral projeta-a contra a lateral do vagão. Seu rosto choca-se com a chapa do trem. Imediatamente antes de perder os sentidos, ela lê escrito em letras grandes: "Montauban."

No comissariado, os policiais encontram o envelope que Charles entregara a Marc.

* * *

Neste 4 de abril de 1944, a brigada quase inteira caiu nas mãos da polícia. Alguns se safaram. Catherine e Jan escaparam da batida. Os policiais não conseguiram hospedar Alonso. Quanto a Émile, partiu na hora certa.

Nesta noite de 4 de abril de 1944, Gillard e seu terrível auxiliar Sirinelli brindam com champanhe. Ao erguerem suas taças, comemoram com seus colegas policiais o fim das atividades de um bando de jovens "terroristas".

Graças ao trabalho que realizaram, esses estrangeiros que prejudicavam a França passarão o resto de suas vidas atrás das grades.

— Esperem um pouquinho — acrescentou desfolhando o diário de bordo de Charles —, com as provas materiais de que dispomos, podemos ter certeza de que a vida desses estrangeiros não será longa até os fuzilarmos.

Enquanto começavam a torturar Marianne, Sophie, Osna e todos os detidos nesse dia, o homem que, com seu silêncio, os traíra, aquele que decidira, por razões políticas, não retransmitir as informações comunicadas por resistentes que trabalhavam na chefatura, esse mesmo já preparava sua entrada no estado-maior da Libertação.

Quando ele soube, logo no dia seguinte, que a 35ª Brigada Marcel Langer, que pertencia à MOI, caíra em sua quase totalidade, deu de ombros e espanou seu paletó; precisamente no lugar onde, dentro de alguns meses, iriam prender uma insígnia da Legião de Honra. Hoje comandante nas Forças Francesas do interior, logo será coronel.

Quanto ao comissário Gillard, elogiado pelas autoridades, receberá no fim da guerra a direção do departamento de drogas. Ali encerrou tranquilamente sua carreira.

25

Como já lhe disse, nós nunca desistimos. Os poucos que se salvaram já se organizavam. Alguns companheiros de Grenoble juntaram-se a eles. Agora à sua frente, Urman não daria trégua ao inimigo, e na semana seguinte as ações recomeçaram.

* * *

Já anoitecera havia muito tempo. Claude dormia, como a maioria de nós; eu, por minha vez, tentava avistar estrelas no céu, do outro lado das barras.

Em meio ao silêncio, ouvi os soluços de um companheiro. Aproximei-me dele.

— Por que está chorando?

— Meu irmão, veja você, não conseguia matar, nunca conseguiu apontar sua arma para um homem, nem mesmo para um miliciano de merda.

Havia em Samuel uma estranha mistura de sabedoria e de raiva. Eu julgava as duas inconciliáveis, até o conhecer.

Samuel passa a mão no rosto, esparrama suas lágrimas, desvela a palidez de suas faces emaciadas. Seus olhos cravam-se no fundo das órbitas, dir-se-ia que resistem ali milagrosamente, quase não há mais músculo em seu rosto, senão a pele transparente revelando seus ossos.

— Foi há tanto tempo... — emenda, num murmúrio quase inaudível. — Pense bem, na época éramos somente cinco. Cinco resistentes em toda a cidade e juntos não completávamos cem anos. Eu só atirei uma vez, à queima-roupa, mas era um patife, um dos que delatavam, estupravam, torturavam. Meu irmão, por sua vez, era incapaz de fazer mal a alguém, mesmo a esses sujeitos.

Samuel começou a rir, e seu peito, roído pela tuberculose, não parava de estertorar. Ele tinha uma voz estranha, às vezes marcada por um timbre de homem, às vezes por uma pureza infantil, Samuel tinha 20 anos.

— Eu não deveria lhe contar, eu sei, não é certo, isso realimenta a dor, mas quando falo dele faço-o viver mais um pouco, não acha?

Eu não sabia o que dizer, mas concordei com a cabeça. Não importava o que ele tinha a dizer, o companheiro precisava ser escutado. Não havia estrelas no céu e eu estava com muita fome para dormir.

— Era no começo. Meu irmão tinha o coração de um anjo, a cara de um guri. Acreditava no bem e no mal. Sabe, percebi desde o começo que estava perdido. Com uma alma tão pura, ninguém pode fazer a guerra. E sua alma era tão bela que brilhava por cima da sujeira das fábricas, por cima da sujeira das prisões; ela iluminava os caminhos da aurora, quando a gente sai para o trabalho com o calor da cama ainda colado nas costas.

"A ele não podiam pedir que matasse. Já lhe disse isso, não foi? Ele acreditava no perdão. Mas note bem, meu irmão era corajoso, nunca se negava a participar das ações, mas sempre desarmado. 'Para que serve isso se não sei atirar?', ele dizia, zombando de mim. Era seu coração que o impedia de apontar a arma, um coração desse tamanho, estou lhe dizendo", insistia Samuel abrindo os braços. "Ele ia de mãos vazias para o combate, tranquilamente, convicto da vitória.

"Pediram-nos para sabotar uma linha de montagem numa fábrica da região. Fabricavam cartuchos lá. Meu irmão falou que tínhamos que ir até lá, para ele isso era lógico, quanto menos cartuchos eles fabricassem, mais vidas salvas.

"Juntos, fizemos o levantamento. A gente nunca se separava. Ele tinha 14 anos, precisava realmente que eu o vigiasse, tomasse conta dele. Se quer a verdade, acho que esse tempo todo era ele que me protegia.

"Ele tinha mãos talentosas, precisava vê-lo com um lápis nos dedos, era capaz de desenhar qualquer coisa que você imaginasse. Com dois rabiscos de carvão, teria esboçado seu retrato e sua mãe o teria pendurado na parede de sua sala. Então, empoleirado no muro, bem no meio da noite, ele desenhou o contorno da fábrica, coloriu cada um dos prédios que cresciam em sua folha de papel como trigo saindo da terra. Eu, por minha vez, vigiava e o esperava. E então, não mais que de repente, ele começou a rir, à toa, no meio da noite; uma risada cheia e clara, uma risada que sempre carregarei comigo, até o túmulo quando minha tuberculose tiver vencido sua guerra. Meu irmão ria por ter desenhado um sujeito no meio da fábrica, um cara com as pernas tortas iguais às do diretor da escola dele.

"Quando terminou seu desenho, pulou na rua e me disse 'Venha, podemos ir até lá agora'. Como vê, meu irmão era assim; os policiais teriam passado por ali, certos de que nos encontraríamos na prisão, mas ele não dava a mínima; observava seu mapa da fábrica, com seu homenzinho de pernas tortas e ria desbragadamente; aquela risada, acredite, juro, enchia a noite.

"Num outro dia, enquanto ele estava na escola, fui visitar a fábrica. Eu perambulava pelo pátio tentando passar despercebido, quando um operário veio a mim e disse que se eu quisesse ser contratado tinha que pegar o caminho que contornava os transformadores, aqueles que ele apontava com o dedo; e, como acrescentou 'camarada', compreendi sua mensagem.

"Ao voltar, transmiti tudo ao meu irmão, que completou seu mapa. E, dessa vez, examinando o desenho terminado, ele não ria mais, mesmo quando lhe apontei o homenzinho de pernas tortas."

Samuel parou de falar, o tempo de tomar um pouco de fôlego. Eu tinha guardado uma guimba no meu bolso, acendi-a mas não lhe ofereci para partilhá-la, por causa de sua tosse. Ele me deu um tempo para saborear uma primeira tragada e depois continuou seu relato, com sua voz que mudava de entonação segundo falasse dele ou do irmão.

— Oito dias depois, minha companheira Louise desembarcou na estação com uma caixa de papelão que apertava debaixo do braço. Na caixa, havia 12 granadas. Deus sabe como ela as encontrara.

"Como você sabe, não tínhamos direito ao que chegava via paraquedas, estávamos sozinhos, muito sozinhos. Louise era uma tremenda garota, eu estava gamado nela e ela em mim. Às vezes íamos nos amar perto da estação de triagem e era preciso amar muito para não prestar atenção às cercanias, mas, de toda forma, nunca tínhamos tempo para isso. No dia seguinte àquele em que Louise voltara com seu pacote, partimos para a ação; era uma noite fria e escura, como a de hoje, enfim diferente, uma vez que meu irmão ainda estava vivo. Louise nos acompanhou até a fábrica. Tínhamos dois revólveres, confiscados dos policiais que eu maltratara um pouco um de cada vez, numa ruazinha. Meu irmão não queria arma, então as duas pistolas estavam na mochila da minha bicicleta.

"Sou obrigado a lhe dizer o que vem à minha cabeça, porque você não vai acreditar mesmo se eu jurar aqui na sua frente. Pedalamos, a bicicleta treme sobre os paralelepípedos e, atrás de mim, ouço um homem me dizendo 'Cavalheiro, o senhor deixou cair alguma coisa'. Eu não estava com vontade de ouvir aquele sujeito, mas alguém que segue adiante quando perde alguma coisa é suspeito. Apeei e me voltei. Na calçada que contorna a estação, operários voltam da fábrica, seu alforje a tiracolo. Caminham em grupos de três, porque a calçada não é suficientemente larga para quatro. Você precisa entender que é toda a fábrica que sobe a rua. E diante de mim, a 30 metros, está meu revólver, caído da minha sacola, meu revólver brilhando no paralelepípedo. Encosto minha bicicleta no muro e caminho na direção do homem, que se abaixa, pega meu trabuco e me devolve como se fosse um lenço. O indivíduo me cumprimenta e junta-se novamente a seus companheiros que o esperam desejando-me boa-noite. Nessa noite ele volta para a casa dele para encontrar sua mulher e a tigela que ela preparou para ele. Eu, por minha vez, monto na minha bicicleta, a arma sob o casaco, e pedalo para alcançar meu irmão. Pode imaginar? Consegue ver a cara que você teria feito se tivesse perdido sua pistola em ação e alguém a tivesse devolvido para você?"

Eu não disse nada a Samuel, não queria interrompê-lo, mas imediatamente brotaram de minha memória o olhar de um oficial alemão, de braços abertos perto de um mictório público, os de Robert e do meu companheiro Boris também.

— À nossa frente, a fábrica de cartuchos estava desenhada como um risco de nanquim na noite. Percorremos o muro que a cercava. Meu irmão escalou-o, seus pés agarravam-se ao chapisco como se subisse uma escada. Antes de pular para o outro lado, sorriu para mim e me disse que nada podia lhe acontecer, que ele nos amava, a Louise e a mim. Subi por minha vez e juntei-me a ele como combináramos no pátio, atrás de uma torre de transmissão que ele marcara no seu mapa. Em nossos embornais, ouvíamos as granadas entrechocar-se.

"Temos que prestar atenção no vigia. Ele dorme longe do prédio que vai se incendiar, e a explosão o fará sair a tempo e ileso, mas nós, que risco corremos se ele nos vir?

"Meu irmão já se esgueira, avança na garoa, eu o sigo, até que nossos caminhos se separam; ele cuida do armazém, eu da oficina e dos escritórios. Tenho seu mapa na cabeça e a noite não me dá medo. Entro no casarão, percorro a linha de montagem e subo os degraus da passarela que leva aos escritórios. A porta está fechada com uma barra de aço, solidamente trancada com um cadeado; paciência, as vidraças são frágeis. Pego duas granadas, arranco os pinos e as arremesso, uma em cada mão. Os vidros estilhaçam, o tempo exato de eu me agachar, o sopro me alcança. Sou projetado e caio de braços abertos. Tonto, com os tímpanos zunindo, cascalho na boca, os pulmões enfumaçados, cuspo tudo que posso. Tento me levantar, minha camisa está pegando fogo, vou queimar vivo. Ouço outras explosões reverberarem ao longe, do lado dos armazéns. Também devo terminar meu trabalho.

"Deixo-me rolar pelos degraus de ferro e aterrisso em frente a uma janela. O céu ficou vermelho com a ação do meu irmão, outros prédios iluminam-se sucessivamente, acompanhando as explosões que os inflamam na noite. Vasculho no meu embornal, destravo e lanço minhas granadas, uma a uma, correndo em meio à fumaça na direção da saída.

"Atrás de mim, as deflagrações se sucedem; a cada uma delas é meu corpo inteiro que vacila. As labaredas são tamanhas que está claro como dia e por instantes a claridade se mascara, dando lugar ao negro mais profundo. São meus olhos que me abandonam, as lágrimas que saem deles estão fervendo.

"Quero viver, quero fugir do inferno. Quero ver meu irmão, apertá-lo em meus braços, dizer-lhe que tudo não passava de um pesadelo absurdo; que, ao despertar, redescobri nossas vidas, à toa, por acaso, no baú onde mamãe guardava minhas coisas. Aquelas duas vidas, a sua, a minha, aquelas em que íamos surrupiar bombons na mercearia da esquina, aquelas em que mamãe nos esperava na volta da escola, aquelas em que ela nos fazia recitar nossos deveres, logo antes de eles virem confiscar e roubar nossas vidas.

"À minha frente, uma viga de madeira acaba de desabar, ela arde em chamas e obstrui meu caminho. O calor é terrível, mas, do lado de fora, meu irmão espera e, eu sei, não partirá sem mim. Então enfio as mãos nas chamas e empurro a viga.

"Ninguém é capaz de imaginar a dor do fogo enquanto não fez sua experiência. Ora, eu berrei como um cão espancado, berrei até a morte, mas quero viver, como eu lhe disse; então sigo adiante em meio à fornalha, rezando para que me cortassem os pulsos a fim de que a dor cessasse. E, diante de mim, finalmente aparece o patiozinho, como meu irmão desenhara. Um pouco à frente, a escada que ele já encostara no muro. 'Eu me perguntava que diabos você estava fazendo!', ele me diz ao me ver com a cara fuliginosa como a de um carvoeiro. E acrescenta 'Você está engraçado'. Ordena-me que passe primeiro, por causa de meus ferimentos. Subo como posso, apoiando nos cotovelos, as mãos doem demais. No topo, volto-me e chamo por ele, para lhe dizer que é sua vez, ele não deve se demorar."

Samuel calou-se mais uma vez. Como que para arranjar forças para me contar o fim de sua história. Em seguida abre as mãos e me mostra as palmas; são as de um homem que tivesse trabalhado a vida toda na terra, um homem de 100 anos; Samuel tem apenas 20.

— Meu irmão está ali, no pátio, mas ao meu chamado é a voz de outro homem que responde. O vigia da fábrica põe seu fuzil no ombro e grita "Parem, parem". Pego o revólver no embornal, esqueço a dor nas minhas mãos e aponto para ele; mas meu irmão grita por sua vez "Não faça isso". Olho para ele e a arma escorrega entre meus dedos. Quando ela cai a seus pés, ele sorri, como se tranquilizado por eu não poder machucar ninguém. Como vê, já lhe disse isso, ele tem um coração de anjo. Com as mãos vazias, volta-se e sorri para o vigia. "Não atire", diz, "não atire, é a Resistência."

Falou como para tranquilizar aquele homenzinho rechonchudo com seu fuzil apontado, como para lhe dizer que não lhe queríamos mal.

"Meu irmão acrescenta: 'Depois da guerra, eles construirão uma fábrica novinha para você, será ainda mais bonita para vigiar.' E depois se volta e põe o pé na primeira barra da escada. O homem rechonchudo grita de novo 'Parados, parados', mas meu irmão continua sua marcha para o céu. O vigia aperta o gatilho.

"Vi seu peito explodir, seu olhar se congelar. Ele me sorriu e seus lábios cheios de sangue murmuraram 'Salve-se, eu te amo'. Seu corpo caiu para trás.

"Eu estava lá em cima no muro, ele embaixo, imerso naquela poça vermelha que se esparramava sob ele, vermelho de todo o amor que se esvaía."

Samuel não disse mais nada ao longo da noite. Quando terminou de me contar sua história, fui me deitar perto de Claude, que reclamou um pouco porque o acordei.

Da minha enxerga, vi através das barras algumas estrelas finalmente brilharem no céu. Não acredito em Deus, mas nessa noite eu imaginava que, numa delas, cintilava a alma do irmão de Samuel.

26

O sol de maio aquece nossa cela. No meio do dia, as barras das claraboias desenham três riscos pretos no chão. Quando o vento está favorável, podemos sentir os primeiros aromas das tílias chegando.

— Parece que os companheiros pegaram um carro.

É a voz de Étienne que rompe o silêncio. Étienne, conheci-o aqui, juntou-se à brigada alguns dias depois que Claude e eu havíamos sido presos; caiu como os outros nas redes do comissário Gillard. E, enquanto ele fala, tento me imaginar do lado de fora, numa outra vida que não a minha. Ouço na rua os transeuntes que caminham nos passos ligeiros de sua liberdade, ignorando que a poucos metros deles, atrás de um muro duplo, somos prisioneiros e esperamos a morte. Étienne cantarola, tentando matar o tédio. E depois há confinamento, ele é como uma serpente que nos aperta sem relaxar. Sua picada indolor, seu veneno se espalha, Então as palavras que nosso amigo canta nos trazem de volta ao instante; não, não estamos sozinhos, mas todos juntos aqui.

Étienne está sentado no chão, recostado na parede, sua voz frágil é delicada, é quase a de uma criança contando uma história, a de um moleque corajoso que canta à esperança:

Sur c'te butte-là, y avait pas d'gigolette,
Naquela colina não havia meretriz*
Pas de marlous, ni de beaux muscadins.
Nem cafetões, nem janotas nos trinques.
Ah, c'était loin du moulin d'la Galette,
Ah, era longe do moulin de la Galette
Et de Paname, qu'est le roi des pat'lins.
E do Panamá, que é o rei dos vigaristas.

C'qu'elle en a bu, du beau sang, cette terre,
O que ela bebeu de sangue honesto, esta terra
Sang d'ouvrier et sang de paysan,
Sangue de operário e sangue de camponês,
Car les bandits, qui sont cause des guerres,
Pois os bandidos, que são a causa das guerras,
N'en meurent jamais, on n'tue qu'les innocents.
Não morrem nunca, só matam os inocentes.

À voz de Étienne junta-se a de Jacques; e as mãos dos companheiros que batiam suas enxergas continuam sua tarefa, mas agora ao ritmo do refrão.

La Butte Rouge, c'est son nom, l'baptême s'fit un matin
Colina Vermelha é o seu nome, o batismo deu-se uma manhã
Où tous ceux qui grimpèrent, roulèrent dans le ravin.
Em que todos os que a exalaram rolaram pela ravina.
Aujourd'hui y a des vignes, il y pousse du raisin,
Hoje há vinhedos, as uvas crescem,

* Em tradução livre.

Qui boira d'ce vin là, boira l'sang des copains.
Quem beber desse vinho, beberá o sangue dos companheiros.

Na cela vizinha, ouço o sotaque de Charles e o de Boris que se juntam ao canto. Claude, que rabiscava as estrofes numa folha de papel, larga seu lápis para cantarolar outras.

Sur c'te butte là, on n'y f'sait pas la noce,
Sobre essa colina, ninguém caía na esbórnia,
Comme à Montmartre, où l'champagne coule à flots.
Como em Montmartre, onde o champanhe corre a rodo.
Mais les pauv'gars qu'avaient laissé des gosses,
Mas os camaradas que haviam deixado filhos,
I f'saient entendre de pénibles sanglots.
Lá deixavam escapar soluços de dor.

C'qu'elle en a bu, des larmes, cette terre,
O que ela bebeu de lágrimas, esta terra,
Larmes d'ouvriers et larmes de paysans,
Lágrimas de operários e lágrimas de camponeses,
Car les bandits, qui sont cause des guerres,
Pois os bandidos, que são a causa das guerras,
Ne pleurent jamais, car ce sont des tyrans.
Nunca choram, pois são tiranos.

La Butte Rouge, c'est son nom, l'baptême s'fit un matin
Colina Vermelha é o seu nome, o batismo deu-se uma manhã

Où tous ceux qui grimpèrent, roulèrent dans le ravin.
Em que todos os que a exalaram rolaram pela ravina.
Aujourd'hui y a des vignes, il y pousse du raisin,
Hoje há vinhedos, as uvas crescem,
Qui boit d'ce vin là, boit les larmes des copains.
Quem beber desse vinho, beberá as lágrimas dos companheiros.

Atrás de mim, os espanhóis também participam, não sabem a letra, mas cantarolam conosco. Daqui a pouco, em uníssono, é o andar inteiro que entoa "La Butte Rouge". Agora, são cem a cantar:

Sur c'tte butte-là, on y r'fait des vendanges,
Sobre essa colina, fazem-se as vindimas,
On y entend des cris et des chansons.
Ouvem-se gritos e canções.
Filles et gars doucement y échangent
Nela moças e rapazes trocam suavemente
Des mots d'amour que donnent le frisson.
Palavras de amor que dão calafrios.

Peuvent-ils songer dans leurs folles étreintes
Podem eles imaginar em seus loucos abraços
Qu'à cet endroit ou s'échangent leurs baisers,
Que nesse lugar onde trocam beijos,
J'ai entendu, la nuit, monter des plaints,
Ouvi à noite um clamor de gemidos,
Et j'y ai vu des gars au crâne brisé?
E vi rapazes com o crânio esmigalhado?

La Butte Rouge, c'est son nom, l'baptême s'fit un matin
Colina Vermelha é o seu nome, o batismo deu-se uma manhã
Où tous ceux qui grimpèrent, roulèrent dans le ravin.
Em que todos os que a escalaram rolaram pela ravina
Aujourd'hui y a des vignes, il y pousse du raisin.
Hoje há vinhedos, as uvas crescem,
Mais moi j'y vois des croix, portant l'nom des copains.
Mas nela eu vejo cruzes com os nomes dos companheiros.

Como você vê, Étienne tinha razão, não estamos sozinhos, mas todos juntos aqui. O silêncio recai e com ele a noite na janela. Todos voltam ao seu tédio, ao seu medo. Daqui a pouco, teremos que sair na passarela, tirar as roupas, exceto as cuecas, uma vez que agora, graças a alguns companheiros espanhóis, temos o direito de mantê-las.

* * *

A madrugada chegou mais uma vez. Os prisioneiros colocam novamente as roupas e todos esperam a refeição. Na passarela, dois sujeitos arrastam o panelão, servindo as tigelas que lhes estendem. Os detentos entram nas celas, as portas se fecham e o concerto dos ferrolhos termina. Todos se isolam, cada um em sua solidão, aquecendo as mãos nas beiradas de sua tigela de metal. Os lábios avançam para o caldo e assopram o líquido salobro. É o dia que chega que eles bebem em pequenos goles.

* * *

Ontem quando cantávamos, faltava uma voz no clamor. Enzo está na enfermaria.

— Estamos aqui esperando tranquilamente que eles o executem, mas acho que devemos agir — diz Jacques.

— Daqui?

— Pois é, Jeannot, daqui não podemos fazer muita coisa, justamente, é por isso que precisamos fazer-lhe uma visita — ele me respondeu.

— E...?

— Enquanto ele não ficar de pé, eles não poderão fuzilá-lo. Precisamos impedi-lo de se curar muito rápido, compreende?

Pelo meu olhar, Jacques percebe que ainda não captei o papel que ele me reserva; tirou no palitinho aquele de nós dois que deverá se contorcer de dor.

Nunca tive sorte no jogo, e o provérbio segundo o qual eu deveria tê-la no amor é idiota, sei do que falo!

Eis-me então, rolando no chão, fingindo dores que minha imaginação não teve que ir procurar muito longe.

Os guardas levarão uma hora antes de vir ver quem está sofrendo a ponto de berrar como eu faço; e enquanto prossigo com minhas queixas, a conversa corre solta na cela.

— É verdade que os companheiros têm carros? — pergunta Claude, que não dá a mínima para os meus talentos de ator.

— Sim, é o que parece — responde Jacques.

— Você se dá conta, eles lá fora, de carro para empreenderem suas ações, e nós aqui, como idiotas, sem poder fazer nada.

— Sim, eu me dou conta — resmunga Jacques.

— Acha que voltaremos para lá?

— Não sei, talvez.

— Quem sabe teremos ajuda? — indaga meu irmãozinho.

— Você quer dizer do lado de fora? — responde Jacques.

— É — continua Claude, quase animado. — Talvez eles venham acabar com tudo isso.

— Não conseguirão. Entre os alemães nas guaritas e os vigias franceses no pátio, seria preciso um exército para nos libertar.

Meu irmãozinho reflete, suas esperanças se vão, senta-se recostado na parede, o semblante triste soma-se à sua tez pálida.

— Puxa, Jeannot, não poderia gemer um pouco menos alto, a gente mal consegue se ouvir! — resmunga, antes de se calar definitivamente.

Jacques olha fixamente para a porta da cela. Ouvimos barulhos de botinas na passarela.

A gradezinha se levanta e a cabeça rubicunda do guarda aparece. Seus olhos parecem procurar de onde vêm os resmungos. A fechadura retine, dois guardas me soerguem do chão e me arrastam para fora.

— É melhor você ter alguma coisa grave para nos importunar fora do horário; caso contrário, daremos um jeito para você perder a vontade de passear — diz um.

— Pode contar conosco! — acrescenta o outro.

Mas eu estou me lixando para alguns socos suplementares, contanto que me levem para ver Enzo.

Ele dorme um sono agitado em seu leito. O enfermeiro me recebe e me faz deitar numa padiola, perto de Enzo. Espera que os guardas saiam e se volta para mim.

— Está fingindo para descansar uma horinha ou tem realmente alguma coisa doendo?

Mostro-lhe minha barriga fazendo uma careta, ele apalpa, hesitante.

— Já lhe tiraram o apêndice?

— Acho que não — digo, balbuciante, sem refletir efetivamente nas consequências de minha resposta.

— Deixe-me lhe explicar uma coisa — continua o homem num tom seco. — Se a resposta à minha pergunta continuar a ser não, é possível que abram sua barriga para arrancá-lo, esse apêndice inflamado. Claro, isso tem vantagens. Você vai trocar duas semanas de cela pelo mesmo número de dias numa boa cama e se beneficiará de uma comida melhor. Se estiver para ir a julgamento, ele será adiado da mesma forma e, se o seu companheiro continuar aqui quando você acordar, vocês dois poderão até trocar umas palavrinhas.

O enfermeiro tira um maço de cigarros do bolso do jaleco, me oferece um, enfia o outro em seus lábios e recomeça num tom ainda mais solene.

— Claro, também há inconvenientes. Em primeiro lugar, não sou cirurgião, apenas um externo; senão, como pode imaginar, eu não trabalharia como enfermeiro na prisão Saint-Michel. Atenção, não estou dizendo que não tenho nenhuma chance de realizar com sucesso sua cirurgia, sei os manuais de cor; mas você compreende que, ainda assim, não é igual a estar em mãos de especialistas. Depois, não vou esconder para você que as condições de higiene por aqui não são as ideais. Nunca estamos infensos a uma infecção, e, nesse caso, tampouco posso lhe esconder que uma febre maligna poderia levá-lo muito antes do pelotão de execução. Então, vou dar uma volta lá fora, o tempo de fumar esse cigarro. Quanto a você, vai tentar durante esse tempo lembrar se a cicatriz que eu vejo abaixo de sua barriga, à direita, não seria justamente a de uma operação de apendicite?

O enfermeiro saiu do quarto, deixando-me a sós com Enzo. Sacudi o meu companheiro, provavelmente arrancando-o de um sonho, uma vez que ele sorria para mim.

— O que faz por aqui, Jeannot? Levou uma surra?

— Não, não tenho nada, só vim fazer uma visita.

Enzo soergueu-se em seu leito e dessa vez seu sorriso não vinha de nenhum sonho.

— Isso é de uma delicadeza ímpar! Você se deu a todo esse trabalho só para vir me visitar?

Balancei a cabeça à guisa de resposta, porque, para resumir, eu estava comovidíssimo diante de meu companheiro Enzo. E, quanto mais eu olhava para ele, mais a emoção aumentava; ao mesmo tempo, porque, perto dele, eu via Marius no cinema das Variétés e Rosine ao seu lado sorrindo para mim.

— Não precisava se dar a esse trabalho, Jeannot, daqui a pouco vou estar andando de novo, estou quase bom.

Abaixei os olhos, eu não sabia como lhe dizer.

— Ora, meu velho, não parece feliz com a minha melhora!

— Justamente, Enzo, seria melhor você não estar tão bem, compreende?

— Para falar a verdade, não!

— Ouça. Assim que você voltar a andar, eles o levarão para o pátio para selar seu destino. Enquanto você não puder ir a pé até o poste, você estará ganhando tempo. Compreende dessa vez?

Enzo não disse nada. Já eu sentia vergonha, porque minhas palavras eram cruas e porque, se eu estivesse no seu lugar, não teria gostado de ouvi-las. Mas eu estava ali para lhe prestar um favor e salvar sua pele, então engoli meu constrangimento.

— Você não pode ficar bom, Enzo. O desembarque vai acabar acontecendo, temos que ganhar tempo.

Enzo levantou bruscamente seu lençol para mostrar sua perna. As cicatrizes eram imensas, mas estavam quase fechadas.

— E o que posso fazer?

— Jacques não me disse nada a esse respeito: mas não se preocupe, daremos um jeito. Enquanto isso, tente fingir que está doendo de novo. Se quiser, posso lhe mostrar, adquiri certa habilidade.

Enzo me disse que, para isso, não precisava de mim; em matéria de dor, tinha lembranças bem frescas. Ouvi o enfermeiro voltando, Enzo fingiu voltar ao seu cochilo e eu me virei na minha padiola.

Após madura reflexão, preferi tranquilizar o homem de jaleco; eu recuperara a memória graças àquele breve momento de repouso; tinha quase certeza de que, aos 5 anos, eu passara por uma operação de apêndice. De toda forma, a dor parecia ter ido embora, eu podia até mesmo voltar para a cela. O enfermeiro enfiou algumas pastilhas de enxofre no bolso, para acender nossos cigarros. Aos guardas que me levavam de volta, ele disse que haviam agido corretamente ao me levarem para lá, eu estava com um início de prisão de ventre que poderia se agravar, e, sem a intervenção deles, poderia até ter morrido disso.

Ao mais cretino desses dois, que na passarela atreveu-se a assinalar que haviam salvado a minha vida, fui forçado a dizer obrigado, e esse obrigado às vezes ainda me queima a boca; mas, quando penso que foi para salvar Enzo, então o fogo se apaga.

* * *

De volta à cela, dou notícias de Enzo e é a primeira vez que vejo pessoas entristecidas porque seu amigo está quase curado. Isso mostra como a época era louca, como a vida perdera todo sentido lógico e a que ponto nosso mundo estava virado do avesso.

Todos começam então a andar de um lado para o outro, os braços nas costas, procurando uma solução para salvar a vida de um companheiro.

— Na verdade — digo eu, aventurando-me um pouco —, só precisamos dar um jeito para que as cicatrizes não se fechem.

— Obrigado, Jeannot — resmunga Jacques —, até aí estamos todos de acordo!

Meu irmãozinho, que sonha um dia fazer medicina, o que em sua situação deriva de certo otimismo, emenda no ato.

— Para isso bastaria que as feridas infeccionassem.

Jacques olha-o de cima a baixo, perguntando-se se não haveria uma inclinação congênita nos dois irmãos predispondo-os ao enunciado de lugares-comuns.

— O problema — acrescentou Claude — está em arranjar uma maneira de infeccionar as feridas; daqui não é tão fácil!

— Precisamos então da cumplicidade do enfermeiro.

Tiro do meu bolso o cigarro e as pastilhas de enxofre que ele me deu ainda há pouco e digo a Jacques que percebi naquele homem uma certa compaixão a nosso respeito.

— A ponto de correr riscos para salvar um de nós?

— Sabe, Jacques, há um monte de gente ainda disposta a correr riscos para poupar a vida de um menino.

— Jeannot, estou me lixando para o que as pessoas fazem ou não fazem, o que me interessa é esse enfermeiro que você conheceu. Como avalia nossas chances com ele?

— Não faço ideia, enfim, acho que não é mau sujeito.

Jacques anda até a janela, reflete; não para de passar a mão em seu rosto descarnado.

— Precisa falar com ele de novo. Precisa lhe pedir para nos ajudar a fazer o companheiro Enzo ter uma recaída. Ele saberá como fazer.

— E se ele não quiser ? — intervém Claude.

— Falaremos de Stalingrado, diremos que os russos estão na fronteira da Alemanha, que os nazistas estão perdendo a guerra, que o desembarque não vai demorar e que a Resistência saberá lhe agradecer quando tudo estiver terminado.

— E se ele não se deixar convencer? — insiste o meu irmãozinho.

— Então o ameaçaremos de ajustar contas com ele depois da Libertação — responde Jacques.

E Jacques abomina as próprias palavras, mas não interessam os meios, o importante é que o ferimento de Enzo gangrene.

— E como vamos dizer isso tudo ao enfermeiro? — pergunta Jacques.

— Ainda não sei. Se repetirmos o golpe do doente, os carcereiros iam farejar o logro.

— Acho que sei um jeito — digo sem refletir muito.

— Como pretende agir?

— Na hora do passeio, os guardas ficam todos no pátio. Vou fazer a única coisa que eles não esperam: vou me evadir para dentro da prisão.

— Não banque o idiota, Jeannot, se o pegarem, vão moê-lo de pancada.

— Eu achava que tínhamos que salvar Enzo a todo custo!

Mais uma noite, e a manhã seguinte nasce, tão cinzenta quanto as outras. É hora do passeio. Ao rumor das botas dos guardas que avançam pela passarela, volta-me à memória a advertência de Jacques. "Se o pegarem, vão moê-lo de pancada", mas penso em Enzo. As trancas batem, as portas se abrem e os prisioneiros alinham-se diante de Touchin, que os conta.

Fazemos a saudação ao carcereiro-chefe e o cortejo envereda pela escada em espiral que leva ao térreo. Passamos sob a vidraça, que ilumina tristemente a galeria; nossos passos ressoam na pedra carcomida e entramos no corredor que se estica até o pátio.

Meu corpo inteiro está tenso, é na curva que convém escapar, esgueirar-se, invisível no meio do cortejo, em direção à porta entreaberta. Sei que de dia ela nunca está fechada, para permitir ao guarda vigiar de sua cadeira a cela dos condenados à morte. Conheço o caminho, ontem percorri-o sob uma boa escolta. À minha frente, um vestíbulo de apenas um metro e, no fim, alguns degraus que levam à enfermaria. Os carcereiros então no pátio. A sorte está do meu lado.

Quando me vê, o enfermeiro sobressalta-se. Pela minha cara, sabe que nada tem a temer. Falo com ele, ele me escuta sem me interromper e, subitamente, senta-se num banquinho, o ar abatido.

— Não aguento mais essa prisão — diz ele —, não aguento mais saber que todos estão acima de mim, não aguento mais minha impotência, ter que dizer bom-dia, até logo, todas as vezes que cruzo com esses patifes que vigiam vocês e os espancam por qualquer coisa. Não aguento mais os fuzilamentos no pátio; mas tenho que sobreviver, não acha? Preciso alimentar minha mulher, o filho que esperamos, compreende?

E me vejo consolando o enfermeiro! Sou eu o judeu, ruivo e quatro-olhos, em andrajos, a pele descarnada, coberta pelas bolhas que as pulgas deixam todas as manhãs em recordação de sua noite; sou eu, o prisioneiro que espreita a morte como esperamos nossa vez no médico, eu cuja barriga gorgoleja, eu que o tranquiliza quanto ao seu futuro!

Cabe a mim dizer-lhe tudo em que ainda acredito: os russos em Stalingrado, as frentes do Leste que se degradam, os preparativos para o desembarque e os alemães, que logo cairão do alto de suas guaritas, como as maçãs no outono.

E o enfermeiro me escuta; me escuta como uma criança quase sem medo agora. No fim da história, ali estamos os dois, um pouco cúmplices, ligados na nossa sorte. Quando percebo sua amargura vencida, repito para ele que em suas mãos está a vida de um garoto de apenas 17 anos.

— Ouça — diz o enfermeiro. — Amanhã irão descê-lo para a cela dos condenados; daqui até lá, se ele concordar, aplicarei uma atadura em seu ferimento, com um pouco de sorte, a infecção voltará e eles o trarão de volta. Mas nos próximos dias vocês terão que se virar para prolongar o estratagema.

Em seus armários encontramos desinfetante, mas nada de produto para infeccionar. Ou seja, essa sorte de que o enfermeiro fala significa urinar no curativo.

— Vá agora — ele me diz, olhando pela janela —, o passeio está no fim.

Junto-me novamente aos prisioneiros, os carcereiros não viram nada, e Jacques, passo a passo, aproxima-se de mim.

— E aí? — perguntou.

— E aí, tenho um plano!

* * *

E no dia seguinte, no outro dia e em todos os outros dias seguintes, na hora do passeio, eu organizava o meu, afastado dos demais. Ao passar diante do vestíbulo, eclipsava-me rapidamente da fila dos prisioneiros. Bastava eu girar a cabeça para ver Enzo, na cela dos condenados à morte, dormindo em seu colchonete.

— Puxa, você ainda está aí, Jeannot? — ele dizia enquanto se espreguiçava.

E todas as vezes soerguia-se, preocupado.

— Mas o que você continua fuçando, você está maluco, se o pegam, vão moê-lo de pancada.

— Sei disso, Enzo. Jacques me disse isso cem vezes, mas temos que refazer o curativo.

— É estranha essa sua relação com o enfermeiro.

— Não se preocupe com nada, Enzo, ele está do nosso lado, sabe o que está fazendo.

— E então? Tem notícias?

— Do quê?

— Ora, do desembarque! Estão em que pé os americanos? — indagou Enzo, como uma criança pergunta ao sair de um pesadelo se todos os monstros de sua noite voltaram mesmo para debaixo do assoalho.

— Escute, os russos estão dando o máximo, os alemães estão em debandada, dizem até que estariam em vias de libertar a Polônia.

— Ah, não diga, que notícia boa!

— Mas, acerca do desembarque, ainda não sabemos de nada por enquanto.

Eu disse isso com a voz triste e Enzo sentiu isso; seus olhos se vincaram, como se a morte puxasse seu lençol sobre ele, reduzindo as distâncias.

E o rosto de meu companheiro se fecha enquanto ele conta os dias.

Enzo levantou a cabeça com dificuldade, apenas o suficiente para me lançar uma olhadela.

— Você precisa mesmo ir embora, Jeannot, se o pegarem, você se dá conta?

— É o que eu pretendo fazer, mas para onde quer que eu vá?

Enzo achou engraçado, e era bom ver meu amigo sorrir.

— E sua perna?

Examinou-a e deu de ombros.

— Bom, não posso dizer que cheira muito bem!

— Claro, vai doer de novo, mas é melhor que o pior, não acha?

— Não se preocupe, Jeannot, sei disso; e depois doerá sempre menos que as balas que farão meus ossos explodirem. Agora vá, antes que seja tarde demais.

Seu rosto fica lívido e sinto um pontapé explodindo nas minhas costas. Não adianta ele gritar que eram uns canalhas, os guardas me espancam, sou dobrado em dois, meu ombro está no chão e o pisoteio continua. Meu sangue espalha-se pelo cimento. Enzo levantou-se e com as mãos agarradas nas barras de sua masmorra, suplica que me larguem.

— Ora, que beleza ver você de pé — zomba o guarda.

Eu queria evaporar, não sentir mais os socos que chovem na minha cara como um aguaceiro de agosto. Como está longe a primavera nesses frios dias de maio.

27

Desperto lentamente. Meu rosto dói, meus lábios estão colados pelo sangue seco. Meus olhos estão muito inchados para eu saber se a lâmpada no teto da solitária já está acesa. Mas ouço vozes pelo respiradouro, ainda estou vivo. Os companheiros estão no banho de sol.

* * *

Corre um filete de água da torneira fixada numa parede do lado de fora. Os companheiros se sucedem nela. Com os dedos enregelados mal seguram o sabonete que serve para o banho. Terminada a toalete, trocam algumas palavras e vão se aquecer ali onde um raio de sol se estica no chão do pátio.

Os guardas observam um dos nossos. Carregam em seus olhos o olhar dos abutres. As pernas do menino começam a tremer, os prisioneiros aglomeram-se ao redor dele, cercam-no para fazer uma muralha.

— Vamos, venha conosco! — diz o chefe.

— O que eles querem? — pergunta o menino Antoine, o medo no semblante.

— Venha, estamos falando! — ordena o carcereiro abrindo caminho entre os detentos.

As mãos se estendem para apertar as de Antoine, que é raptado da vida.

— Não se preocupe — murmura um dos companheiros.

— Mas o que querem de mim? — repete sem parar o adolescente, que é puxado pelos ombros.

Todos aqui sabem muito bem o que querem os abutres, e Antoine compreende. Ao sair do pátio, ele observa seus amigos, mudo: sua despedida é silenciosa, mas os prisioneiros imóveis ouvem seu adeus.

Os guardas levam-no de volta à sua cela. Ao entrarem, ordenam-lhe que pegue suas coisas, todas as suas coisas.

— Todas as minhas coisas?

— Você é surdo? Falei grego?

E enquanto Antoine enrola seu colchonete, é sua vida que ele embala; 17 anos de recordações, tudo rapidamente condicionado.

Touchin vacila em suas pernas.

— Vamos, venha — diz ele, com um esgar asqueroso em seus lábios grosseiros.

Antoine aproxima-se da janela, pega um lápis para rabiscar um bilhete para os que continuam no pátio, não os verá mais.

— E agora o que é? — diz o chefe, golpeando-o nos rins.

Puxam Antoine pelos cabelos, tão finos que são arrancados.

O garoto levanta-se e pega sua trouxa, aperta-a contra sua barriga e segue os dois guardas.

— Aonde vamos? — pergunta com a voz débil.

— Verá quando chegar!

E quando o carcereiro-chefe abre o portão gradeado da cela dos condenados à morte, Antoine ergue os olhos e sorri para o prisioneiro que o recebe.

— O que faz por aqui? — pergunta Enzo.

— Não sei — responde Antoine —, acho que me mandaram para cá para você se sentir menos sozinho. O que mais poderia ser?

— Mas claro, Antoine — responde Enzo com doçura. — O que mais poderia ser?

Antoine não diz mais nada, Enzo estende-lhe metade de seu pão, mas o garoto não quer.

— Precisa comer!

— Para quê?

Enzo levanta-se, saltita fazendo uma careta e vai sentar no chão, recostado no parede. Coloca a mão no ombro de Antoine e lhe mostra a perna.

— Acredita que eu me daria todo esse trabalho se não houvesse esperança?

Com os olhos esbugalhados, Antoine observa a ferida pingando pus.

— Então eles conseguiram — gagueja.

— Claro que sim, veja, eles conseguiram. Tenho inclusive notícias do desembarque, se quer saber tudo.

— Você, na cela dos condenados à morte, recebe esse tipo de notícia?

— Exatamente! E depois, meu pequeno Antoine, você não compreendeu nada. Aqui não é a cela de que você fala, mas a de dois resistentes, ainda vivos. Venha, tenho que lhe mostrar uma coisa.

Enzo procura em seu bolso e tira uma moeda de 40 sous toda esmagada.

— Guardei-a na bainha, sabe como é.

— Você deixou sua moeda num estado lamentável — suspira Antoine.

— Eu precisava primeiro apagar a efígie de Pétain. Agora que ela está toda lisa, veja o que eu tinha começado a gravar.

Antoine debruça-se sobre a moeda e lê as primeiras letras.

— O que diz sua frase?

— Ainda não está terminada, mas dirá: "Ainda restam bastilhas a tomar."

— Para ser sincero, Enzo, não sei se a sua maluquice é bonita ou se é completamente idiota.

— É uma citação. Não é de minha autoria, foi Jeannot que falou um dia. Você vai me ajudar a terminar porque, para ser tão sincero quanto você, com a volta da febre não tenho mais muitas forças, Antoine.

E enquanto Antoine desenha as letras com um prego velho sobre a moeda de 40 sous, Enzo, deitado no estrado acorrentado à parede, inventa notícias da guerra para ele.

Émile é comandante, levantou um exército, agora eles têm carros, morteiros e em breve canhões. A brigada foi reformada, eles atacam em toda parte.

— Como vê — conclui Enzo —, não somos nós que estamos fodidos, pode acreditar! E não é só isso, ainda não falei do desembarque. É para daqui a pouco, fique sabendo. Quando Jeannot sair da solitária, os ingleses e americanos estarão aqui, você vai ver.

À noite, Antoine não sabe direito se Enzo disse a verdade, ou se a febre e seu delírio confundem sonho e realidade.

De manhã, ele desfaz as ataduras, mergulha-as na bacia e as aplica novamente nele. No resto do dia cuida de Enzo, espreita sua respiração. Quando não está catando pulgas, trabalha sua moeda sem descanso e, sempre que grava uma nova palavra, murmura para Enzo que, no fim das contas, ele é que deve estar com a razão: juntos, verão a Libertação.

* * *

Dia sim, dia não, o enfermeiro vem lhe fazer uma visita. O carcereiro-chefe abre a grade e a fecha atrás dele, dando-lhe 15 minutos para cuidar de Enzo, nem um minuto a mais.

Antoine começara a desfazer a bandagem e se desculpa por isso.

O enfermeiro pousa sua caixa de pequenos socorros e abre a tampa.

— Nesse ritmo iremos matá-lo antes que o pelotão cuide disso.

Trouxe-lhes aspirina e um pouco de ópio.

— Não lhe dê muito: só volto daqui a dois dias e amanhã a dor será ainda mais forte.

— Obrigado — sussurra Antoine, quando o enfermeiro se levanta.

— De nada — diz o enfermeiro. — Estou lhe dando tudo que tenho — disse, desolado.

Enfia as mãos nos bolsos do jaleco e se volta para a grade da cela.

— Por favor, enfermeiro, qual é o seu nome? — pergunta Antoine.

— Jules, eu me chamo Jules.

— Então, obrigado, Jules.

E o enfermeiro se volta novamente para encarar Antoine.

— Fique sabendo que seu companheiro Jeannot voltou lá para cima.

— Ah, que boa notícia! — diz Antoine. — E os ingleses?

— Que ingleses?

— Ora, os Aliados, o desembarque, não está sabendo de nada? — indaga Antoine, estupefato.

— Ouvi alguma coisa, mas nada de preciso.

— Nada de preciso ou nada confirmado? Porque, o nosso caso, o meu e o dele, é parecido, dá para entender, Jules?

— E você, qual é o seu nome? — pergunta o enfermeiro.

— Antoine!

— Então, escute Antoine, esse Jeannot de quem eu falava agorinha, menti para ele quando ele veio me procurar para ajudar seu companheiro com a perna que eu havia tratado bem demais. Não sou médico, só enfermeiro, e se estou aqui é porque fui flagrado desviando lençóis e outros utensílios nos armários do hospital onde eu trabalhava. Peguei cinco anos; sou igual a você, um prisioneiro. Vocês, políticos, eu, um preso comum, enfim, diferente de vocês; eu não sou nada.

— Ora, claro que é, você é um excelente sujeito — diz Antoine para consolá-lo, percebendo claramente que o enfermeiro carrega mágoas no coração.

— Fracassei em tudo, queria ser como você. Você me dirá que não há nada a invejar daquele que vão fuzilar, mas eu gostaria de, por um instante, sentir o seu orgulho, ter a sua coragem. Conheci muitos rapazes como você. Afinal, eu já estava aqui quando guilhotinaram Langer. O que poderei dizer depois da guerra? Que fiquei no xilindró por ter surrupiado uns lençóis?

— Escute, Jules, você poderá dizer que cuidou da gente, e isso é muita coisa. Também poderá dizer que, a cada dois dias, você se arriscava para vir refazer o curativo de Enzo. Enzo é ele, o companheiro a quem você dispensa cuidados, caso não saiba. São importantes os nomes, Jules. É assim que nos lembramos das pessoas; mesmo quando estão mortas, continuamos às vezes a chamá-las pelo nome; porque, senão, é impossível. Como vê, Jules, há uma razão para tudo, minha mãe dizia isso. Você não roubou seus lençóis porque é um ladrão, mas porque tinha que ser preso para estar aqui nos ajudando. Ora, agora que as coisas estão indo melhor, Jules, vejo pelo seu rosto, você recuperou a cor, diga-me, quanto ao desembarque, então, como vão as coisas?

Jules vai até a grade e chama para virem resgatá-lo.

— Desculpe, Antoine, mas não posso mais mentir, não tenho mais forças. Não ouvi falarem nada sobre desembarque.

Esta noite, enquanto Enzo geme sua dor, transtornado pela febre, Antoine, de cócoras no chão, termina de gravar a palavra "bastilhas" numa moeda de 40 sous.

Na manhã cinzenta, Antoine ouve as trancas da cela vizinha se abrirem e fecharem. Os passos afastam-se em cadência. Alguns instantes mais tarde, agarrado nas barras da janela, ele ouve 12 estampidos esburacando o paredão dos fuzilados. Antoine ergue a cabeça; ao longe, ressoa o "Chant des partisans". Um canto imenso que atravessa as paredes da prisão Saint-Michel e chega até ele como um hino à esperança.

Enzo abre um olho e murmura:

— Antoine, acha que os companheiros também vão cantar quando me fuzilarem?

— Sim, Enzo, e mais alto ainda — responde gentilmente Antoine. — Tão alto que suas vozes serão ouvidas do outro lado da cidade.

28

Deixei a solitária e reencontrei os companheiros. Eles se cotizaram para me oferecer tabaco, o suficiente para enrolar pelo menos três cigarros.

No meio da noite, bombardeiros ingleses sobrevoam nossa prisão. Ao longe, ouvimos sirenes; agarro-me nas barras e olho para o céu.

O zumbido distante dos motores parece a chegada de um temporal; invade o espaço e ecoa na prisão.

Nos raios de luz que varrem o céu, vejo desenharem-se os telhados de nossa cidade. Toulouse, a cidade cor-de-rosa. Penso na guerra travada do outro lado dos muros, penso nas cidades da Alemanha e nas cidades da Inglaterra.

— Aonde eles vão? — pergunta Claude, sentado na enxerga.

Volto-me e, na sombra, observo os companheiros e seus corpos emagrecidos. Jacques está recostado no muro, Claude todo encolhido. As tigelas percutem nos muros e, das outras celas, erguem-se vozes para nos dizer "Estão ouvindo, pessoal?"

Sim, todos nós ouvimos esses rumores da liberdade, tão perto e tão longe ao mesmo tempo, a alguns milhares de metros acima de nossas cabeças.

Nos aviões, lá em cima, há sujeitos livres, garrafas térmicas de café, biscoitos, e cigarros à vontade; bem acima de nós, você se dá conta? E os pilotos, em seus macacões de couro, atravessam as nuvens, flutuam em meio às estrelas. Sob suas asas, a terra está escura, nenhuma luz, nem sequer a das prisões, e eles enchem nossos corações com uma lufada de esperança. Deus sabe que eu gostaria de pertencer às suas fileiras, que teria dado minha vida para estar sentado perto deles, mas minha vida, já entreguei-a à liberdade, aqui, numa masmorra de pedra na prisão Saint-Michel.

— E aí, para onde eles vão? — repete meu irmãozinho.

— Não faço a mínima ideia!

— Para a Itália! — afirma um dos nossos.

— Não, quando eles vão para lá, eles saem da África — responde Samuel.

— Então para onde? — Claude repete a pergunta. — O que eles fazem por aqui?

— Não sei, não sei, mas fique longe da janela, nunca se sabe.

— E você, que está grudado nas barras?!

— Eu olho e conto para você...

Apitos rasgam a noite, as primeiras explosões fazem tremer a prisão Saint-Michel e todos os prisioneiros se levantam e dão urras.

— Estão ouvindo, pessoal?

Sim, estamos ouvindo. É Toulouse sendo bombardeada enquanto o céu fica vermelho no horizonte. Os canhões antiaéreos começam a responder, mas os apitos continuam. Os companheiros juntam-se a mim sob as barras. Que fogos de artifício!

— Mas o que eles estão fazendo? — suplica Claude.

— Não sei — murmura Jacques.

A voz de um companheiro se ergue e começa a cantar. Reconheço o sotaque de Charles e me lembro da estação de Loubers.

Meu irmãozinho está perto de mim, Jacques defronte, François e Samuel em suas enxergas; embaixo, Enzo e Antoine. A 35ª Brigada não terminou de existir.

— Se pelo menos uma dessas bombas conseguisse derrubar os muros dessa gaiola... — diz Claude.

E na alvorada do dia seguinte ficaremos sabendo que durante a noite os aviões no céu rebocavam sob suas asas a aurora do desembarque.

Jacques tinha razão, a primavera está voltando, talvez Enzo e Antoine escapem.

* * *

Na madrugada do dia seguinte, três homens de preto entram no pátio. Um oficial fardado seguia-os.

O carcereiro-chefe recepciona-os, até ele está estupefato.

— Aguardem no escritório — diz —, preciso avisá-los, não estávamos esperando.

E, enquanto o carcereiro volta sobre seus passos, um caminhão atravessa o portão e 12 homens de capacete descem um depois do outro.

— Esta manhã, Touchin e Theil estão de folga, Delzer está de plantão.

— Isso tinha que cair em cima de mim — resmunga o substituto do carcereiro-chefe.

Atravessa o vestíbulo e se aproxima da cela, Antoine ouve os passos e se levanta.

— O que está fazendo aí, ainda está de noite, não é a hora da tigela?

— Pronto — diz Delzer —, eles estão aqui.

— Que horas são? — pergunta o rapazola.

O guarda consulta seu relógio, são 5 horas.

— É para nós? — pergunta Antoine.

— Não disseram nada.

— Então virão nos pegar?

— Daqui a uma meia hora, acho. Eles têm que preencher papéis, e depois terão que trancar os serventes.

O guarda procura no bolso, pega um maço de Gauloises e passa-o por entre as barras.

— Em todo caso, é melhor você acordar seu colega.

— Mas ele não consegue ficar de pé, não podem fazer isso! Não têm o direito, porra! — revolta-se Antoine.

— Eu sei — diz Delzer, abaixando a cabeça. — Vou sair, talvez seja eu que volte daqui a pouco.

Antoine aproxima-se da enxerga de Enzo. Dá-lhe um tapinha no ombro.

— Acorde.

Enzo sobressalta-se, abre os olhos.

— É agora — murmura Antoine —, estão aqui.

— Para nós dois? — pergunta Enzo, cujos olhos lacrimejam.

— Não, não podem fazer isso com você, seria muito nojento.

— Não diga isso, Antoine, me acostumei com sua companhia, irei com você.

— Cale-se, Enzo! Você não pode mais andar, proíbo que se levante, está me ouvindo? Posso ir sozinho, você sabe disso.

— Eu sei, amigo, eu sei.

— Puxa, temos dois cigarros de verdade, temos o direito de queimá-los.

Enzo levanta-se e risca um fósforo. Dá uma longa tragada e observa as espirais de fumaça.

— Então os Aliados ainda não desembarcaram?

— É melhor acreditar que não, meu velho.

* * *

Na cela-dormitório, cada um espera à sua maneira. Esta manhã, a sopa está atrasada. São 6 horas, os serventes ainda não entraram na galeria. Jacques anda de um lado para o outro; pela sua cara, vemos que está inquieto. Samuel continua prostrado contra a parede, Claude ajeita-se nas barras mas o pátio ainda está cinza, ele volta para se sentar.

— O que eles estão aprontando, caramba? — rumina Jacques.

— Canalhas! — responde meu irmãozinho.

— Acha que...?

— Cale-se, Jeannot! — ordena Jacques, que volta para se sentar, recostado na porta, a cabeça nos joelhos.

* * *

Delzer retornou à cela dos condenados. Está com o semblante desfigurado.

— Sinto muito, pessoal.

— E como irão transportá-lo? — suplica Antoine.

— Vão carregá-lo numa cadeira. O atraso é por causa disso. Tentei dissuadi-los, dizer-lhes que não se faz uma coisa dessas, mas eles cansaram de esperar que ele se curasse.

— Canalhas! — berra Antoine.

E é Enzo quem o consola.

— Quero ir andando!

Levanta-se, tropeça e cai. A atadura se desfaz, sua perna está toda podre.

— Vão trazer uma cadeira para você — suspira Delzer. — Não vale a pena sofrer mais.

E depois dessas palavras, Enzo ouve passos se aproximando.

* * *

— Você ouviu? — disse Samuel, reerguendo-se.

— Ouvi — murmura Jacques.

No pátio, ressoam os passos dos policiais.

— Vá até a janela, Jeannot, e relate o que está acontecendo.

Caminho até as barras, Claude faz escadinha para mim. Atrás de mim, os companheiros esperam eu lhes contar a triste história de um mundo em que dois garotos perdidos na madrugada são arrastados para a morte, aquela em que um deles vacila sobre uma cadeira carregada por dois policiais.

Um, de pé, que é amarrado no poste, o outro, que é depositado bem ao lado dele.

Doze homens se alinham. Ouço os dedos de Jacques estalando de tanto ele apertá-los, e 12 tiros espocando na aurora de um último dia. Jacques berra um "Não!" ainda mais alto que os cantos que se erguem, ainda mais comprido que as estrofes da "Marselhesa" entoada.

As cabeças de nossos companheiros oscilam e tombam, os peitos perfurados esvaem-se em sangue; a perna de Enzo ainda estremece, retesa-se e a cadeira cai para o lado.

Seu rosto está na areia, e no silêncio que retorna juro que ele sorri.

* * *

Esta noite, 5 mil navios que partiram da Inglaterra atravessaram o canal da Mancha. Ao amanhecer, 18 mil paraquedistas desceram do céu e os soldados americanos, ingleses e canadenses desembarcavam aos milhares nas praias da França; 3 mil deixaram suas vidas ali nas primeiras horas da manhã, a maioria repousa nos cemitérios da Normandia.

Estamos em 6 de junho de 1944, são 6 horas. Ao nascer do dia, no pátio da prisão Saint-Michel em Toulouse, Enzo e Antoine foram fuzilados.

29

Durante as três semanas que se seguiram, os Aliados conheceram o inferno na Normandia. Cada dia trazia seu lote de vitórias e esperança; Paris ainda não fora libertada, mas a primavera que Jacques tanto esperara anunciava-se e, ainda que estivesse atrasada, ninguém poderia lhe querer mal por isso.

Todas as manhãs, na hora do passeio, trocávamos novidades sobre a guerra com nossos companheiros espanhóis. Agora, temos certeza, não irão demorar a nos libertar. Mas o intendente de polícia Marty, a quem o ódio nunca abandonou, decidiu de outra forma. No fim do mês, dá ordens para a administração penitenciária entregar todos os prisioneiros políticos aos nazistas.

De madrugada, somos reunidos na galeria, sob a vidraça fosca. Cada um carrega sua trouxa, sua tigela e seus magros pertences.

O pátio está cheio de caminhões e os Waffen-SS ladram para nos fazer entrar em formação. A prisão está sob estado de sítio. Somos cercados. Os soldados berram e nos fazem avançar na base de coronhadas de fuzil. Na fila, encontro

Jacques, Charles, François, Marc, Samuel, meu irmãozinho e todos os companheiros sobreviventes da 35ª Brigada.

Com os braços nas costas, o carcereiro-chefe Theil, cercado por alguns guardas, nos encara e seus olhos faíscam antipatia.

Debruço-me no ouvido de Jacques e murmuro:

— Olhe para ele, está lívido. Saiba que prefiro estar no meu lugar do que no dele.

— Mas você se dá conta de para onde vamos, Jeannot!

— Sim, mas iremos de cabeça altiva e ele viverá sempre de cabeça baixa.

Todos esperávamos a liberdade e todos partimos em fila, acorrentados, quando as portas da prisão se abrem. Atravessamos a cidade sob escolta e os raros transeuntes, silenciosos nessa manhã pálida, observam o grupo de prisioneiros sendo levados para a morte.

Na estação de Toulouse, onde lembranças vêm à tona, um trem de carga nos espera.

Alinhando-se na plataforma, todos nós sabemos muito bem para onde esse trem nos leva. Ele é um dos muitos que, há longos meses, atravessam a Europa, aqueles cujos passageiros nunca retornam.

Estação terminal em Dachau, Ravensbrück, Auschwitz, Birkenau. É para o trem fantasma que nos empurram, como animais.

Terceira Parte

30

O sol ainda não está muito alto no céu, os quatrocentos prisioneiros do campo do Vernet esperam na plataforma não obstante já impregnada pela tepidez do dia. Os 150 detentos da prisão Saint-Michel juntam-se a eles. No trem, alguns vagões de passageiros são acoplados entre os vagões de mercadorias a nós reservados. Ali embarcam alemães culpados de delitos menores. Voltam para casa, sob escolta. Membros da Gestapo, que conseguiram ser repatriados com suas famílias, embarcam por sua vez. Os Waffen-SS sentam-se nos estribos, fuzil no colo. Perto da locomotiva, o chefe do trem, o tenente Schuster, dá ordens a seus soldados. Na ponta do comboio, prendem uma plataforma na qual são montados um imenso holofote e uma metralhadora. Os SS nos agridem. A cabeça de um prisioneiro não volta para um deles. Ele lhe desfere uma coronhada. O homem rola no chão e levanta-se novamente segurando a barriga. As portas das vagões de gado se abrem. Volto-me e olho pela última vez a cor do dia. Nenhuma nuvem, é um dia quente de verão que se anuncia, e parto para a Alemanha.

Entretanto, a plataforma está coberta de gente, filas de deportados formaram-se diante de cada vagão, e eu, estranhamente, não ouço mais nenhum barulho. Enquanto nos empurram, Claude debruça-se no meu ouvido.

— Dessa vez, é a última viagem!

— Cale-se!

— Quanto tempo acha que resistiremos lá?

— O tempo que for preciso. Proíbo-o de morrer.

Claude dá de ombros, é sua vez de subir, ele me estende a mão, sigo-o. Atrás de nós, fecha-se a porta do vagão.

Meus olhos precisam de um pouco de tempo para se acostumar com a escuridão. Tábuas cheias de arames farpados estão pregadas na claraboia. Somos setenta amontoados nesse vagão, talvez um pouco mais. Percebo que, para descansar, teremos que nos revezar para deitar.

Não demora a chegar o meio-dia, o calor é insuportável e o trem continua sem se mexer. Se nos movêssemos talvez, tivéssemos um pouco mais de ar, mas nada acontece. Um italiano que não se aguenta mais de sede mija nas mãos e bebe a própria urina. Ei-lo que vacila e desmaia. Três de nós o amparamos sob o tênue fio de ar que passa pela claraboia. Mas enquanto o reanimamos, outros perdem a consciência e desmoronam.

— Escutem! — murmura meu irmãozinho.

Esticamos o ouvido e o observamos, intrigados.

— Shhh — ele insiste.

É o ronco da tempestade que ele ouve, e já grossas gotas explodem no teto. Meyer se precipita, estica os braços para os arames farpados e se fere; não importa, ao seu sangue que escorre sobre sua pele mistura-se um pouco de água da chuva, que ele lambe. Seu lugar é disputado por outros. Sedentos, esgotados, intimidados, os homens estão em vias de se transformar em animais; mas, enfim, como lhes querer mal por perderem a razão, não estamos armazenados nos vagões dos animais?

Um sacolejo, o trem se move. Percorre alguns metros e se imobiliza.

É minha vez de sentar. Claude está ao meu lado. Recostado na divisória, joelhos encolhidos para ocupar o mínimo de espaço possível. Faz 40 graus e sinto a respiração arfante, como a dos cães que fazem a sesta sobre a pedra quente.

O vagão está silencioso. Às vezes, um homem tosse antes de desmaiar. Na antecâmara da morte, pergunto-me em que pensa aquele que conduz a locomotiva, em que pensam as famílias alemãs que ocupam assentos confortáveis em seus compartimentos, aqueles homens e mulheres que, a dois vagões de nós, bebem de acordo com sua sede e comem de acordo com sua fome. Será que há entre eles alguns que imaginam aqueles prisioneiros asfixiados, aqueles adolescentes inanimados, todas aquelas criaturas humanas de quem pretendem confiscar a dignidade antes de assassiná-las?

— Jeannot, precisamos sair daqui antes que seja tarde demais.

— E como?

— Não sei, mas gostaria que pensasse nisso junto comigo.

Ignoro se Claude disse isso porque acredita realmente que uma evasão é possível, ou simplesmente porque sentia que eu estava entrando em desespero. Mamãe sempre nos dizia que a vida só dependia da esperança. Eu queria sentir seu perfume, ouvir sua voz e me lembrar de que, há apenas alguns meses, eu era uma criança. Revejo seu sorriso congelando-se, ela me diz palavras que não ouço. "Salve a vida do seu irmãozinho", articulam seus lábios, "não desista, Raymond, não desista!"

— Mamãe?

Uma bofetada estala na minha face.

— Jeannot?

Balanço a cabeça e na bruma vejo a cara confusa do meu irmãozinho.

— Acho que você estava prestes a revirar os olhos — ele me diz, desculpando-se.

— Pare de me chamar de Jeannot, isso não faz mais sentido.

— Enquanto não tivermos vencido a guerra, continuarei a chamá-lo de Jeannot.

— Como preferir.

Anoitece. O trem não se mexeu o dia inteiro. Amanhã ele mudará diversas vezes de carril, mas continuará na estação. Os soldados gritam, prendem novos vagões. Ao cair do dia seguinte, os alemães distribuem para cada um uma pasta de frutas e uma côdea de pão de centeio para três dias, mas nada de água ainda.

No dia seguinte, quando o trem finalmente parte, nenhum de nós tem forças para se dar conta disso na hora.

Álvarez soergueu-se. Observa os riscos que a luz desenha no chão ao atravessar as tábuas pregadas na claraboia. Ele se volta e olha para nós, antes de rasgar as mãos empurrando os fios de arame farpado.

— O que está fazendo? — indaga um homem, intimidado.

— O que acha?

— Não vai fugir, espero?

— O que é que você tem com isso? — responde Álvarez, chupando o sangue que corre de seus dedos.

— Tenho que se você for preso eles fuzilarão dez à guisa de represália. Não ouviu eles dizerem isso na estação?

— Ora, se estiver determinado a ficar aqui e eles o escolherem, agradeça-me. Terei abreviado seus sofrimentos. Para onde acha que esse trem está nos levando?

— Não faço ideia e não quero fazer! — geme o homem, agarrando-se ao casaco de Álvarez.

— Para os campos da morte! É neles que estarão aqueles que não tiverem sufocado antes, asfixiados pelo inchamento da própria língua. Deu para entender? — berra Álvarez, desvencilhando-se das garras do deportado.

— Fuja então e deixe-o em paz — interpõe-se Jacques; e ajuda Álvarez a afastar as tábuas da claraboia.

Álvarez está no fim das forças, tem apenas 19 anos, e o desespero mistura-se à sua cólera.

As ripas são trazidas para dentro do vagão. O ar entra finalmente, e, ainda que alguns receiem o que nosso amigo vai fazer, todo mundo desfruta do frescor que penetra.

— Lua escrota! — resmunga Álvarez. — Veja essa claridade de merda, parece que estamos em pleno dia.

Jacques olha pela janela, ao longe uma curva, uma floresta desenha-se na noite.

— Ande logo, se quiser pular é agora!

— Alguém vai comigo?

— Eu — responde Titonel.

— Eu também — acrescenta Walter.

— Veremos depois — ordena Jacques —, vamos, suba, vou fazer a escadinha.

E eis o companheiro preparando-se para executar o plano que tem na cabeça desde que as portas do vagão se fecharam há dois dias. Dois dias e duas noites, mais longas que todas as do inferno.

Álvarez iça-se para a claraboia e passa primeiro as pernas antes de se voltar. Terá que se agarrar no flanco e deixar o corpo escorregar. O vento esbofeteia suas faces e lhe restitui algumas forças, se é que estas não renascem da esperança na salvação. Basta que o soldado alemão na ponta do trem, aquele postado atrás de sua metralhadora, não o veja; basta que não olhe em sua direção. Apenas alguns segundos, o tempo do bosquezinho se aproximar, é ali que irá pular. E, se não quebrar o pescoço caindo no balastro, então será no escuro da floresta que encontrará essa salvação. Mais alguns segundos, e Álvarez se solta. Imediatamente as metralhadoras crepitam; atiram de tudo que é lado.

— Eu tinha dito para vocês! — grita o homem. — Era uma loucura.

— Cale-se! — ordena Jacques.

Álvarez rola pelo chão. As balas rasgam a terra à sua volta. Está com as costelas quebradas, mas está vivo. Ei-lo correndo na disparada. Às suas costas, ouve o rangido dos freios do trem. Uma matilha já se lança em sua perseguição; e enquanto ele se esgueira por entre as árvores, correndo até perder o fôlego, os disparos espocam à sua volta, esfacelando as cascas dos pinheiros que o cercam.

A floresta se ilumina: à frente espicha-se o Garonne como uma longa fita prateada na noite.

Oito meses de prisão, oito meses de privação de comida, aos quais vêm acrescentar-se aqueles dias terríveis no trem; mas Álvarez tem a alma de um atleta. Carrega dentro de si a força proporcionada pela liberdade. E, quando se joga no rio, Álvarez pensa que, se conseguiu, outros o seguirão; logo, não morrerá afogado, os companheiros merecem essa viagem. Não, Álvarez não morreu essa noite.

Quatrocentos metros adiante, iça-se para a margem oposta. Titubeando, caminha em direção à única luz que brilha à sua frente. É a janela iluminada de uma casa que margeia uma plantação. Um homem vem ao seu encontro, pega-o nos braços e o carrega até sua residência. Tinha ouvido a fuzilaria. Sua filha e ele lhe oferecem hospitalidade.

De volta à via férrea, os SS que não descobriram sua presa estão furiosos, dão pontapés e coronhadas nos flancos dos vagões, como para proibir qualquer murmúrio. Provavelmente haverá represálias, mas não por ora. O tenente Schuster decidiu recolocar seu comboio em marcha. Com a Resistência que agora se estende pela região, é bom não vacilar por aqui. O trem poderia ser atacado. Os soldados voltam a bordo e a locomotiva se move.

Nuncio Titonel, que devia pular logo depois de Álvarez, foi obrigado a desistir. Promete tentar a façanha uma próxima vez. Quando ele fala, Marc abaixa a cabeça. Nuncio é irmão de Damira. Depois de sua prisão, Marc e Damira foram separados e desde os seus interrogatórios ele ignora o paradeiro dela. Na prisão Saint-Michel nunca teve notícias e seus pensamentos não conseguem abandoná-la. Nuncio olha para ele, suspira e vem sentar-se ao seu lado. Nunca ousaram falar da mulher que teria podido transformá-los em dois irmãos se a liberdade de amar lhes fosse concedida.

— Por que não me disse que estavam juntos? — pergunta Nuncio.

— Porque ela tinha me proibido.

— Que ideia maluca!

— Ela temia a reação, Nuncio. Não sou italiano...

— Se soubesse como estou me lixando para o fato de você não ser do nosso país, contanto que a ame e a respeite. Somos todos estrangeiros para alguém.

— Sim, somos todos estrangeiros para alguém

— Mesmo assim eu sabia, desde o primeiro dia.

— Quem contou?

— Precisava ver a cara dela quando voltou para casa, a primeira vez que vocês devem ter se beijado! E quando partia em missão com você ou para algum lugar onde devia encontrá-lo, ela passava uma eternidade se arrumando. Não precisava ser muito esperto para perceber.

— Por favor, Nuncio, não fale dela no passado.

— Cá entre nós, Marc, a uma altura dessas ela deve estar na Alemanha, não alimento muitas ilusões.

— Então por que me fala disso agora?

— Porque antes eu achava que, se nos safássemos, se fôssemos libertados, eu não queria que você desistisse.

— Se você fugir, vou com você, Nuncio!

Nuncio fita Marc. Coloca a mão dele no seu ombro e o abraça.

— O que me tranquiliza é que Osna, Sophie e Marianne estão com ela; você verá, elas se unirão. Osna cuidará para que elas se saiam dessa, ela nunca as abandonará, pode acreditar nisso!

— Acha que Álvarez conseguiu?

Não sabíamos se nosso companheiro tinha sobrevivido, mas, em todo caso, conseguira fugir e, para todos nós, a esperança renascia.

Algumas horas mais tarde, chegávamos a Bordeaux.

* * *

De madrugada, as portas se abrem. Finalmente nos dão um pouco de água, que precisamos beber primeiro umedecendo os lábios, depois em pequenos goles, antes que a garganta aceite abrir-se para deixar passar o líquido. O tenente Schuster nos autoriza a descer em grupos de quatro ou cinco. O tempo de nos aliviarmos perto da ferrovia. Cada saída é acompanhada por soldados armados; alguns carregam granadas para impedir uma fuga coletiva. É diante deles que nos acocoramos; é apenas uma humilhação a mais, precisamos conviver com isso. Meu irmãozinho olha para mim, o semblante triste. Sorrio para ele um sorriso nada convincente.

31

4 de julho

As portas são novamente fechadas e o calor aumenta instantaneamente. A bordo do vagão, os homens se deitaram no piso. Nós, os companheiros da brigada, sentamos recostados na parede do fundo. Olhando-nos assim, alguém poderia achar que somos seus filhos, e no entanto, no entanto...

Discutimos o itinerário, Jacques aposta em Angoulême, Claude sonha com Paris, Marc tem certeza de que rumamos para Poitiers, a maioria concorda com Compiègne. Lá há um campo de trânsito que serve de estação de baldeação. Todos nós sabemos que a guerra prossegue na Normandia, parece que lutam na região de Tours. Os exércitos aliados avançam ao nosso encontro, e nós avançamos ao encontro da morte.

— Sabe — disse meu irmãozinho —, acho que somos mais reféns do que prisioneiros. Talvez eles nos abandonem na fronteira. Todos esses alemães querem voltar para casa e, se o trem não chegar à Alemanha, Schuster e seus homens serão capturados. Na verdade, eles receiam que a Resistência exploda trilhos para atrasá-los. É por isso que o trem não anda. Schuster está tentando passar entre as malhas da rede. De um lado, está acuado pelos companheiros dos maquis, e, do outro, morre de cagaço de um bombardeio da aviação inglesa.

— De onde tirou essa ideia? Imaginou isso tudo sozinho?

— Não — ele admite. — Enquanto mijávamos nos trilhos, Meyer ouviu a conversa de dois soldados.

— E Meyer entende alemão? — indaga Jacques.

— Ele fala iídiche...

— E onde está Meyer, agora?

— No vagão contíguo — responde Claude.

E, mal terminou sua frase, o trem novamente se imobiliza. Claude sobe até a claraboia. Ao longe, vemos a plataforma de uma pequena estação, é Parcoul-Médillac.

São 10 horas, não há sombra de passageiros nem de agentes ferroviários. O silêncio envolve os campos vizinhos. O dia espicha-se num calor insuportável. Sentimos falta de ar. Para nos ajudar a resistir, Jacques conta uma história, François escuta-o sentado a seu lado, perdido em seus pensamentos. Um homem geme no fundo do vagão, perde os sentidos. Eu e mais dois companheiros o carregamos na direção da claraboia, onde há um pouco de ventilação. Outro rodopia em torno de si mesmo, parece estar enlouquecendo, começa a berrar, sua queixa é lancinante, e ele também cai. O dia transcorre dessa forma, a alguns metros da pequena estação, um 4 de julho, em Parcoul-Médillac.

32

São 16 horas. Jacques não tem mais saliva, calou-se. Alguns murmúrios perturbam a expectativa insuportável.

— Você tem razão, precisamos pensar em fugir — eu digo, sentando-me perto de Claude.

— Tentaremos o golpe quando tivermos certeza de escaparmos todos juntos — ordena Jacques.

— Shhh! — murmura meu irmãozinho.

— O que há?

— Cale-se e escute!

Claude levanta-se, eu faço o mesmo. Ele vai até a claraboia e olha à sua frente. Será novamente o barulho da tempestade que meu irmãozinho ouve antes dos outros?

Os alemães deixam o trem e correm na direção dos campos, Schuster à frente. Os membros da Gestapo e suas famílias precipitam-se para se proteger nas colinas. Lá, os soldados instalam submetralhadoras cujos alvos somos nós, para evitar qualquer fuga. Claude agora observa o céu, esticando os ouvidos.

— Aviões! Recuem e deitem-se — ele berra.

Ouve-se o ronco dos aviões se aproximando.

O jovem capitão da esquadrilha de caças comemorou seus 23 anos ontem, na cantina dos oficiais num aeródromo do sul da Inglaterra. Hoje desliza pelos ares. Sua mão segura o manche, o polegar no botão que aciona as metralhadoras das asas. À sua frente, um trem imóvel nos trilhos da ferrovia, o ataque será fácil. Ele ordena a seus colegas que entrem em formação, preparem-se para o ataque, e seu avião mergulha rumo ao solo. Os vagões desenham-se no seu visor, não resta dúvida de que se trata de uma carga de mercadorias alemãs destinadas a abastecer o front. A ordem é destruir tudo. Atrás dele, seus parceiros alinham-se no azul do céu, estão prontos. O trem está ao alcance do fogo. O polegar do piloto roça no gatilho. Em seu cockpit, o calor também é grande.

Agora! As asas estremecem e balas traçantes longas como punhais disparam na direção do trem que a esquadrilha sobrevoa, sob a reação dos soldados alemães.

No nosso vagão, as divisórias de madeira vão pelos ares sob os impactos. Projéteis assobiam de tudo que é lado; um homem berra e tomba, outro segura as vísceras que transbordam de sua barriga rasgada, um terceiro tem a perna arrancada; é uma carnificina. Os prisioneiros tentam proteger-se atrás de suas magras bagagens; esperança ridícula de sobreviver ao ataque. Jacques jogou-se sobre François, oferecendo-lhe seu corpo como escudo. Os quatro aviões ingleses se sucedem, o ronco dos motores fustiga surdamente nossas têmporas, mas ei-los já se afastando e ganhando altura. Pela claraboia, dá para vê-los fazendo uma curva ao longe e retornando na direção do comboio, de uma grande altitude dessa vez.

Preocupo-me com Claude e o aperto nos braços. Seu rosto está muito pálido.

— Você não tem nada?

— Não, mas você está sangrando no pescoço — diz meu irmãozinho, passando a mão no meu ferimento.

Foi só um estilhaço que rasgou a pele. À nossa volta, reina a desolação. Há seis mortos no vagão e outros tantos feridos. Jacques, Charles e François estão sãos e salvos. Não fazemos ideia das baixas nos outros vagões. Sobre a colina, um soldado alemão chafurda no próprio sangue.

Ao longe, percebemos o barulho dos aviões aproximando-se.

— Estão voltando — anuncia Claude.

Olhei o sorriso desolado que se desenhava em seus lábios, como se ele quisesse me dizer adeus sem ousar desobedecer à ordem que eu lhe dera para continuar vivo. Não sei o que me deu. Meus gestos simplesmente se encadearam, movidos por essa outra ordem que minha mãe me dera num pesadelo recente. "Salve a vida do seu irmãozinho."

— Passe-me sua camisa! — gritei para Claude.

— O quê?

— Tire-a imediatamente e me dê.

Fiz a mesma coisa com a minha, era azul, a do meu irmãozinho vagamente branca e, do corpo de um homem que jazia à minha frente, arranquei o tecido vermelho de sangue.

Com os três panos na mão, precipitei-me para a claraboia, Claude fez a escadinha para mim. Passei o braço para fora, e, observando os aviões que arremetiam sobre nós, agitei a mão e minha bandeira da sorte.

* * *

O sol incomoda o jovem comandante da esquadrilha dentro de seu cockpit. Ele desvia um pouco o olhar para não se deixar ofuscar. Seu polegar acaricia o gatilho. O trem ainda está fora de alcance, mas dentro de poucos segundos ele poderá ordenar uma segunda saraivada. Ao longe, a locomotiva solta fumaça pelos flancos. Prova de que as balas atravessaram a caldeira.

Mais uma passagem, talvez, e nunca mais esse comboio poderá retomar viagem.

A ponta de sua asa esquerda parece grudada na de seu parceiro. Ele lhe faz sinal, o ataque é iminente. Ele observa em seu visor e se espanta com uma mancha colorida que aparece no flanco de um vagão. Parece agitar-se. Será o reflexo do cano de um fuzil? O jovem piloto conhece as estranhas difrações da luz. Quantas vezes, nas alturas, já atravessou arco-íris que não vemos da terra, com riscos multicoloridos ligando as nuvens.

O aparelho inicia seu mergulho e a mão do piloto no manche se prepara. Diante dele, a mancha vermelha e azul continua a se agitar. Fuzis coloridos não existem, e depois aquele pano branco no meio não acaba formando a bandeira francesa? Seu olhar fixa-se naqueles pedaços de pano agitados do interior de um vagão. O sangue do capitão inglês dá apenas uma volta, seu polegar se imobiliza.

— *Break, break, break!* — ele berra no rádio de bordo, e, para se certificar de que seus parceiros ouviram sua ordem, faz uma curva brusca, move as asas e recupera altitude.

Atrás dele, os aviões rompem sua formação e tentam segui-lo; parece um esquadrão de zangões enlouquecidos escalando o céu.

Da claraboia vejo os aviões se afastarem. Sinto os braços do meu irmãozinho relaxando sob meus pés, mas me agarro na parede para ver os aviadores continuarem a voar.

Eu queria ser um deles; esta noite, eles estarão na Inglaterra.

— E então? — suplica Claude.

— Então acho que compreenderam. O movimento das asas foi uma saudação.

Lá em cima, os aparelhos reagrupam-se. O jovem comandante da esquadrilha informa aos outros pilotos. O comboio que eles metralharam não é um trem de carga. A bordo, estão prisioneiros. Ele viu um deles agitando uma bandeira para avisá-los.

O piloto inclina seu manche, o avião aderna e desliza sobre sua asa. De baixo, Jeannot o vê fazer meia-volta e retroceder para se posicionar na traseira do trem. E em seguida mergulhar novamente na direção do solo; dessa vez, seu aspecto é calmo. O aparelho atravessa novamente o trem. Parece planar dando rasantes, a apenas alguns metros do solo.

Colados nas colinas os soldados alemães não retornam, nenhum deles ousa se mexer. O piloto, por sua vez, não desgruda os olhos daquela bandeira da sorte que um prisioneiro continua a agitar na claraboia de um vagão. Quando chega à sua altura, diminui mais, no limite da arremetida. Seu rosto se volta. No espaço de dois segundos, dois pares de olhos azuis se fixam. Os de um jovem tenente inglês a bordo de um caça da Royal Air Force e os de um jovem prisioneiro judeu sendo deportado para a Alemanha. A mão do piloto dirige-se à sua viseira e ela homenageia o prisioneiro que lhe retribui a saudação.

Em seguida o avião recupera altitude, acompanhando seu voo com uma última saudação das asas.

— Foram embora? — pergunta Claude.

— Foram. Esta noite estarão na Inglaterra.

— Um dia você pilotará, Raymond, juro!

— Eu achava que você queria me chamar de Jeannot até...

— Quase vencemos a guerra, mano, observe os rastilhos no céu. A primavera voltou. Era Jacques que tinha razão.

Nesse 4 de julho de 1944, às 16h10, dois olhares se cruzavam em meio à guerra; apenas alguns segundos, mas, para dois rapazes, o tempo de uma eternidade.

* * *

Os alemães se reergueram e reapareceram em meio ao capinzal. Retornam ao trem. Schuster precipita-se para a locomotiva a fim de avaliar os danos. Enquanto isso, quatro homens são levados até o muro de um armazém construído perto da estação. Quatro prisioneiros que haviam tentado fugir, aproveitando-se do ataque aéreo. São alinhados e imediatamente liquidados pela metralhadora. Estendidos na plataforma, seus corpos inertes banham-se no sangue, seus olhos vítreos parecem nos observar e nos dizer que, para eles, o inverno terminou hoje, às margens dos trilhos dessa ferrovia.

A porta de nosso vagão se abre, o Feldgendarme tem um acesso de náusea. Dá um passo atrás e vomita. Outros dois soldados juntam-se a ele, uma das mãos na frente da boca para não sentir a atmosfera pútrida que reina por aqui. O cheiro ácido da urina mistura-se ao dos excrementos, à pestilência das vísceras de Bastien, aquele que teve a barriga rasgada.

Um intérprete anuncia que os mortos serão retirados dos vagões daqui a algumas horas e, pelo calor reinante, ficamos sabendo que de agora em diante cada minuto será intolerável.

Pergunto-me se eles se darão ao trabalho de enterrar os quatro homens assassinados que ainda jazem a alguns metros.

Pedem ajuda nos vagões vizinhos. Há tudo que é tipo de profissão nesse trem. Os fantasmas que o povoam são operários, advogados, marceneiros, engenheiros, professores. Um médico, também prisioneiro, é autorizado a socorrer os numerosos feridos. Chama-se Van Dick, um cirurgião espanhol que serviu como médico durante três anos no acampamento do Vernet o auxilia. Em vão passam as horas seguintes tentando salvar algumas vidas, impossível; eles não têm nenhum material e o calor inclemente não tardará a dar fim aos que ainda gemem. Alguns suplicam que avisem suas famílias, outros sorriem ao expirar, como se sentissem livres de seus sofrimentos. Aqui em Parcoul-Médillac, ao cair do dia, morre-se às dezenas.

A locomotiva está fora de ação. O trem não partirá esta noite. Schuster pede outra, que somente chegará à noite.

Daqui até lá os ferroviários terão tido tempo de sabotá-la um pouco, seu reservatório de água será furado, e o comboio deverá parar várias vezes para abastecer.

A noite está silenciosa. Deveríamos nos rebelar, mas não temos mais forças para isso. A canícula pesa sobre nós como uma placa de chumbo e nos mergulha a todos numa semiinconsciência. Nossas línguas começam a inchar, tornando a respiração difícil. Álvarez estava certo.

33

— Acha que ele conseguiu? — pergunta Jacques.

Álvarez merecia a oportunidade que a vida lhe dera. O homem e a filha que o haviam acolhido lhe haviam sugerido que ficasse na casa deles até a Libertação. Entretanto, assim que se recuperou de seus ferimentos, Álvarez agradeceu-lhes pelos cuidados e a comida, mas tinha que voltar ao combate. O homem não insistiu, sabia ser seu interlocutor resoluto. Então, recortou um mapa da região que figurava em seu calendário dos PTT e o entregou ao companheiro. Ofereceu-lhe também uma faca e o incentivou a ir para Saint-Bazeille. Lá, o chefe da estação integrava a Resistência. Quando Álvarez chegou ao local mencionado, sentou-se no banco defronte da plataforma. O chefe em questão não demorou a reparar nele e logo o chamou a seu escritório. Informou-o de que os SS da região ainda o procuravam. Levou-o para uma despensa onde estavam guardadas algumas ferramentas e uniformes de ferroviário, fez com que vestisse um casaco cinzento, enfiou um gorro em sua cabeça e entregou-lhe uma picareta leve. Após ter verificado o estado de sua roupa, pediu-lhe que o seguisse ao longo da ferrovia. No caminho, cruzaram com duas patrulhas alemãs. A primeira mostrou indiferença, a segunda os saudou.

Chegaram à casa do seu guia ao entardecer. Álvarez foi recebido pela mulher do chefe da estação e por seus dois filhos. A família não lhe pediu nada. Ao longo de três dias, foi alimentado e tratado com um carinho infinito. Seus salvadores eram bascos. Na terceira manhã, um trator antes preto parou diante da casinha, onde Álvarez recobrava forças. A bordo, três membros da FTP vinham buscá-lo para retornar com eles ao combate.

* * *

6 de julho

Ao amanhecer, o trem continua a avançar. Logo passamos diante da estaçãozinha de uma aldeia com um nome engraçado. Nos painéis, podemos ler "Charmant". Diante das circunstâncias, a ironia dessa geografia nos diverte. Porém, bruscamente, o trem imobiliza-se de novo. Enquanto sufocamos nos vagões, Schuster irrita-se com essa enésima parada e cogita um novo itinerário. O tenente alemão sabe ser impossível a progressão para o norte. Os Aliados avançam inexoravelmente e ele teme cada vez mais as ações da Resistência, que explode os trilhos para retardar nossa deportação.

* * *

De repente a porta se abre e chacoalha com estrépito. Ofuscados, vemos em sua moldura o soldado alemão ladrando. Claude olha para mim, intrigado.

— A Cruz Vermelha está aqui, alguém precisa ir pegar um balde na plataforma — diz um deportado que nos serve de intérprete.

Jacques aponta para mim. Pulo do vagão e caio de joelhos. Tudo indica que minha cara de ruivo desagrada ao Feldgendarme plantado à minha frente: nossos olhares se cruzam e eis que ele me golpeia o rosto com uma magistral coronhada. Projeto-me para trás e caio de bunda no chão. Às apalpadelas, procuro meus óculos. Finalmente, aqui estão. Recolho os cacos, enfio-os no bolso e, numa neblina densa, grudo nos calcanhares do soldado, que me arrasta para trás de uma cerca viva. Com o cano do fuzil, aponta um balde d'água e uma caixa de papelão que contém côdeas de pão preto a ser dividido. Dessa forma, organiza-se um reabastecimento para cada vagão. E compreendo que as pessoas da Cruz Vermelha e nós nunca vamos nos ver.

Quando volto ao vagão, Jacques e Charles precipitam-se para a porta a fim de me ajudar a subir. À minha volta, vejo apenas uma densa neblina tingida de vermelho. Charles limpa minha cara, mas a neblina não se dissipa. Então compreendo o que acaba de me acontecer. Já disse a você, a natureza não se divertiu o bastante ao dar cor de cenoura aos meus cabelos, também precisou me fazer míope como uma toupeira. Sem meus óculos, o mundo é turvo, sou cego, apto tão somente a saber se é dia ou noite, mal capaz de discernir as formas que se movem à minha volta. Entretanto, reconheço a presença do meu irmãozinho ao meu lado.

— Minha nossa, esse canalha acabou com você.

Tenho nas mãos o que sobrou dos meus óculos. Um caquinho de vidro à direita da armação, outro apenas um pouco maior balança do lado esquerdo. Claude deve estar muito cansado para não ver que seu irmão está sem nada no nariz. E sei que ele ainda não avalia a amplitude do drama. Agora, terá que fugir sem mim; nem pensar em ter que se estorvar com um deficiente. Jacques, por sua vez, compreendeu tudo; pede a Claude que nos deixe a sós e vem sentar-se perto de mim.

— Não desista! — sussurra.

— E como quer que eu faça agora?

— Daremos um jeito.

— Jacques, sempre o considerei otimista, mas agora você está passando dos limites.

Claude impõe-se a nós e quase me empurra para que eu lhe ceda um pouco de espaço.

— Preste atenção, pensei uma coisa em relação aos seus óculos. Não vamos ter que devolver o balde?

— E daí?

— E daí que, como eles não autorizam nenhum contato entre nós e a Cruz Vermelha, teremos que colocá-lo atrás da cerca, depois que ele se esvaziar.

Eu tinha me enganado, não apenas Claude compreendera minha situação, como já arquitetava um plano. E, por mais implausível que fosse, eu chegava a me perguntar se, de agora em diante, dos dois, o irmãozinho não era eu.

— Continuo sem entender aonde você quer chegar...

— Sobrou um pedaço de lente de cada lado da sua armação. O suficiente para que um óptico reconheça seu grau de miopia.

Com a ajuda de uma lasca de madeira e um pedaço de linha arrancado da minha camisa, eu tentava reparar o irreparável. Claude colocara suas mãos sobre as minhas, exasperado.

— Pare de tentar juntar os cacos! Ouça, caramba. Você nunca conseguirá pular pela claraboia, nem correr desabaladamente com óculos nesse estado. Por outro lado, se deixarmos o que resta deles no fundo do balde, talvez alguém compreenda e venha em nosso socorro.

Eu estava com os olhos úmidos, confesso. Não porque a solução do meu irmão transbordava de todo seu amor, mas porque nesse momento, no fundo de nossa aflição, Claude ainda tinha forças suficientes para crer na esperança. Eu estava tão orgulhoso dele nesse dia, amei-o tão intensamente que me pergunto se tive tempo de falar isso para ele.

— Sua ideia não deixa de fazer sentido — disse Jacques.

— Está inclusive longe de ser idiota — acrescentou François, e todos os outros o aprovavam.

Eu não acreditava um segundo naquilo. Imaginar que o balde escaparia à revista antes que a Cruz Vermelha o recuperasse. Sonhar que alguém descobriria ali o que restava de meus óculos e se interessaria pela minha sorte, pelo problema de vista de um prisioneiro sendo deportado para a Alemanha, isso era mais do que inverossímil. Mas até Charles achava o plano do meu irmão "espantoso".

Então, deixando de lado minhas dúvidas e meu pessimismo aceitei me separar dos dois caquinhos de lente que, pelo menos, me teriam permitido distinguir as paredes do vagão.

Para devolver a meus companheiros um pouco dessa esperança que eles me ofereciam com tanta generosidade no fim da tarde, como Claude sugerira depositei no balde vazio que deixaria o vagão o que me restava dos óculos. E quando a porta voltou a se fechar, vi na sombra da enfermeira da Cruz Vermelha que se afastava o negrume da morte me invadir

Essa noite, uma tempestade caiu sobre Charmant. A chuva atravessava os buracos deixados pelas balas dos aviões ingleses e escorria pelo vagão. Os que ainda tinham forças mantinham-se de pé, com a cabeça para cima, a fim de resgatar as gotas em suas bocas escancaradas.

34

8 de julho

Partimos novamente, deu tudo errado, nunca mais verei meus óculos.

Ao amanhecer, chegamos a Angoulême. Ao nosso redor, tudo é desolação; a estação foi destruída pelos bombardeios aliados. Enquanto o trem diminui a marcha, observamos, estupefatos, prédios dilacerados, carcaças calcinadas de vagões incrustados uns nos outros. Locomotivas ainda se consomem nos trilhos, às vezes deitadas de lado. Guindastes sinistros jazem como esqueletos. E, ao longo dos trilhos arrancados que apontam para o céu, alguns operários, incrédulos, pá e picareta na mão, observam com pavor a passagem do nosso trem. Setecentos fantasmas atravessando uma paisagem de apocalipse.

Os freios rangem, o trem imobiliza-se. Os alemães proíbem a aproximação dos ferroviários. Ninguém deve saber o que acontece dentro dos vagões, ninguém deve testemunhar o horror. Schuster teme cada vez mais um ataque. Sente um medo obsessivo dos maquisards. Convém dizer que, desde que embarcamos, o trem jamais conseguiu percorrer mais de 50 quilômetros por dia e que a frente de batalha da Libertação avança em nossa direção.

Somos rigorosamente proibidos de nos comunicar de um vagão para outro, mas as notícias circulam mesmo assim. Sobretudo as que falam da guerra e do avanço dos Aliados. Todas as vezes que um ferroviário corajoso consegue se aproximar do comboio, todas as vezes que um civil generoso vem, na calada da noite, nos trazer um pouco de reconforto, colhemos informações. E todas as vezes renasce a esperança de que Schuster não consiga alcançar a fronteira.

Somos o último trem a partir para a Alemanha, o último comboio de deportados, e alguns querem crer que terminaremos por ser libertados pelos americanos ou pela Resistência. É graças a ela que não avançamos, é graças a ela que os trilhos vão pelos ares. Ao longe, os Feldgendarmes chamam à parte dois ferroviários que tentam chegar até nós. De agora em diante, para esse batalhão em retirada, o inimigo está em toda parte. Todo civil que queira nos ajudar, qualquer operário, é visto como terrorista pelos nazistas. Entretanto, são eles que berram de fuzis na mão e granadas no cinturão, eles que espancam os mais fracos de nós e brutalizam os mais velhos apenas para extravasar a pressão que os atormenta.

Hoje não sairemos daqui. Os vagões permanecem fechados e bem vigiados. E sempre esse calor que não para de aumentar e nos mata lentamente. Do lado de fora, faz 35 graus; dentro, ninguém é capaz de dizer, estamos quase todos inconscientes. O único consolo para esse horror é vislumbrar o semblante familiar dos companheiros. Adivinho o sorriso esboçado por Charles quando olho para ele, Jacques parece sempre estar cuidando de nós. François permanece ao seu lado, como um filho junto ao pai que ele não tem mais. Eu, por minha vez, sonho com Sophie e Marianne; imagino o frescor do canal do Midi e revejo o banquinho onde nos sentávamos para trocar mensagens. À minha frente, Marc parece tristíssimo; no entanto, a sorte está do seu lado. Ele pensa em Damira e tenho certeza de que ela também pensa nele, se ainda estiver viva. Nenhum carcereiro, nenhum torturador pode manter esses pensamentos prisioneiros. Os sentimentos viajam através das barras mais cerradas, investem sem medo da distância, e ignoram tanto as fronteiras das línguas quanto as das religiões, reunindo-se para além das prisões inventadas pelo homem.

Marc desfruta dessa liberdade. Eu gostaria de acreditar que, lá onde se encontra, Sophie pensa um pouco em mim; bastariam alguns segundos, alguns pensamentos para o amigo que eu era... incapaz de significar algo a mais para ela.

Hoje, não teremos nem água nem pão. Alguns dentre nós não conseguem mais falar, não têm mais forças para isso. Claude e eu não nos separamos, a todo instante certificando-nos de que um ou outro não desmaiou, que a morte não está em vias de carregá-lo, e, de tempos em tempos, nossas mãos se tocam, apenas para se certificar...

* * *

9 de julho

Schuster decidiu retroceder. A Resistência explodiu uma ponte, impedindo nossa passagem. Partimos novamente para Bordeaux, e enquanto o trem se afasta de Angoulême e de sua estação devastada, volto a pensar num balde no qual deixei escapar minha última chance de enxergar com nitidez. Já são dois dias na bruma, a noite não me abandona.

Chegamos no início da tarde. Nuncio e seu amigo Walter pensam apenas na fuga. À noite, para passar o tempo, praticamos caça às pulgas e aos piolhos que roem o pouco de carne que nos resta. Os parasitas alojam-se nas costuras de nossas camisas e de nossas calças. É preciso muita habilidade para desalojá-los, e, mal expulsamos uma colônia, outra prolifera. Alternadamente, uns deitam-se para tentar descansar enquanto outros se agacham para lhes dar lugar. É no meio dessa noite que me ocorrem estas perguntas extravagantes: se sobrevivermos a esse inferno, poderemos esquecê-lo um dia que seja? Teremos direito de voltar a viver como pessoas normais? Conseguiremos riscar do mapa a região da memória que perturba o espírito?

* * *

Claude me olha de um modo estranho.

— Em que está pensando?

— Em Chahine, lembra-se dele?

— Acho que sim. Por que pensa nele agora?

— Porque seus traços nunca irão se apagar.

— Em quem você pensa de verdade, Jeannot?

— Procuro uma razão para sobreviver a tudo isso.

— Você a tem à sua frente, imbecil! Um dia reencontraremos a liberdade. E, depois, prometi que você iria voar, disso você se lembra, espero...

— E você, o que pretende fazer depois da guerra?

— Dar a volta na Córsega de moto, com a garota mais linda do mundo agarrada na minha cintura.

O rosto do meu irmão aproxima-se do meu para que eu distinga melhor seus traços.

— Eu tinha certeza disso! Notei o seu ar trocista. O quê? Você me julgava incapaz de seduzir uma garota e levá-la para viajar?

Faço de tudo para me conter, sinto o riso me invadir e meu irmão se impacienta. Charles ri por sua vez, até Marc junta-se a nós.

— Mas o que vocês têm? — pergunta Claude, aborrecido.

— É terrível como você fede, meu velho, se você visse seu aspecto. No seu estado, nem uma barata velha vai querer acompanhá-lo aonde quer que seja.

Claude me fareja e se junta à gargalhada absurda que não nos abandona.

* * *

10 de julho

Nas primeiras horas do dia, o calor já é insuportável. E esse maldito trem que continua sem se mexer. Nenhuma nuvem no horizonte, nenhuma esperança de uma gota de chuva que viesse mitigar os sofrimentos dos prisioneiros. Dizem que os espanhóis cantam quando a coisa vai mal. Uma melopeia se ergue, é a bela língua da Catalunha que se evade pelas tábuas do vagão vizinho.

— Olhem! — diz Claude, que se pendurou na claraboia.

— O que está vendo? — pergunta Jacques.

— Os soldados agitam-se ao longo da linha. Caminhonetes da Cruz Vermelha chegam, enfermeiras descem, trazem água e vêm em nossa direção.

Avançam até a plataforma, mas os Feldgendarmes ordenam que parem, que deixem seus baldes e se retirem. Os prisioneiros virão pegá-los assim que elas se forem. Nenhum contato com os terroristas está autorizado.

A enfermeira-chefe repele o soldado com um gesto da mão.

— Que terroristas? — ela pergunta, alterada. — Os velhos? As mulheres? Os homens famintos nesses vagões de animais?

Ela pragueja e diz que já tem ordens suficientes. Daqui a pouco, terá que prestar contas. Suas enfermeiras irão levar os víveres até os vagões, será assim e não de outra forma qualquer! E acrescenta que não é porque ele usa uma farda que irá impressioná-la!

E quando o tenente agita seu revólver perguntando-lhe se aquilo a impressiona um pouco mais, a enfermeira-chefe encara Schuster e, educadamente, solicita um favor. Se ele tivesse a coragem de atirar numa mulher, e além do mais nas costas, ela pediria que ele tivesse a amabilidade de mirar no centro da cruz que ela usa em seu uniforme. Acrescenta que, por sorte, esta última é suficientemente grande para que mesmo um imbecil como ele seja capaz de acertar o tiro. Isso enobrecerá sua ficha quando ele voltar para casa, e, mais ainda, se ele viesse a ser preso pelos americanos ou pela Resistência.

Aproveitando-se do estupor de Schuster, a enfermeira-chefe ordena à sua extravagante tropa que avance em direção aos vagões. Na plataforma, os soldados parecem se divertir com sua autoridade. Talvez estejam simplesmente aliviados ao verem alguém obrigar seu chefe a um pouco de humanidade.

Ela é a primeira a abrir a tranca de uma porta, as outras mulheres a imitam.

A enfermeira-chefe da Cruz Vermelha de Bordeaux pensara já ter visto de tudo na vida. Duas guerras e anos dispensando cuidados aos mais pobres haviam-na convencido de que nada mais a surpreenderia. Entretanto, ao nos descobrir, seus olhos se encarquilham, ela sente náuseas e não consegue reprimir o "Meu Deus" que escapa de sua boca.

As enfermeiras, paralisadas, nos observam; em seu rosto os companheiros podem ver a repulsa e a revolta que nossa condição lhes inspira. Não adiantou nos apresentarmos da melhor forma possível, nossos rostos magérrimos traíam nossa condição.

Para cada vagão, uma enfermeira leva um balde, oferece biscoitos e troca algumas palavras com os prisioneiros. Mas Schuster já berra para que a Cruz Vermelha se retire e a enfermeira-chefe julga já ter brincado suficientemente com a sorte por hoje. As portas fecham-se novamente.

— Jeannot! Veja! — diz Jacques, que cuida da distribuição dos biscoitos e da ração de água.

— O que há?

— Há que você precisa se apressar!

Levantar-se exige muito esforço e no estado difuso em que vivo há alguns dias, o exercício é ainda mais penoso. Mas sinto nos companheiros uma urgência que me obriga a participar. Claude me segura pelo ombro.

— Olhe! — diz ele.

Claude tem umas boas! Afora a ponta do meu nariz, não enxergo muita coisa, apenas algumas silhuetas, entre as quais reconheço a de Charles e presumo Marc e François atrás dele.

Distingo os contornos do balde que Jacques levanta para mim, e, de repente, no fundo, percebo um par de lentes novas. Estico a minha mão que desaparece na água e agarra aquilo em que ainda não ouso acreditar.

Os companheiros, silenciosos, esperam, prendendo a respiração, que eu ponha os óculos no nariz. E de repente o rosto de meu irmão volta a ficar claro como nos primeiros dias, vejo a emoção nos olhos de Charles, a cara alegre de Jacques, as de Marc e François que me apertam em seus braços.

Quem foi capaz de compreender? Quem soube vislumbrar o destino de um deportado sem esperança, descobrindo lentes quebradas no fundo de um balde? Quem teve a generosidade de inventar boas-novas, de seguir o trem durante vários dias, de detectar sem erro o vagão de onde elas provinham e de fazer o necessário para que um novo par ali se encontrasse?

— A enfermeira da Cruz Vermelha — responde Claude —, quem mais?

Quero rever o mundo, não sou mais cego, a bruma se foi. Então volto a cabeça e olho ao meu redor. O primeiro cenário que se oferece à minha vista recuperada é de uma tristeza infinita. Claude me arrasta até a claraboia.

— Olhe como está bonito do lado de fora.

— É, tem razão, irmãozinho, está uma beleza do lado de fora.

* * *

— Você acha ela bonita?

— Quem, ora bolas? — pergunta Claude.

— A enfermeira!

Esta noite, dou tratos à bola e vejo meu destino finalmente desenhar-se. A recusa de Sophie, de Damira e, para resumir, de todas as garotas da brigada a querer me beijar faziam finalmente sentido. A mulher da minha vida, a verdadeira, seria então aquela que me salvara a vida.

Ao descobrir os óculos no fundo do balde, ela compreendera imediatamente o pedido de socorro que eu lhe lançara do fundo do meu inferno. Escondera a armação em seu lenço, tomando um cuidado infinito com os cacos de lente ainda presos nela. Fora à cidade num óptico simpatizante da Resistência. Este último procurara incansavelmente lentes correspondentes aos fragmentos que estudara. Reconstruída a armação, partira de bicicleta, acompanhando os trilhos, até avistar o comboio. Ao vê-lo fazer meia-volta em direção a Bordeaux, soube que conseguiria entregar sua encomenda. Com a cumplicidade da enfermeira-chefe da Cruz Vermelha identificou antes de chegar à passarela o vagão que ela reconhecia pelos estilhaços de balas que estriavam seu flanco. Foi assim que meus óculos voltaram ao meu nariz.

Essa mulher demonstrara tanta pertinácia, generosidade e coragem que eu me prometia, se me safasse, encontrá-la assim que a guerra terminasse e pedi-la em casamento. Já me imaginava, com os cabelos esvoaçantes, numa estrada campestre, a bordo de um Chrysler conversível, ou, por que não, numa bicicleta, o que só teria mais charme. Eu bateria à porta de sua casa, daria duas batidinhas, e, quando ela abrisse, eu lhe diria "Sou aquele cuja vida você salvou e minha vida agora lhe pertence". Jantaríamos em frente à lareira e contaríamos um para o outro os últimos anos decorridos, todos aqueles meses de sofrimento nesse longo percurso ao longo do qual finalmente havíamos terminado por nos encontrar. E trancaríamos juntos as páginas do passado para escrever a dois os dias do futuro. Teríamos três filhos ou mais se ela desejasse e viveríamos felizes. Eu teria aulas de pilotagem como Claude me prometera e, quando me formasse, a levaria para sobrevoar os campos franceses aos domingos. Pronto, agora tudo se encaixava; agora a vida para mim fazia finalmente sentido.

Considerando o papel que meu irmão desempenhara na minha salvação, e a relação que nos ligava, era absolutamente normal que eu lhe pedisse incontinenti para ser meu padrinho.

Claude fitou-me, pigarreando.

— Escute, meu velho, a princípio não tenho nada contra ser seu padrinho de casamento, sinto-me inclusive honrado, mas nem por isso posso deixar de lhe dizer uma coisa antes de você tomar a sua decisão. A enfermeira que trouxe seus óculos é mil vezes mais míope que você, enfim, considerando o fundo de garrafa que ela usava no nariz. Bom, você vai me dizer que não dá a mínima para isso, então preciso lhe contar, uma vez que você ainda estava no nevoeiro quando ela se foi: ela tem quarenta anos a mais que você, já deve ser casada e ter pelo menos 12 filhos. Não digo que nessas condições possamos ser exigentes, mas, enfim, nesse caso...

* * *

Permanecemos três dias confinados naqueles vagões imóveis numa plataforma da estação de Bordeaux. Os companheiros sufocavam, às vezes um deles se levantava, em busca de um pouco de ar, mas não havia.

O homem acostuma-se a tudo, este é um de seus grandes mistérios. Não sentíamos mais nosso próprio fedor, ninguém se preocupava com aquele que se acocorava sobre um minúsculo buraco no assoalho para se aliviar. A fome estava há muito tempo esquecida, persistia apenas a obsessão da sede; sobretudo quando se formava uma nova bolha sob nossas línguas. O ar rarefazia-se não apenas no vagão mas também em nossas gargantas; era cada vez mais difícil deglutir. Mas havíamos nos acostumado com aquele perpétuo sofrimento do corpo: habituávamo-nos a todas as privações, inclusive a do sono. Os únicos que durante breves instantes encontravam um lenitivo, era na loucura que se evadiam. Levantavam-se e começavam a gemer ou a berrar, com alguns deles chorando às vezes antes de desmoronar sem sentidos.

Quanto aos que continuavam a resistir, tentavam na medida do possível acalmar os outros.

Num vagão vizinho, Walter explicava a quem quisesse ouvi-lo que os nazistas nunca conseguiriam nos levar até a Alemanha, pois os americanos nos libertariam antes. No nosso, Jacques esfalfava-se contando-nos histórias para fazer o tempo passar. Quando sua boca ficava muito seca e o impossibilitava de falar, a angústia renascia no silêncio que se instalava.

E enquanto os companheiros morriam em silêncio, eu revivia por ter recuperado a visão; e, em algum lugar, me sentia culpado por isso.

* * *

12 de julho

São 2h30 da madrugada. De repente, as portas são destrancadas. A estação de Bordeaux fervilha de soldados, a Gestapo foi despachada para o local. Os soldados armados até os dentes uivam e nos ordenam pegarmos os poucos pertences que nos restam. Na base de coronhadas e pontapés, somos desembarcados de nossos vagões e agrupados na plataforma. Entre os prisioneiros, alguns estão aterrorizados, outros contentam-se em tragar o ar em grandes golfadas.

Em colunas de cinco, enveredamos pela cidade escura e silenciosa. Não há nenhuma estrela no céu.

Nossos passos ressoam no calçamento deserto por onde se espicha o longo cortejo. De fileira em fileira, as informações circulam. Alguns dizem que estamos sendo levados para o forte do Hâ, outros têm certeza de que nosso destino é a prisão. Mas os que entendem alemão ficam sabendo, pelas conversas dos soldados que nos cercam, que todas as celas da cidade já estão lotadas.

— Então para onde vamos? — murmura um prisioneiro.

— *Schnell, schnell!* — grita um Feldgendarme desferindo-lhe um soco nas costas.

A marcha noturna na cidade muda termina na rua Laribat, diante das imensas portas de um templo. É a primeira vez que meu irmãozinho e eu entramos numa sinagoga.

35

Não havia mais nenhum móvel. O chão estava forrado de palha e um alinhamento de baldes atestava que os alemães haviam pensado em nossas necessidades. As três naves podiam acolher os 650 prisioneiros do comboio. Curiosamente, todos aqueles que vinham da prisão Saint-Michel agruparam-se perto do altar. Mulheres que nunca tínhamos visto do nosso vagão foram arrebanhadas num espaço adjacente, do outro lado de uma grade.

Alguns casais reencontram-se dessa forma ao longo das barras que os separam. Para alguns, faz muito tempo que não se veem. Muitos choram quando as mãos tocam-se novamente. A maioria permanece silenciosa, os olhares dizem tudo quando se ama. Outros mal murmuram, o que se pode falar de si, dos dias transcorridos, que não faça o outro sofrer?

Quando amanhecer, será preciso toda a crueldade dos nossos carcereiros para separar esses casais, às vezes com coronhadas. Pois, de madrugada, as mulheres são levadas para um quartel da cidade.

Os dias passam e todos são iguais à véspera. À noite, distribuem uma tigela de água quente onde boiam uma folha de repolho e, às vezes, algumas massas. Recebemos essa cuia como um festim. De vez em quando os soldados vêm pegar algum de nós, nunca os revemos e o rumor nos diz que são usados como reféns; quando uma ação da Resistência é realizada na cidade eles são executados.

Alguns pensam em fugir. Aqui, os prisioneiros do Vernet simpatizam com os de Saint-Michel. Os homens do Vernet estão espantados com nossas idades. Garotos engajados na luta, não acreditavam em seus olhos.

* * *

14 de julho

Resolvemos comemorar a data como se deve. Todos procuram com que fabricar fitas com pedaços de papel. Prendemos as condecorações no peito. Cantamos a "Marselhesa". Nossos carcereiros fecham os olhos. A repressão seria extremamente violenta.

* * *

20 de julho

Hoje, três resistentes, que conhecemos aqui, tentaram evadir-se. Foram surpreendidos por um soldado de guarda, quando se esgueiravam por trás de um órgão, onde se situa um portão. Quesnel e Damien, que hoje comemora seus 20 anos, conseguiram escapar a tempo.

Roquemaurel recebeu sua chuva de botinadas, mas no momento do interrogatório teve presença de espírito para sustentar que estava procurando uma guimba de cigarro que vira no chão. Os alemães acreditaram nele e não o fuzilaram. Roquemaurel é um dos fundadores do maqui de Bir-Hakeim, que agia no Languedoc e nas Cévennes. Damien é seu melhor amigo. Ambos haviam sido condenados à morte após sua prisão.

Assim que se recupera de seus ferimentos, Roquemaurel e seus camaradas arquitetam um novo plano, para um outro dia, que certamente chegará.

A higiene aqui não é melhor do que no trem, e a sarna corre solta. As colônias de parasita pululam. Juntos, inventamos um jogo. De manhã, todos fazem sua colheita de pulgas e piolhos em seus corpos. Os bichinhos são agrupados em caixinhas mágicas. Quando os Feldgendarmes passam para fazer a contagem, abrimos as caixinhas e espalhamos seu conteúdo sobre eles.

Mesmo nessas circunstâncias não desistimos e, essa brincadeira que pode parecer banal é para nós uma maneira de resistir, munidos da única arma que nos resta e que nos rói diariamente.

Nós, que julgávamos estar sozinhos na ação, encontramos aqui quem, como nós, nunca aceitou a condição que lhe será imposta, nunca admitiu que atentassem contra a dignidade dos homens. Havia muita coragem dentro daquela sinagoga. Uma bravura às vezes ofuscada pela solidão, mas tão forte que, nessas noites, a esperança expulsava os pensamentos mais sombrios que nos invadiam.

* * *

No início, era impossível qualquer contato com o mundo exterior, mas, depois de duas semanas apodrecendo aqui, as coisas se organizam um pouco. Sempre que os "marmiteiros" saem no pátio para irem buscar o caldeirão, um casal idoso que vive numa casa vizinha canta as informações do front numa voz tonitruante. Uma velha senhora que mora num apartamento que dá para a sinagoga escreve todas as noites em letras grandes, numa lousa, o avanço das tropas aliadas e a expõe em sua janela.

Roquemaurel jurara então tentar uma nova evasão. No momento em que os alemães autorizam alguns prisioneiros a subir para o outro andar para recolher artigos de higiene (empilharam na galeria as magras bagagens dos deportados), ele se precipita com três colegas seus. A oportunidade é ótima. No fim da passarela que domina a grande sala da sinagoga, situa-se uma despensa. Seu plano é arriscado, mas plausível. A despensa dá para um dos vitrais que ornamentam a fachada. Ao anoitecer, bastará quebrá-lo e fugir pelos telhados. Roquemaurel e seus amigos escondem-se ali esperando o fim do dia. Duas horas se passam e a esperança cresce. Porém, subitamente, ele ouve o barulho de botas. Os alemães fizeram a contagem e o total não bate. Saem à procura deles, os passos se aproximam e a luz penetra em seu refúgio. Pela cara jubilosa do soldado que os desentoca é possível prever o que os espera. Os golpes são tão violentos que Roquemaurel jaz sem sentidos, afogado em seu sangue. Quando volta a si na manhã seguinte, é arrastado até o tenente de guarda. Christian, é seu nome, não alimenta ilusões quanto ao que irá se seguir.

Entretanto, a vida não lhe reserva o destino que ele supõe.

O oficial que o interroga deve ter uns 30 anos. Está sentado acavalado num banco do pátio e observa Roquemaurel em silêncio. Inspira profundamente, avaliando sem pressa o seu interlocutor.

— Também já fui prisioneiro — diz ele num francês quase perfeito. — Foi durante a campanha da Rússia. Também fugi, e percorri, em circunstâncias mais que difíceis, dezenas e dezenas de quilômetros. Não desejo a ninguém o que sofri, e não sou homem que se deleite com a tortura.

Christian escuta sem dizer nada o jovem tenente que lhe dirige a palavra. E, de repente, alimenta a esperança de ter a vida salva.

— Vamos nos entender — continua o oficial —, e tenho certeza de que o senhor não terá oportunidade de trair o segredo que me disponho a lhe contar. Acho normal, quase legítimo, que um soldado tente se evadir. Mas o senhor há de convir comigo, é igualmente normal que aquele que seja flagrado receba a punição que castiga seu erro aos olhos de seu inimigo. E seu inimigo sou eu!

Christian escuta a sentença. Deverá permanecer imóvel o dia inteiro em posição de sentido de frente para uma parede, sem poder encostar nele ou procurar qualquer apoio uma vez que seja. Ficará assim, com os braços ao longo do corpo, sob o sol de chumbo que daqui a pouco irá calcinar o asfalto do pátio.

Cada movimento será castigado por golpes, qualquer desmaio acarretará um castigo superior.

Dizem que a humanidade de alguns homens nasce na memória dos sofrimentos padecidos, na semelhança que subitamente os liga a seu inimigo. Estas foram as duas razões que salvaram Christian do pelotão. Mas somos obrigados a reconhecer que esse tipo de humanidade tem seus limites.

Os quatro prisioneiros que haviam tentado a evasão veem-se, assim, de cara para a parede, separados por alguns metros. Ao longo da manhã inteira, o sol escala o céu até atingir o seu zênite. O calor é insuportável, suas pernas estavam dormentes, os braços ficaram tão pesados como se fossem de chumbo, a nuca enrijeceu.

Em que pensa o guarda que caminha atrás deles?

No início da tarde, Christian vacila, recebe instantaneamente um soco na nuca que o projeta contra a parede. Com o maxilar quebrado, cai e se levanta imediatamente, com medo de receber a punição suprema.

O que falta na alma desse soldado que o espia e se delicia com o sofrimento que inflige a esse homem?

Depois vêm as contraturas, os músculos se retesam sem nunca conseguirem se relaxar. O sofrimento é intolerável. As cãibras percorrem o corpo inteiro.

Que gosto terá a água que escorre pela garganta desse tenente enquanto suas vítimas se consomem sob seus olhos?

A pergunta ainda me obceca às vezes à noite, quando minha memória faz renascer seus rostos intumescidos, seus corpos queimados pelo calor.

Ao anoitecer, seus torturadores os reconduzem à sinagoga. Nós os recebemos com os clamores reservados aos vencedores de uma corrida, mas duvido que tenham se dado conta disso antes de desabarem na palha.

* * *

24 de julho

As ações que a Resistência empreende na cidade e em suas cercanias deixam os alemães cada vez mais nervosos. Agora é frequente seu comportamento beirar a histeria, e nos espancarem sem razão, por simples delito verbal ou por estar no lugar errado na hora errada. Ao meio-dia somos reunidos sob o púlpito. Uma sentinela postada na rua julga ter ouvido o barulho de uma lima no interior da sinagoga. Se aquele que estiver de posse de uma ferramenta destinada à fuga não devolvê-la dentro de dez minutos, dez prisioneiros serão fuzilados. Ao lado do oficial, uma metralhadora está apontada para nós. E enquanto os segundos se passam, o homem postado atrás da boca do canhão prestes a soprar seu bafejo carnívoro deleita-se mirando na nossa cara. Brinca de carregar e descarregar sua arma. O tempo passa, ninguém fala. Os soldados batem, berram aterrorizam, os dez minutos se foram. O comandante agarra um prisioneiro, encosta seu revólver em sua têmpora, arma o gatilho e vocifera um ultimato.

Um deportado dá um passo à frente, com a mão trêmula. Sua palma aberta revela uma lixa, uma das que utilizamos para as unhas. Aquela ferramenta não conseguiria sequer riscar os grossos muros da sinagoga. Ele mal consegue, com aquela ferramenta, afiar a colher de madeira para cortar o pão, quando há. É uma astúcia aprendida nas prisões, um truque tão velho quanto o mundo, desde que homens são aprisionados.

Os deportados têm medo. O comandante provavelmente achará que zombam dele. Mas o “culpado!” é levado até a parede e um disparo lhe arranca a metade do crânio.

Passamos a noite de pé, na luz de um holofote, sob a ameaça dessa metralhadora apontada para nós e daquele calhorda que, para se manter acordado, continua a brincar com seu carregador.

* * *

7 de agosto

Vinte e oito dias se passaram desde que fomos confinados na sinagoga. Claude, Charles, Jacques, François, Marc e eu estamos agrupados perto do altar.

Jacques retomou o hábito de nos contar histórias, para matar o tempo e nossas angústias.

— É verdade que seu irmão e você nunca tinham entrado numa sinagoga antes de chegarem aqui? — pergunta Marc.

Claude abaixa a cabeça, como se tomado por um sentimento de culpa. Respondo no lugar dele.

— É, é verdade, é a primeira vez.

— Com um nome tão judaico como o de vocês, isso não é pouca coisa. Não veja nisso uma censura de minha parte — emenda Marc. — Eu só estava pensando...

— Pois bem, enganou-se, não éramos praticantes em casa. Nem todos os Dupont e Durand vão necessariamente à igreja aos domingos.

— Não faziam nada, nem mesmo para as grandes festas? — pergunta Charles.

— Se quer saber tudo, às sextas-feiras nosso pai celebrava o sabá.

— Ah, é, e o que ele fazia? — pergunta François, curioso.

— Nada diferente das outras noites, a não ser pelo fato de ele recitar uma prece em hebraico e dividirmos uma taça de vinho.

— Uma só? — pergunta François.

— É, uma só.

Claude sorri, percebo que se diverte com a minha história. Cutuca-me com o cotovelo.

— Vamos, conte a história para eles, afinal já prescreveu.

— Que história? — pergunta Jacques.

— Nada!

Os companheiros, sedentos por histórias devido ao tédio que não os abandona já há um mês, insistem em coro.

— Pois bem, toda sexta-feira, na hora do jantar, papai nos recitava uma prece em hebraico. Ele era o único a compreendê-la, na família ninguém falava ou compreendia hebraico. Durante anos e anos celebramos o sabá dessa forma. Um dia, nossa irmã mais velha anunciou que havia conhecido uma pessoa e queria se casar. Nossos pais receberam bem a notícia e insistiram para que ela o convidasse para jantar para as apresentações. Alice logo sugeriu que ele se juntasse a nós na sexta seguinte, celebraríamos o sabá todos juntos.

"Para surpresa geral, papai não parecia nem um pouco deslumbrado com essa ideia. Dizia que aquela noite era reservada à família e que qualquer outro dia da semana seria melhor.

"De nada adiantou nossa mãe lhe observar que, de certa forma, depois de conquistar o coração de sua filha, seu convidado já fazia praticamente parte da família, nada fez nosso pai mudar de opinião. Para uma primeira apresentação, ele julgava que a segunda-feira, a terça, a quarta ou a quinta eram mais convenientes. Todos nós apoiamos a nossa mãe e insistimos para que o encontro se desse na noite do sabá, quando a comida era mais abundante e a toalha de mesa mais bonita. Meu pai ergueu os braços para o céu gemendo e perguntou por que sua família tinha sempre que estar contra ele. Gostava muito de se fazer de vítima.

"Acrescentou achar estranho, embora ele mesmo se oferecesse sem reclamar, sem fazer nenhuma pergunta (o que atestava sua imensa abertura de espírito), para abrir a porta de sua casa todos os dias da semana exceto num, achou estranho que a família preferisse receber esse desconhecido (que ainda assim ia levar sua filha) na única noite que não lhe convinha.

"Mamãe, sempre espontânea, quis saber por que a escolha da sexta-feira parecia constituir um problema para o marido.

"— Por nada! — Ele concluiu, assinando com isso sua derrota.

"Meu pai nunca soube dizer 'não' à esposa. Porque a amava mais do que tudo no mundo, mas do que a seus próprios filhos, acho, e não tenho lembrança de um único anseio de minha mãe que ele não tenha procurado realizar. Em suma, meu pai passa a semana sem dizer uma palavra. E, à medida que os dias se evaporam, mais o sentimos tenso.

"Na véspera do jantar tão esperado por todos nós, papai chama sua filha à parte e lhe pergunta, sussurrando, se o seu noivo é judeu. E, quando Alice lhe responde 'Claro que sim', meu pai ergue novamente os braços para o céu gemendo 'Eu tinha certeza disso'.

"Como podem desconfiar, sua reação não deixa de estarrecer nossa irmã, que lhe pergunta por que essa notícia visivelmente o contraria.

"— Mas por nada, minha querida — responde-lhe, acrescentando com uma má-fé flagrante: — O que pretende com isso?

"Nossa irmã Alice, que herdou o temperamento da mamãe, segura-o pelo braço quando ele tenta esquivar-se para a sala de jantar e planta-se diante dele.

"— Desculpe, papai, mas estou mais do que perplexa com a sua reação! Meu medo era que você tivesse esse tipo de atitude se eu anunciasse que o meu noivo não era judeu, mas assim também!!!

"Papai diz a Alice que é ridículo ela imaginar tais coisas, e jura que se lixa completamente para as origens, a religião ou a cor da pele do homem escolhido pela sua filha, contanto que este último seja um cavalheiro e a faça feliz como ele, que soube amar sua mãe. Alice não está convencida, mas papai consegue escapar dela e muda de assunto imediatamente.

"Chega finalmente a sexta-feira, nunca tínhamos visto nosso pai tão nervoso. Mamãe espezinhava-o o tempo todo, lembrando-o todas as vezes que ele gemia por qualquer dorzinha, por qualquer reumatismo, que ele estaria morto antes de casar a filha... que ele gozava de ótima saúde e Alice agora estava apaixonada, que todos os motivos para que ele se alegrasse estavam então reunidos, que não havia motivos para se angustiar. Papai jurou que nem desconfiava do que sua mulher falava.

"Alice e Georges, este é o nome do noivo de nossa irmã, tocam a campainha às 19 horas em ponto e meu pai sobressalta-se, enquanto mamãe olha para o teto indo recebê-los.

"Georges é um belo rapaz, sua elegância é natural, parece inglês. Alice e ele ficam tão bem juntos que o casal parece uma evidência. Desde que chegou, Georges é aceito pela família. Até meu pai dá a impressão de que começa a relaxar durante o aperitivo.

"Mamãe anuncia que o jantar está pronto. Todo mundo ocupa seu lugar em torno da mesa, esperando religiosamente que meu pai recite a prece do sabá. Nós o vemos então inspirar profundamente, seu peito se infla... e logo se desinfla. Nova tentativa, ei-lo respirando fundo novamente e... mais uma vez nada. Uma terceira tentativa, e subitamente ele olha para Georges e declara:

"— Por que não deixar nosso convidado recitar no meu lugar? Afinal de contas, vejo muito bem que todos já gostam dele e um pai deve saber ofuscar-se diante da felicidade dos filhos quando chega a hora.

"— Que história é essa? — pergunta mamãe. — Que hora? E quem lhe pediu para se ofuscar? Há vinte anos você considera um dever recitar essa prece às sextas-feiras, prece cujo sentido você é o único a captar, uma vez que ninguém aqui fala hebraico. Não vai me dizer que tremeu diante do namorado de sua filha?

"— Não estou tremendo em absoluto — garante o nosso pai, passando a mão na lapela de paletó.

"Georges não diz nada, mas todos nós o vimos perder algumas cores, quando papai sugere que ele oficie em seu lugar. Depois que mamãe vem em seu socorro, sua cara melhora.

"— Bem, bem — continua meu pai. — Então quem sabe Georges não quer juntar-se a mim?

"Papai começa a recitar, Georges se levanta e repete palavra por palavra depois dele.

"Dita a prece, sentam-se os dois, e o jantar é ensejo para um momento caloroso durante o qual todos riem gostosamente.

"No fim do jantar, mamãe propõe a Georges que a acompanhe até a copa, oportunidade para se conhecerem um pouco mais.

"Com um sorriso cúmplice, Alice o tranquiliza, tudo corre às mil maravilhas. Georges tira os pratos da mesa e segue nossa mãe. Uma vez na cozinha, ela o desvencilha da louça e o convida a sentar numa cadeira.

"— Vamos, Georges, você não é judeu nem aqui nem na China!

"Georges ruboriza e dá um pigarro.

"— Acho que sim, um pouco por parte de pai... ou de um de seus irmãos; mamãe era protestante.

"— Fala dela no passado?

"— Ela morreu no ano passado.

"— Sinto muito — murmura minha mãe, sincera.

"— Isso cria algum problema...?

"— O fato de você não ser judeu? De jeito nenhum — diz mamãe, rindo. — Nem eu nem meu marido damos importância à diferença. Muito pelo contrário, sempre a julgamos apaixonante e fonte de múltiplas felicidades. O mais importante, quando se quer viver a dois uma vida inteira é ter certeza de que não nos entediaremos juntos. O tédio, num casal, é o que há de pior, é ele que mata o amor. Enquanto você fizer Alice rir, enquanto ela sentir vontade de procurá-lo quando você acaba de deixá-la para ir para o trabalho, enquanto você for aquele cujas confidências ela partilha e com quem ela também gosta de se abrir, enquanto viver seus sonhos ao lado dela, mesmo os que não poderá realizar, então tenho certeza, sejam quais forem suas origens, de que a única coisa que será alheia a vocês dois será o mundo e seus invejosos.

"Mamãe abraça Georges e o recebe na família.

"— Vá, corra para Alice — diz ela, quase com lágrimas nos olhos. — Ela vai me detestar por estar prendendo seu noivo como refém. E se souber que pronunciei a palavra noivo, ela me mata.

"Georges faz menção de se dirigir à sala de jantar, se volta na porta da cozinha e pergunta à mamãe como ela adivinhou que ele não era judeu.

"— Ah! — exclama mamãe, sorrindo. — Já faz vinte anos que todas as sextas-feiras meu marido recita uma prece numa língua que ele inventa. Ele nunca soube uma palavra de hebraico! Mas ele é muito apegado a esse momento da semana, quando toma a palavra em família. É como uma tradição que ele perpetua a despeito de sua ignorância. E ainda que suas palavras não façam nenhum sentido, sei que não deixam de ser preces de amor que ele formula e inventa para nós. Então, você já deve desconfiar que quando o ouvi ainda há pouco repetir aquela xaropada quase idêntica não tive dificuldade para perceber... Que tudo isso fique entre nós dois. Meu marido está convencido de que ninguém suspeita de sua singela conspiração com Deus, mas eu o amo há tanto tempo que seu Deus e eu não temos mais nenhum segredo.

"Mal voltou para a sala de jantar, Georges vê-se puxado à parte pelo nosso pai.

"— Obrigado por ainda há pouco — tartamudeia papai.

"— Pelo quê? — pergunta Georges.

"— Por não ter me desmascarado. Foi muito generoso de sua parte. Espero que não me julgue mal. Não é que eu goste de insistir nessa mentira; mas há vinte anos... como lhe dizer agora? É, não falo hebraico, é verdade. Mas celebrar o sabá para mim é manter a tradição, e a tradição é importante, compreende?

"— Não sou judeu, cavalheiro — responde Georges. — Ainda há pouco, contentei-me em repetir suas palavras sem fazer a mínima ideia sobre seu sentido, e sou eu quem devo lhe agradecer por não ter me desmascarado.

"— Ah! — reage meu pai, deixando os braços caírem ao comprido do corpo.

"Os dois homens fitam-se por alguns instantes, depois nosso pai põe a mão no ombro de Georges e lhe diz:

"— Bom, preste atenção, sugiro que essa nossa conversinha permaneça estritamente entre nós. Eu digo o sabá, e você é judeu!

"— Estou de pleno acordo — responde Georges.

"— Bem, bem, bem — diz papai ao voltar para a sala. — Então, passe para me ver na próxima quinta na minha lojinha, para ensaiarmos as palavras que recitaremos no dia seguinte, já que, a partir de agora, diremos a prece a dois.

"Terminado o jantar, Alicia acompanha Georges até a rua, espera que estejam protegidos pelo portão do pátio e toma seu noivo nos braços.

"— A coisa correu muito bem, e todas as minhas felicitações, você se saiu às mil maravilhas. Não sei como fez, mas papai não percebeu nada, nem desconfia que você não é judeu.

"— É, acho que nos saímos bem. — Georges sorriu, afastando-se.

"Pronto, é verdade, Claude e eu nunca tínhamos tido oportunidade de entrar numa sinagoga antes de sermos presos aqui."

* * *

Esta noite, os soldados berraram a ordem de embrulhar a tigela e a valise para aqueles que tinham uma, e juntar tudo na galeria principal da sinagoga. Quem demorasse seria chamado à ordem com botinadas e socos. Não fazíamos a menor ideia de nosso destino, mas uma coisa nos tranquilizava: quando eles vinham pegar prisioneiros para fuzilá-los, os que partiam sem jamais voltar tinham que deixar seus pertences.

No início da noite, as mulheres que haviam sido transferidas para o forte do Hâ tinham sido trazidas e confinadas numa sala contígua. Às 2 da madrugada, as portas do templo se abrem, saímos em fila indiana e atravessamos a cidade deserta e silenciosa, percorrendo de volta o caminho que nos conduzira até aqui.

Fomos novamente embarcados no trem. Os prisioneiros do forte do Hâ e todos os resistentes capturados nas últimas semanas juntaram-se a nós.

Agora, há dois vagões de mulheres à frente do comboio. Partimos na direção de Toulouse, e alguns acham que estamos voltando para casa. Mas Schuster tem outros desígnios em mente. Jurou que a destinação seria Dachau e nada o deterá, nem os exércitos aliados que avançam, nem os bombardeios que arrasam as cidades que atravessamos, nem os esforços da Resistência para retardar nossa progressão.

Perto de Montauban, Walter finalmente conseguiu fugir. Ele notara que um dos quatro parafusos que fixam as barras da claraboia havia sido substituído por um prego. Com o pouco de saliva de que dispõe e toda a força de seus dedos, luta para fazê-lo girar, e, quando sua boca está muito seca, é o sangue das feridas que se formam nos seus dedos que talvez gere suficiente umidade para fazer o prego se mexer. Após horas e horas de sofrimento, a peça de metal começa a ceder. Walter quer acreditar na sua sorte, quer acreditar na esperança.

Seus dedos estão de tal forma inchados, quando ele chega a seus fins, que não consegue mais abri-los. Agora basta empurrar a barra e o espaço da claraboia será suficiente para ele se esgueirar por ali. Encolhidos na penumbra do vagão, três companheiros o observam, Lino, Pipi e Jean, todos jovens recrutas da 35ª Brigada. Um chora, não aguenta mais, vai enlouquecer. Convém dizer que o calor nunca foi tão intenso. Sufocamos e o vagão inteiro parece expirar ao ritmo dos estertores dos prisioneiros sem ar. Jean suplica a Walter que os ajude a fugir, Walter hesita, e depois, como não dizer nada, como não ajudar aqueles que são como irmãos para ele? Envolve-os então com suas mãos machucadas e lhes revela seu feito. Irão esperar a noite para pular, ele primeiro, os outros em seguida. Em voz baixa, ensaiam o procedimento. Agarrar-se à trave, o tempo de atravessar o corpo todo para fora, e depois pular e correr para longe. Se os alemães atirarem, cada um por si; se forem bem-sucedidos, quando o farol vermelho desaparecer, devem acompanhar a linha do trem para se reagrupar.

O dia começa a morrer, o momento tão esperado não tarda, mas o destino parece ter decidido de outra forma. O comboio reduz a velocidade na estação de Montauban. Pelo barulho das rodas entramos num carril de garagem. E, quando os alemães com suas metralhadoras tomam posição na plataforma, Walter acha que foi tudo por água abaixo. Arrasados, os quatro comparsas se agacham e cada um volta à sua solidão.

Walter gostaria de dormir, recuperar um pouco das forças, mas o sangue lateja nos seus dedos e a dor é realmente forte demais. No vagão, ouvem-se algumas lamentações.

São 2 da manhã e o trem se mexe. O coração de Walter não martela mais em suas mãos, mas dentro do peito. Ele sacode os companheiros e, juntos, esperam o momento certo. A noite está muito clara, a lua quase cheia que brilha no céu os denunciará facilmente. Walter espreita pela claraboia, o trem desliza a toda velocidade, ao longe desenha-se um bosque.

* * *

Walter e dois companheiros evadiram-se do trem. Após ter caído no fosso, ele ficou de cócoras durante um longo tempo. E quando o farol vermelho do trem se apagou na noite, ele ergueu os braços para o céu e gritou “Mamãe”. Caminhou quilômetros, Walter. Ao chegar à orla de uma plantação, deu com um soldado alemão que se aliviava, seu fuzil de baioneta ao lado. Deitado no meio das espigas de milho, Walter esperou o instante propício e atirou-se sobre ele. Onde encontrou aquele resto de forças para sobrepujá-lo durante a refrega? A baioneta permaneceu cravada no corpo do soldado; ao percorrer muitos outros quilômetros, Walter tinha a impressão de voar, como uma borboleta.

O trem não parou em Toulouse, não estávamos voltando para casa. Passamos por Carcassone, Béziers, Montpellier.

36

Os dias correm e a sede volta. Nas aldeias que atravessamos, as pessoas fazem o que podem para nos ajudar. Bosca, um prisioneiro entre tantos outros, joga pela claraboia um bilhete que uma mulher encontra perto dos trilhos e vai entregá-lo à sua destinatária. No pedaço de papel, o deportado tenta tranquilizar a esposa. Informa que se encontra a bordo de um trem que estava de passagem por Agen em 10 de agosto e que ele vai bem, mas a senhora Bosca nunca mais verá o marido.

Durante uma parada perto de Nîmes, dão-nos um pouco de água, pão dormido e doces estragados. A comida é intragável. Nos vagões, alguns são acometidos de demência. A baba escorre pela comissura de seus lábios. Eles se levantam, giram sobre si mesmos e uivam antes de desmoronar, sacudidos por espasmos que precedem a morte. Parecem cães raivosos. Vamos todos morrer assim nas mãos dos nazistas. Os que ainda conservam a razão não ousam mais olhar para eles. Então, os prisioneiros fecham os olhos e ficam de cócoras tapando os ouvidos.

— Acha mesmo que a demência é contagiosa? — pergunta Claude.

— Não faço ideia, mas mande-os calar a boca — suplica François.

Ao longe, as bombas caem sobre Nîmes. O trem para em Remoulins.

* * *

15 de agosto

O comboio não se mexe há vários dias. O corpo de um prisioneiro que morreu de fome é desembarcado. Os mais doentes são autorizados a se aliviar ao longo da ferrovia. Eles arrancam hastes de capim que distribuem ao voltar. Os deportados famintos disputam essa comida.

Os americanos e franceses desembarcaram em Sainte-Maxime. Schuster procura um meio de passar entre as linhas aliadas que o cercam. Mas como fazer para alcançar o vale do Ródano, e antes disso, atravessar o rio cujas pontes foram todas bombardeadas?

* * *

18 de agosto

O tenente alemão talvez tenha encontrado uma solução para o seu problema. O trem volta a partir. Na passagem de uma agulha, um ferroviário abriu o ferrolho de um vagão. Três prisioneiros conseguiram escapar beneficiados por um túnel. Outros o farão um pouco mais tarde, ao longo dos poucos quilômetros que os separam de Roquemaure. Schuster imobiliza o comboio sob uma abóbada rochosa; ali, estará protegido dos bombardeiros; estes últimos dias, aviões ingleses ou americanos sobrevoaram o trem por diversas vezes. Porém, sob essa abóbada, tampouco a Resistência nos encontrará. Nenhum comboio passará por nós, pois o tráfego ferroviário está interrompido em toda a região. Os combates não dão trégua e a Libertação progride, igual a uma onda que cobre, cada dia um pouco mais, o país. Uma vez que a travessia do Ródano é impossível de trem, paciência, Schuster nos fará atravessá-lo a pé. Afinal de contas, não dispõe de 750 escravos para carregar as mercadorias que acompanham as famílias da Gestapo e os soldados que ele jurou levar de volta para casa?

Neste 18 de agosto, sob um sol calcinante que queima o pouco de pele que nos deixaram as pulgas e os piolhos, caminhamos em fila indiana. Nossos magros braços carregam malas alemãs, bem como caixas de vinho que os nazistas roubaram em Bordeaux. Uma crueldade a mais, para nós que morremos de sede. Os que caem sem sentidos não voltarão a se levantar. Uma bala na nuca liquida-os como sacrificamos cavalos inúteis. Os que podem ajudam os outros a se manter de pé. Quando um vacila, seus companheiros o cercam para disfarçar sua queda e o reerguem o mais rápido possível, antes que uma sentinela perceba. À nossa volta, as parreiras estendem-se a perder de vista. Estão carregadas com cachos de uva que o verão tórrido fez amadurecer precocemente. Gostaríamos de colhê-las e estalar suas sementes em nossas bocas secas, mas os soldados, que berram para permanecermos na trilha, enchem seus capacetes e as saboreiam à nossa frente.

E nós passamos, como fantasmas, a alguns metros dos galhos.

Lembro-me então da letra de “La Butte Rouge”. Você se lembra: *Quem beber desse vinho, beberá o sangue dos companheiros*.

Após 10 quilômetros, quantos atrás de nós jazem nas valas? Quando atravessamos as aldeias, as pessoas observam perplexas aquela estranha coluna avançando. Algumas querem nos ajudar, acorrem trazendo-nos água, mas os nazistas as rechaçam violentamente. Quando os postigos de uma casa se entreabrem, os soldados atiram nas janelas.

Um prisioneiro aperta o passo. Sabe que na frente da coluna marcha sua mulher, desembarcada de um dos primeiros vagões do trem. Com os pés sangrando, consegue juntar-se a ela e, sem nada dizer, pega a mala de suas mãos e a carrega para ela.

Juntos, ei-los caminhando lado a lado, enfim reunidos, mas sem o direito de dizer que se amam. Com dificuldade, trocam sorrisos, temerosos de perder a vida, ou o que restou dela? Que restou de sua vida?

Em outro vilarejo, numa curva, a porta de uma casa se entreabre. Os soldados, igualmente prostrados pelo calor, estão menos vigilantes. O prisioneiro pega a mão de sua mulher e lhe faz sinal para que se esgueire por aquela porta; ele cobrirá sua fuga.

— Vá — ele sussurra, a voz trêmula.

— Vou ficar contigo — ela lhe responde. — Não fiz todo esse caminho para abandoná-lo agora. Voltaremos juntos, ou nada feito.

Morreram ambos em Dachau.

* * *

No fim da tarde, chegamos a Sorgues. Dessa vez são centenas de moradores que nos veem atravessar seu vilarejo e nos agruparmos na estação. Os alemães estão uma pilha, Schuster não previra que a população sairia às ruas em tão grande número. Os moradores improvisam ajuda. Os soldados não conseguem contê-los, exasperam-se. Na plataforma, os aldeões trazem víveres e vinho, confiscados pelos nazistas. Aproveitando a balbúrdia, alguns conseguem dar fuga a alguns prisioneiros. Cobrem-nos com um macacão de ferroviário, de camponês, enfiam uma cestinha de frutas em seus braços tentando fazê-los passar por um daqueles que vêm trazer socorro e os arrastam para longe da estação antes de escondê-los em suas casas.

Avisada, a Resistência planejara uma ação armada para libertar o comboio, mas os soldados são muito numerosos, seria uma carnificina. Desesperados, eles nos veem embarcar a bordo de um novo trem que nos espera na plataforma. Se ao subirmos nesses vagões soubéssemos que dentro de apenas uma semana Sorgues seria libertada pelos exércitos americanos...

* * *

O comboio parte acobertado pela noite. Desaba um temporal, trazendo um pouco de frescor e algumas gotas de chuva; elas escorrem pelos interstícios do teto, e nós as bebemos.

37

19 de agosto

O trem avança célere. De repente os freios rangem e o comboio escorrega nos trilhos formando feixes de fagulhas sob as rodas. Os alemães saltam dos vagões e se abrigam nas valas laterais. Um dilúvio de balas abate-se sobre nossos vagões, um balé de aviões americanos rodopia no céu. Sua primeira passagem foi uma verdadeira carnificina. Corremos para as claraboias, agitando pedaços de pano, mas os pilotos estão muito alto para nos ver e o barulho dos motores se amplifica quando os aparelhos arremetem sobre nós.

O instante se congela e não ouço mais nada. Tudo se desenrola como se de repente o tempo refreasse cada um de nossos gestos. Claude me observa, Charles também. À nossa frente, Jacques sorri, iluminado, e sua boca expele uma golfada de sangue; lentamente, ele cai de joelhos. François precipita-se para contê-lo em sua queda. Recolhe-o em seus braços. Jacques tem um buraco aberto nas costas; gostaria de nos dizer alguma coisa, mas som nenhum sai de sua boca. Seus olhos cobrem-se de um véu, François em vão segura sua cabeça, ela cai para o lado, agora que Jacques está morto.

Com a face respingada pelo sangue de seu melhor amigo, daquele que jamais o abandonou durante esse longo trajeto, François berra um "NÃO" que invade o espaço. E, sem que possamos segurá-lo, avança na claraboia, arrancando o arame farpado diretamente com as mãos. Uma bala alemã assobia e lhe arranca a orelha. Dessa vez, é seu sangue que escorre pela nuca, mas isso não o detém, ele gruda na parede e se esgueira para o lado de fora. Assim que cai do lado de fora, levanta-se, corre para a porta do vagão e ergue a tranca para nos deixar sair.

Ainda revejo a silhueta de François recortar a luz do dia. Atrás dele, no céu, os aviões que rodopiam e voltam em nossa direção, e nas suas costas, aquele soldado alemão que mira e dispara. O corpo de François é projetado para frente e metade de seu rosto espalha-se na minha camisa. Seu corpo estremece, um último tremor, e François junta-se à Jacques na morte.

Em 19 de agosto, em Pierrelatte, além de muitos outros, perdemos dois amigos.

* * *

A locomotiva expele fumaça de todos os lados. O vapor escapa pelos flancos perfurados. O comboio não pode partir. Há muitos feridos. Um Feldgendarme vai procurar um médico na aldeia. O que pode fazer esse homem, desamparado diante desses prisioneiros deitados, as vísceras para fora, alguns com os membros cobertos de feridas abertas. Os aviões retornam. Aproveitando-se do pânico que toma conta dos soldados, Titonel põe sebo nas canelas. Os nazistas abrem fogo sobre ele, uma bala atravessa-o, mas ele continua sua carreira através dos campos. Um camponês o recolhe e leva para o hospital de Montélimar.

O céu recuperou a serenidade. Ao longo da ferrovia, o médico rural suplica a Shuster que lhe entregue os feridos que ele ainda pode salvar, mas o tenente não quer nem ouvir falar disso. À noite, eles são embarcados nos vagões, exatamente no momento em que uma nova locomotiva chega de Montélimar.

* * *

Já faz quase uma semana que as forças francesas livres e do interior passaram à ofensiva. Os nazistas estão em debandada, começa sua retirada. As vias férreas, como a nacional 7, são palco de violentos combates. Os exércitos americanos, a divisão blindada do general de Lattre de Tassigny, desembarcados na Provence, progridem rumo ao norte. O vale do Ródano é um obstáculo para Schuster. Mas as forças francesas desdobram-se para vir em socorro aos americanos que visam Grenoble; já estão em Sisteron. Ainda ontem, não teríamos tido nenhuma chance de atravessar o vale, mas, momentaneamente, os franceses afrouxaram a tenaz. O tenente aproveita-se disso, é o momento ou nunca de passar. Em Montélimar, o comboio para na estação, na linha percorrida pelos trens que descem para o sul.

Schuster quer se desvencilhar o mais rápido possível dos mortos e entregá-los à Cruz Vermelha.

Richter, chefe da Gestapo em Montélimar, está no local. Quando a funcionária da Cruz Vermelha lhe pede para entregar os feridos também, ele se recusa categoricamente.

Então ela lhe dá as costas e vai embora. Ele lhe pergunta aonde ela vai daquele jeito.

— Se o senhor não permitir que eu leve os feridos comigo, então vire-se com seus cadáveres.

Richter e Schuster consultam-se, terminam por ceder e juram que voltarão para pegar os prisioneiros assim que eles estiverem curados.

Das claraboias de nossos vagões, observamos nossos companheiros partirem em macas, os que gemem, os que não dizem mais nada. Os cadáveres são alinhados no chão do saguão de espera. Um grupo de ferroviários observa-os tristemente, tiram seus capacetes e lhes prestam uma última homenagem. A Cruz Vermelha transfere os feridos para o hospital e, para tirar toda a voracidade dos nazistas que ainda ocupam a cidade, a funcionária da Cruz Vermelha inventa que eles estão com tifo, doença terrivelmente contagiosa.

Enquanto as caminhonetes da Cruz Vermelha se afastam, os mortos são levados para o cemitério.

Em meio aos corpos estendidos na vala, a terra se fecha sobre os rostos de Jacques e François.

* * *

20 de agosto

Avançamos na direção de Valence. O trem para num túnel a fim de se proteger de uma esquadrilha de aviões. O oxigênio torna-se rarefeito a ponto de todos nós perdermos os sentidos. Assim que chegamos à estação, uma mulher se aproveita da distração de um Feldgendarme e brande um pano na janela, no qual se lê: Paris está cercada. Sejam bravos.

21 de agosto

Atravessamos Lyon. Poucas horas depois da nossa passagem, as forças francesas do interior incendeiam os tanques de combustível do aeródromo de Bron. O Estado-Maior alemão abandona a cidade. O front aproxima-se de nós, mas o comboio segue seu caminho. Em Chalon, nova parada, a estação está em ruínas. Cruzamos com elementos da Luftwaffe dirigindo-se para o leste. Um coronel alemão quase salvou a vida de alguns prisioneiros. Pede a Schuster dois vagões. Seus soldados e suas armas são muito mais importantes que os destroços humanos em andrajos que o tenente leva a bordo. Os dois homens quase saem no tapa, mas Schuster é teimoso. Irá comboiar todos aqueles judeus, estrangeiros e terroristas até Dachau. Nenhum de nós será libertado e o comboio volta a partir.

A porta do meu vagão se abre. Três jovens soldados alemães de rostos desconhecidos nos estendem queijos e a porta volta a se fechar imediatamente. Faz 36 horas que não recebemos água nem comida. Os companheiros logo organizam uma divisão equânime.

Em Beaune, a população e a Cruz Vermelha acorrem para nos ajudar. Trazem alguns víveres. Os soldados apoderam-se de caixas de Borgonha. Embriagam-se e, quando o trem parte, brincam de disparar rajadas de metralhadora em direção às fachadas das casas às margens da ferrovia.

Mais 30 quilômetros percorridos, estamos agora em Dijon. Uma terrível confusão reina na estação. Mais nenhum trem pode subir para o norte. A batalha ferroviária come solta. Os ferroviários querem impedir o trem de partir. Os bombardeios são incessantes. Mas Schuster não desistirá e, apesar dos protestos dos operários franceses, a locomotiva apita, suas bielas põem-se em movimento e ei-la rebocando seu terrível cortejo.

Não irá muito longe, à sua frente os trilhos estão deslocados. Os soldados nos fazem descer e nos põem para trabalhar. De deportados, nos transformamos em forçados. Sob um sol inclemente, diante dos Feldgendarmes que apontam seus fuzis para nós, restauramos os trilhos que a Resistência desfizera. Seremos privados de água até o reparo completo, berra Schuster de pé sobre a plataforma da locomotiva.

* * *

Dijon ficou para trás. Ao cair do dia, ainda queremos crer que nos salvaremos. O maqui ataca o trem, não sem precauções para não nos ferir, e os soldados alemães reagem prontamente a partir da plataforma acoplada no fim do comboio, rechaçando o adversário. Mas o combate recomeça, os maquisards nos seguem nessa carreira infernal que nos aproxima inexoravelmente da fronteira alemã; depois que a atravessarmos, sabemos disso, não voltaremos. E a cada quilômetro que foge sob as rodas do trem, perguntamo-nos quantos ainda nos separam da Alemanha.

De vez em quando, os soldados metralham as plantações, terão visto uma sombra que os inquiete?

* * *

23 de agosto

Nunca a viagem foi tão insuportável. Vivemos num forno esses últimos dias. Não temos mais víveres nem água. As paisagens que percorremos estão devastadas. Daqui a pouco irá fazer dois meses que deixamos a prisão de Saint-Michel, dois meses que a viagem começou, e em nossos rostos emagrecidos nossos olhos afundados em suas órbitas veem nossos ossos desenhar nossos esqueletos ao longo de nossos corpos descarnados. Os que resistiram à loucura soçobram num profundo mutismo. Meu irmãozinho, com suas faces escavadas, parece um ancião, entretanto, a cada vez que olho para ele, ele sorri para mim.

* * *

25 de agosto

Ontem houve fuga de prisioneiros, Nitti e alguns de seus companheiros conseguiram forçar as tábuas, e pularam nos trilhos acobertados pela noite. O trem acabava de passar na estação de Lécourt. Encontraram o corpo de um, decepado em dois, outro teve a perna arrancada, morreram seis ao todo. Mas Nitti e alguns outros conseguiram escapar. Nos agrupamos ao redor de Charles. Na velocidade em que o comboio avança, é apenas uma questão de horas atravessarmos a fronteira. Não adianta os aviões sobrevoarem com frequência, não irão nos libertar.

— Só podemos contar conosco — resmunga Charles.

— Tentamos a sorte? — pergunta Claude.

Charles olha para mim, concordo com um sinal da cabeça. Que tínhamos a perder?

Charles detalha seu plano. Se conseguirmos remover algumas ripas do assoalho, deslizaremos pelo buraco. Um depois do outro, os companheiros irão segurar aquele que se esgueirar por ali. A um sinal, o largarão. Será então preciso saber cair, com os braços ao longo do corpo para que não sejam decepados pelas rodas. Principalmente não levantar a cabeça, sob o risco de ser decapitado por um eixo que chegará a toda velocidade. Será preciso contar os vagões que passarão sobre nós, 12, 13 talvez? Depois esperar, imóvel, que o farol vermelho do trem se afaste antes de se levantar. Para evitar soltar um grito que alertaria os soldados sobre a plataforma, aquele que saltar o fará com um pedaço de pano dentro da boca. E, quando Charles nos faz ensaiar a manobra, um homem se levanta e põe mãos à obra. Com todas as suas forças puxa um prego. Seus dedos escorregam sob o metal e tentam fazê-lo girar incansavelmente. O tempo urge, será que pelo menos ainda estamos na França?

O prego cede. Com as mãos ensanguentadas o homem pega-o e bate com ele na madeira dura; puxa as ripas que mal se mexem e escava mais. Com as palmas da mão lanhadas, ignora sua dor e não esmorece. Queremos ajudá-lo, mas ele nos repele. É a porta da liberdade que ele desenha no assoalho desse vagão fantasma, e ele insiste para o deixarmos agir. O homem quer de fato morrer, mas não por nada, se puder pelo menos salvar vidas que mereçam isso, então a sua terá servido para alguma coisa. Ele não foi preso por atos de resistência, apenas por pequenos furtos, foi por acaso que se viu no vagão da 35ª Brigada. Suplica-nos então para deixá-lo agir, ele nos deve aquilo, diz, escavando sem parar.

Agora suas mãos não passam de farrapos de carne, mas o assoalho finalmente se mexe. Armand se precipita e todos nós o ajudamos a arrancar uma primeira ripa, depois outra. O buraco está suficientemente grande para nos esgueirarmos por ele. O estrépito das rodas invade o vagão, as travessas desfilam sob nossos olhos a toda velocidade. Charles determina a ordem na qual saltaremos.

— Você, Jeannot, passa primeiro, em seguida Claude, depois Marc, Samuel...

— Por que nós antes?

— Porque vocês são os mais jovens.

Marc, esgotado, nos faz sinal para obedecer. Claude não discute.

Precisamos nos vestir. Enfiar nossas roupas sobre nossas peles cobertas por abscessos é uma tortura. Armand, que será o nono a saltar, sugere àquele que cavou o buraco a fugir conosco.

— Não — diz ele —, serei aquele que irá segurar o último de vocês a saltar. Vai precisar de alguém, não é mesmo?

— Vocês não podem ir agora — diz outro homem sentado recostado na parede —, sei a distância que separa cada poste, contei os segundos entre eles, vocês ficariam sem pescoço nessa velocidade. Precisam esperar o comboio reduzir para 40 por hora, é o máximo.

O homem sabe do que fala: antes da guerra, instalava trilhos em ferrovias.

— E se a locomotiva estiver no rabo do comboio e não na cabeça? — pergunta Claude.

— Então, vocês morrerão todos. Também há o risco de os alemães terem prendido uma barra na ponta do último vagão, mas este é um risco a correr.

— Por que teriam feito isso?

— Justamente para não podermos saltar nos trilhos.

E de repente, enquanto pesamos os prós e os contras, o comboio perde velocidade.

— É agora ou nunca — diz o homem que instalava trilhos quando o país estava em paz.

— Vá! — diz Claude. — Você sabe que de qualquer maneira estão à nossa espera na chegada.

Charles e ele me seguram pelos braços. Enfio o pedaço de pano na minha boca e minhas pernas penetram no buraco aberto. Preciso impedir meus pés de tocarem a terra antes que os companheiros me deem o sinal, caso contrário meu corpo irá se revirar, fatiado e despedaçado num segundo. Minha barriga dói, não há mais nenhum músculo para me ajudar a ficar nessa posição.

— Agora! — Claude grita para mim.

Caio, o solo choca-se com as minhas costas. Não se mexer, o estrondo é ensurdecedor. A alguns centímetros de ambos os lados, desfilam as rodas silvando nos trilhos. Os eixos resvalam em mim, sinto o sopro do ar que eles deslocam e o cheiro do metal. Contar os vagões, meu coração bate disparado no peito. Mais três, talvez quatro? Claude já saltou? Quero poder abraçá-lo novamente, dizer-lhe que ele é meu irmão, que sem ele eu nunca teria sobrevivido, nunca teria conseguido travar a luta.

O estrondo se interrompe e ouço o trem afastar-se enquanto a noite me envolve. Será finalmente o ar da liberdade que respiro?

Ao longe, o farol vermelho do comboio se estiola e desaparece na curva dos trilhos. Estou vivo; no céu, a lua está cheia.

— É sua vez — ordena Charles.

Claude enfia o lenço na boca e suas pernas passam por entre as tábuas. Mas os companheiros içam-no imediatamente de volta. O trem oscila, estará parando? Alarme falso. Atravessava uma pontezinha em mau estado. A manobra é retomada e, dessa vez, o rosto de Claude desaparece.

Armand se volta, Marc está por demais esgotado para saltar.

— Recobre suas forças, vou passar os outros e nós passaremos em seguida.

Marc aquiesce com um sinal da cabeça. Samuel salta, Armand é o último a se engolfar no buraco. Marc não quis ir. O homem que arrebentou o assoalho o carrega.

— Vá sim, o que tem a perder?

Então Marc finalmente se decide. Entrega-se e esgueira-se por sua vez. O comboio freia bruscamente. Os Feldgendarmes descem instantaneamente. Escondido entre duas travessas, ele os vê aproximarem-se, suas pernas não têm mais forças para ajudá-lo a fugir e os soldados o recolhem. Levam-no para um vagão. Em movimento, é espancado de tal forma que perde os sentidos.

Armand permaneceu agarrado nos eixos para escapar das lanternas dos soldados que fazem a ronda em busca de outros evadidos. O tempo passa. Sente que seus braços vão relaxar. Tão perto do objetivo, impossível, então ele resiste; eu disse a você, nunca desistimos. E, de repente o comboio se mexe. O companheiro espera ele ganhar um pouco de velocidade e se joga nos trilhos. E é o último a ver o farol vermelho apagar-se ao longe.

Já faz talvez meia hora que o trem desapareceu. Como havíamos combinado, remonto à via férrea ao encontro dos companheiros. Claude sobreviveu? Estamos na Alemanha?

À minha frente desenha-se uma pequena ponte, vigiada por uma sentinela alemã. É aquela sobre a qual meu irmão quase saltara imediatamente antes que Charles o segurasse. O soldado de vigia cantarola "Lili Marlene". Eis o que parece responder a uma das duas perguntas que me obcecam; a outra diz respeito ao meu irmão. O único meio de vencer esse obstáculo é escorregar por uma das vigas que sustentam a plataforma da ponte. Pendurado no vazio, avanço na noite clara, temendo a cada instante ser surpreendido.

* * *

Caminhei tanto tempo que não consigo mais contar meus passos, nem as travessas da ferrovia que eu sigo. À minha frente, o mesmo silêncio e o mesmo limbo. Serei o único a ter sobrevivido? Todos os meus companheiros morreram? "Vocês têm uma chance em cinco de se safar", dissera o ex-instalador de trilhos. E meu irmão, caramba? Isso, não! Matem-me agora, mas ele não. Não lhe acontecerá nada, eu o levarei de volta, jurei para mamãe, no pior dos meus sonhos. Eu julgava não ter mais lágrimas, mais razões para chorar, e no entanto, de joelhos no meio dos trilhos, sozinho naquele campo deserto, confesso a você que chorei como uma criança. Sem meu irmãozinho, de que servia a liberdade? A linha férrea estende-se no horizonte e Claude não está em lugar nenhum.

Um arbusto estremece e faz com que eu me volte.

— Ora, quer parar de resmungar e vir me dar uma mãozinha? Esses espinhos doem como o cão.

Claude, de cabeça para baixo, acha-se preso num espinheiro. O que terá acontecido para estar naquela situação?

— Solte-me que eu explico depois! — reclamou.

E, enquanto extirpo os galhos que o aprisionam, vejo a silhueta titubeante de Charles caminhando em nossa direção.

O trem desaparecera para sempre. Charles chorava um pouco, nos abraçando. Claude tenta arrancar como pode os espinhos cravados em suas coxas. Samuel segura a nuca, escondendo uma ferida feia provocada no impacto da queda. Continuávamos sem saber se estávamos na França ou já em terras alemãs.

Charles observa que estamos desprotegidos e que é hora de sair dali. Alcançamos um bosquezinho, carregando Samuel, já sem forças, e esperamos a chegada do dia escondidos atrás das árvores.

38

26 de agosto

Amanhece. Samuel perdeu muito sangue durante a noite.

Enquanto os outros ainda dormem, ouço-o gemer. Ele me chama, me aproximo dele. Seu rosto está lívido.

— Que estupidez, tão perto do fim! — ele murmura.

— Do que está falando?

— Não seja burro, Jeannot, vou morrer, já não sinto mais as pernas e estou enregelado.

Seus lábios estão roxos, ele tirita, enquanto o aperto nos braços para aquecê-lo o melhor que posso.

— Em todo caso, foi uma fuga do arco-da-velha, não foi?

— Foi, Samuel, foi uma fuga do arco-da-velha.

— Não é uma delícia respirar?

— Guarde suas forças, meu velho.

— Para fazer o quê? É apenas uma questão de horas para mim. Jeannot, um dia nossa história terá que ser contada. Ela não pode desaparecer como eu.

— Cale-se, Samuel, está dizendo tolices e não sei contar histórias.

— Escute, Jeannot, se você não conseguir, então seus filhos farão isso no seu lugar, você precisa pedir a eles. Prometa isso para mim.

— Que filhos?

— Você vai ver — prossegue Samuel num delírio de alucinação. — Daqui a pouco, você terá um, dois, ou mais, não sei, não tenho mais realmente tempo de contar. Então você vai precisar lhes pedir alguma coisa da minha parte, digalhes que isso é muito importante para mim. É um pouco como se eles cumprissem uma promessa que seu pai tivesse feito num passado que não mais existirá. Porque esse passado de guerra não existirá mais, você vai ver. Jeannot, você lhes dirá para contar nossa história em mundo livre. Que lutamos por eles. Você lhes ensinará que não existe nada mais importante nesta terra do que essa liberdade puta capaz de se submeter à melhor oferta. Você também lhes dirá que essa grande sacana ama o amor dos homens e que ela sempre escapará daqueles que quiserem aprisioná-la, que ela sempre dará a vitória àquele que a respeitar sem nunca esperar que se prostitua. Diga-lhes, Jeannot, diga-lhes para contar tudo isso da minha parte, com as palavras deles, da época deles. As minhas são feitas apenas do linguajar da minha terra, do sangue que tenho na boca e nas mãos.

— Pare, Samuel, não se canse à toa.

— Jeannot, prometa-me: jure que um dia você amará. Eu gostaria tanto de ter feito isso, quis tanto poder amar. Prometa-me que você carregará um filho nos braços e que, no primeiro olhar de vida que você lhe dispensar com seu olhar de pai você colocará um pouco da minha liberdade. Então, se fizer isso, alguma coisa de mim ficará nesta terra perdida.

Prometi, e Samuel morreu ao amanhecer. Inspirou bem forte, o sangue escorreu de sua boca e depois vi seu maxilar crispar-se, tão violenta a dor. A ferida no seu pescoço arroxeou. Ficou assim. Creio que sob a terra que o recobre, nesses campos do Haute-Marne, um pouco de púrpura resiste ao tempo, e ao absurdo dos homens.

* * *

No meio do dia, avistamos ao longe um camponês avançando pela sua plantação. Nas condições em que nos achávamos, famintos e feridos, não conseguiríamos resistir mais tempo. Após confabularmos, decidimos que eu iria ao encontro dele. Se fosse alemão, eu levantaria os braços e os companheiros permaneceriam escondidos no bosque.

Enquanto caminhava em sua direção, eu me perguntava qual dos dois ficaria mais assustado diante do outro: eu, em andrajos, com roupas de fantasma, ou ele, de quem eu não sabia nem a língua em que me falaria.

— Sou um prisioneiro evadido de um trem de deportação e preciso de ajuda — gritei, estendendo-lhe a mão.

— Está sozinho? — ele me perguntou.

— Então o senhor é francês?

— Claro que sou francês, caramba! Que pergunta! Vamos, venha, vou levá-lo para a fazenda — disse o fazendeiro, perplexo —, o senhor está em péssimas condições.

Fiz sinal para os companheiros, que acorreram imediatamente.

* * *

Estávamos em 26 de agosto de 1944, e estávamos salvos.

39

Marc recobrou a consciência três dias após nossa fuga, quando o comboio conduzido por Schuster entrava no campo da morte de Dachau, sua destinação final, alcançada em 28 de agosto de 1944.

Dos setecentos prisioneiros que a despeito de tudo haviam sobrevivido à terrível viagem, apenas um punhado escapou à morte.

Enquanto as tropas aliadas recuperavam o controle do país, Claude e eu roubamos um carro abandonado pelos alemães. Remontamos as linhas e partimos para Montélimar a fim de recolher os corpos de Jacques e François para levá-los para suas famílias.

Dez meses mais tarde, numa manhã da primavera de 1945, atrás das grades do campo de Ravensbrück, Osna, Damira, Marianne e Sophie viram chegar os caminhões da Cruz Vermelha que vinham libertá-las. Pouco antes, em Dachau, Marc, que sobrevivera, também era libertado.

Claude e eu nunca mais vimos nossos pais.

* * *

Havíamos saltado do trem fantasma em 25 de agosto de 1944, o mesmo dia em que Paris era libertada.

Nos dias seguintes, o fazendeiro e sua família nos prodigalizaram cuidados. Lembro-me daquela noite em que eles preparavam uma omelete para nós. Charles nos olhava em silêncio; o rosto dos companheiros à mesa na estaçãozinha de Loubers voltava às nossas memórias.

* * *

Certa manhã, meu irmão me acordou.

— Venha — disse-me, puxando-me da cama.

Segui-o até o lado de fora do celeiro onde Charles e os outros ainda dormiam.

Caminhamos assim, lado a lado, sem falar, até nos vermos no meio de um campo de colmos.

— Olhe — disse Claude, pegando minha mão.

As colunas de tanques americanos e as da divisão Leclerc convergiam ao longe rumo ao leste. A França estava libertada.

Jacques tinha razão, a primavera estava de volta... e senti a mão do meu irmãozinho apertando a minha.

Nesse campo de colmos, meu irmãozinho e eu éramos e permaneceríamos para sempre dois filhos da liberdade, perdidos em meio a 60 milhões de mortos.

Epílogo

Uma manhã de setembro de 1984, eu estava para fazer 18 anos, minha mãe entrou no meu quarto. O sol mal nascera e ela me anunciou que eu não iria ao liceu.

Soergui-me na cama. Aquele ano eu me preparava para entrar na faculdade e me espantei com a sugestão de minha mãe para que eu matasse aula. Estava de partida com meu pai para passar o dia fora e desejava que minha irmã e eu fôssemos com eles. Perguntei aonde íamos, mamãe olhou para mim com aquele sorriso que nunca a deixava.

— Se você pedir ao seu pai, pode ser que na estrada ele lhe conte uma história que ele nunca quis contar para vocês.

Chegamos a Toulouse no meio do dia. Um carro nos esperava na estação e nos levou até um grande estádio da cidade.

Enquanto minha mãe e eu ocupávamos um lugar nas arquibancadas quase desertas, meu pai e seu irmão, acompanhados por alguns homens e mulheres, desciam os degraus, dirigindo-se para um estrado erguido no meio do gramado. Ficaram alinhados um ao lado do outro, um pastor avançou até eles e pronunciou um discurso:

"Em novembro de 1942, a Mão de Obra Imigrante do Sudoeste constituiu-se em movimento de resistência militar para formar a 35ª Brigada FTP-MOI.

Judeus, operários, camponeses, em sua maioria húngaros, tchecos, poloneses, romenos, italianos, iugoslavos, eram várias centenas a participar da libertação de Toulouse, de Moutauban, de Agen; participaram de todos os combates a fim de expulsar o inimigo para fora do Haute-Garonne, do Tarn, do Tarn-et-Garonne, do Ariège, do Gers, dos Baixos e Altos Pireneus.

Vários deles foram deportados ou deixaram a vida, a exemplo de seu chefe Marcel Langer...

Acuados, em estado lastimável, emergidos do esquecimento, eles eram o símbolo da fraternidade forjada no tormento nascido da divisão, mas também símbolo do engajamento das mulheres, das crianças e dos homens que contribuíram para que nosso país, feito refém dos nazistas, saísse de seu silêncio para finalmente renascer para a vida...

Essa luta condenada pelas leis então em vigor foi gloriosa. Foi o tempo em que o indivíduo superou sua própria condição, conhecendo o desprezo das feridas, das torturas, da deportação e da morte.

É nosso dever ensinar a nossos filhos o quanto ele era portador de valores essenciais, o quanto ele merece, em razão do pesado tributo pago à liberdade, ser gravado na memória da República francesa."

O ministro prendeu uma medalha na lapela de seus casacos. Quando chegou a vez de ser condecorado, aquele dentre eles que se sobressaía pelos cabelos ruivos subiu ao estrado. Usava um terno azul-marinho da Royal Air Force e um quepe branco. Aproximou-se daquele que, em outros tempos, usava o codinome Jeannot e saudou-o lentamente como saudamos um soldado. Então os olhos de um ex-piloto e os de um ex-deportado cruzaram-se novamente.

* * *

Assim que desceu do estrado, meu pai tirou a medalha e a guardou no bolso do casaco. Veio até mim, passou o braço no meu ombro e murmurou:

— Venha, preciso apresentá-lo aos companheiros, depois voltaremos para casa.

* * *

À noite, no trem que nos levava de volta a Paris, surpreendi-o observando os campos desfilarem, emparedado em seu silêncio. Sua mão jazia sobre a mesinha que nos separava. Cobri-a com a minha, o que significava muito, quase não nos tocávamos muito, ele e eu. Ele não desviou a cabeça, mas pude ver, na janela, os reflexos de seu sorriso. Perguntei-lhe por que ele não me contara tudo aquilo antes, por que ter esperado todo aquele tempo.

Ele deu de ombros.

— O que você queria que eu lhe dissesse?

Eu, por minha vez, achava que gostaria de ter sabido que ele era Jeannot, de ter carregado sua história sob meu uniforme escolar.

— Muitos companheiros caíram sob esses trilhos; nós matamos. Mais tarde, quero apenas que se lembre de que sou seu pai.

E, muito mais tarde, compreendi que ele quisera povoar minha infância com outra que não a sua.

Mamãe não desgrudava os olhos dele. Pousou um beijo em seus lábios. Pelos olhares que trocavam, minha irmã e eu percebíamos como se amavam desde o primeiro dia.

Voltam a mim as últimas palavras de Samuel.

Jeannot cumpriu sua promessa.

Pronto, meu amor. Esse homem aboletado no balcão do bar dos Tourneurs e que sorri para você em sua elegância é meu pai.

Sob essa terra da França, repousam seus companheiros.

Sempre que aqui ou ali ouço alguém exprimir suas ideias vivendo num mundo livre, penso neles.

Então lembro que a palavra "Estrangeiro" é uma das mais belas promessas do mundo, uma promessa colorida, bela como a Liberdade.

Eu nunca poderia ter escrito este livro sem os depoimentos e relatos reunidos em *Une histoire vraie* (Claude e Raymond Levy, Les Éditeurs Français Réunis), *La Vie des Français sous l'Occuppation* (Henri Amouroux, Fayard), *Les Parias de la Résistance* (Claude Levy, Calmann-Lévy), *Ni travail, ni famille, ni patrie — Journal d'une brigade FTP-MOI*, Toulouse, 1942-1944 (Gérard de Verbizier, Calmann-Lévy), *L'Odyssée du train fantôme. 3 juillet 1944: une page de notre histoire* (Jürg Altwegg, Robert Laffont), *Schwartzenmurtz ou l'Esprit de parti* (Raymond Levy, Albin Michel) e *Le Train fantôme — Toulouse-Bordeaux, Sorgues-Dachau* (Études Sorguaises).

O discurso da página 360 foi pronunciado pelo senhor Charles Hernu, ministro dos Exércitos, em Toulouse, em 24 de setembro de 1983.

Agradecimentos

Emmanuelle Hardouin
Raymond e Danièle Levy, Lorraine Levy, Claude Levy
Claude e Paulette Urman
Pauline Lévêque
Nicole Lattès, Leonello Brandolini, Brigitte Lannaud, Antoine Caro, Lydie Leroy, Anne-Marie Lenfant, Élisabeth Villeneuve, Brigitte e Sarah Forissier, Tine Gerber, Marie Dubois, Brigitte Strauss, Serge Bovet, Céline Ducournau, Aude de Margerie, Arié Sberro, Sylvie Bardeau e toda a equipe das Éditions Robert Laffont
Laurent Zahut e Marc Mehenni
Léonard Anthony
Éric Brame, Kamel Berkane, Philippe Guez
Katrin Hodapp, Mark Kessler, Marie Garnero, Marion Millet, Johanna Krawczyk
Pauline Normand, Marie-Ève Provost
e
Susanna Lea e Antoine Audouard

Este livro foi composto na tipologia ClassGarmnd Bt,
em corpo 11/15,3, impresso em papel off-white 80g/m²,
no Sistema Cameron da Divisão Gráfica
da Distribuidora Record.